◎ 湖南工业大学出版基金资助
◎ 湖南省教育厅优秀青年项目（17B074）阶段性成果
◎ 广东省普通高校人文社会科学研究重点项目（2018WZDXM007）阶段性成果

托妮·莫里森小说的悲剧意识研究

A Study of Tragic Vision in Toni Morrison's Novels

◎龚 玲 著

厦门大学出版社 国家一级出版社
XIAMEN UNIVERSITY PRESS 全国百佳图书出版单位

图书在版编目（CIP）数据

托妮·莫里森小说的悲剧意识研究 = A Study of Tragic Vision in Toni Morrison's Novel / 龚玲著. —厦门：厦门大学出版社，2020.12

ISBN 978-7-5615-7820-9

Ⅰ.①托… Ⅱ.①龚… Ⅲ.①莫里森(Morrison, Toni 1931-)－悲剧－小说研究 Ⅳ.① I712.074

中国版本图书馆 CIP 数据核字 (2020) 第129512号

出 版 人　郑文礼
责任编辑　高奕欢
封面设计　李惠英

出版发行　厦门大学出版社
社　　址　厦门市软件园二期望海路39号
邮政编码　361008
总 编 办　0592-2182177　0592-2181406（传真）
营销中心　0592-2184458　0592-2181365
网　　址　http://www.xmupress.com
邮　　箱　xmup@xmupress.com
印　　刷　湖南省众鑫印务有限公司

开本　880 mm×1 230 mm　1/32
印张　8.25
字数　175千字
版次　2020年12月第1版
印次　2020年12月第1次印刷
定价　58.00元

本书如有印装质量问题请直接寄承印厂调换

厦门大学出版社
微信二维码

厦门大学出版社
微博二维码

作者简介

龚玲 女，湖南汨罗人，湖南工业大学外国语学院副教授，广东外语外贸大学2020级博士生。2001年毕业于湖南科技大学外国语学院，获英语语言文学学士学位；2006年毕业于中南大学外国语学院，获英语语言文学硕士学位。主要研究方向：英美文学、比较文学。在《湖南社会科学》《作家》《广东外语外贸大学学报》等刊物发表学术论文10余篇。其中《碎片的消融：〈宠儿〉的"百衲被"审美研究》被人大复印资料《外国文学研究》2012年第12期全文转载。

目　　录

绪　论 …………………………………………………………… 1
　　第一节　托妮·莫里森及其作品 ……………………………… 3
　　第二节　悲剧和悲剧意识 ……………………………………… 20

第一章　莫里森悲剧意识之一：爱的沉思 …………………… 29
　　第一节　爱的困惑——《最蓝的眼睛》中的爱 …………… 31
　　第二节　无爱的悲歌——从《所罗门之歌》看托妮·莫里森的悲剧意识 ……………………………………… 41
　　第三节　生存的夹缝，执着的爱——《宠儿》中爱的表达 … 55
　　第四节　毁灭与重生——托妮·莫里森小说创作中爱的哲学 ……………………………………………………… 66

第二章　莫里森悲剧意识之二：人性的追问 ………………… 75
　　第一节　分裂的人性——从《所罗门之歌》看托妮·莫里森的悲剧意识 ……………………………………… 78
　　第二节　美国黑人的苦难与抗争——《宠儿》的悲剧性审美 ……………………………………………………… 92
　　第三节　人性的剥脱与回归——《宠儿》中的人像群体分析

· 1 ·

.... 102

　　第四节　天堂不再——《天堂》中人性丧失的恶果 ……… 114

第三章　莫里森悲剧意识之三：文化的执着……………………… 129
　　第一节　脱离传统的悲剧——秀拉 ……………………… 132
　　第二节　追寻黑人文化之根——解读托妮·莫里森的《所罗门之歌》与《宠儿》…………………………… 143
　　第三节　黑人传统与白人现代价值的抗争——《柏油娃娃》中的森与丹雅 ………………………………………… 157

第四章　莫里森悲剧意识的艺术表现形式 ……………………… 169
　　第一节　女性哥特式特征在《宠儿》中的表达 ………… 172
　　第二节　碎片的消融——《宠儿》的"百衲被"审美研究 …………………………………………………………… 186
　　第三节　爵士乐的叙述 …………………………………… 198

结　语 ……………………………………………………………… 213
　　第一节　爱的缺失 ………………………………………… 215
　　第二节　人性的分裂 ……………………………………… 218
　　第三节　文化的断根 ……………………………………… 220

附　录 ……………………………………………………………… 227

参考文献 …………………………………………………………… 241

绪 论

托妮·莫里森(Toni Morrison)是当代美国文坛上一颗璀璨的黑珍珠。从20世纪70年代开始,她勤于笔耕,饱含深情地书写着黑人民族的故事。她以哲人的敏锐,关注着美国黑人乃至全人类的生存苦难与精神困境,为人类精神的荒芜、个体灵魂的迷失、民族文化的痛失发出焦虑的呐喊。其处女作《最蓝的眼睛》(*The Bluest Eye*)发表于1970年。在随后的四十余载中,她先后出版了《秀拉》(*Sula*,1973)、《所罗门之歌》(*Song of Solomon*,1977)、《柏油娃娃》(*Tar Baby*,1981)、《宠儿》(*Beloved*,1987)、《爵士乐》(*Jazz*,1992)、《天堂》(*Paradise*,1997)、《爱》(*Love*,2003)、《恩惠》(*A Mercy*,2008)、《家园》(*Home*,2012)、《孩子的愤怒》(*God Help the Child*,2015)等10部长篇小说,并有论文集《黑暗中的游戏:白人性与文学想象》(*Playing in the Dark: Whiteness and the Literary Imagination*,1992)、戏剧《梦到艾美特》(*Dreaming Emmett*,1986)和文集《大盒子》(*The Big Box*,1998)等一系列其他作品问世。她编辑出版了《黑人之书》(*The Black Book*,1974)和《种族正义、性别权力:论安尼塔·希尔、克拉伦斯·托马斯以及社会现实的构建》(*Racing Justice and En-gendering Power:*

Essays on Anita Hill, Clarence Thomas, and the Construction of Social Reality, 1992）等文献。她获誉无数，先后获得过普利策奖、肯尼迪奖、美国最杰出作家等多项文学领域的崇高荣誉，其中最辉煌的莫过于1993年的诺贝尔文学奖。作为唯一问鼎诺贝尔文学奖的黑人女性，她的背后是一个庞大的群体：非裔美国人。正如她所言："我热爱我的人民。我首先是作为一个黑人、一名黑人女性在写作。"诺贝尔授奖词评价其作品想象力丰富、富有诗意，揭示了美国现实生活的重要方面（…who in novels characterized by visionary force and poetic import, gives life to an essential aspect of American reality）。

第一节 托妮·莫里森及其作品

托妮·莫里森（1931年2月18日—2019年8月5日）原名克洛伊·安东尼·沃福德（Chloe Anthony Wofford），出生于美国中西部俄亥俄州洛雷恩镇的一个普通黑人家庭。1949年，她进入华盛顿市的霍华德大学，主修英语，辅修古典文学，随后进入康奈尔大学攻读研究生，获得文学硕士学位。1958年她与牙买加建筑师哈罗德·莫里森结婚。6年后，她与丈夫离婚，成为一位单亲母亲，独自抚养两个儿子长大。莫里森曾经担任兰登书屋出版公司的编辑和编审，之后在纽约州立大学、加州大学伯克利分校和普林斯顿大学任教。莫里森走上文学创作之路纯属偶然，按照她本人的说法，她"从来没有准备成为一名作家"。1962年，为了逃避婚姻危机，莫里森参加了一个写作小组活动。因为完成作业的需要，她临时写了自己的一段童年记忆——一个黑人小女孩祈求上帝赐予其一双蓝眼睛。之后，莫里森凭借想象把这个小故事扩充成了一部小说，命名为"最蓝的眼睛"。莫里森的文学创作生涯由此揭开序幕。

莫里森坚持自己的黑人女性作家定位。她曾说："身为黑人和女性，我能进入那些不是黑人、不是女性的人所不能进入的一个感情和感受的宽广领域。"[1] 作为一名黑人女性作家，她始终从美国黑人的历史和现实生活中选取创作题材。《最蓝的眼睛》揭露了白人文化对于黑人身份构建的破坏性影响。莫里森的创作灵感来自其童年时期的一位小女伴，那位小女伴成天向上帝祈祷，祈求上帝赐予自己一双像白人小姑娘那样漂亮的蓝眼睛。在幼小的佩克拉·布里德洛瓦（Pecola Breedlove）的憧憬里，如果她拥有了一双那样的蓝眼睛，她的生活就会因此改变：父亲不会再酗酒滋事，也不会再与母亲针锋相对、拳脚相向；母亲不会再嫌弃她、冷落她甚至虐待她；哥哥不会离家出走；身边的同学和老师不会再瞧不起她、疏远她和嘲笑她。然而，上帝并没有青睐她并帮她实现

---

[1] TAYLOR-GUTHRIE D. Conversations with Toni Morrison[M]. Jackson: University Press of Mississippi, 1994: 243.

梦想。相反,父亲在醉酒后失去理智,强奸了佩克拉并致其怀孕。孩子的早产夭折、母亲的疯狂殴打、邻里街坊的嘲笑与指指点点,最终使年仅11岁的佩克拉精神崩溃,神智失常,游荡于大街小巷,以为自己拥有了一双美丽的蓝眼睛,完全沉浸在自己想象的虚假世界里。这双蓝眼睛并没有让她看清周围的世界,相反,她再也不能准确地看世界了,而她在他人的眼中变得越发渺小和微不足道。在白人话语社会里,白皮肤、蓝眼睛的白人姑娘是美的理想化身,漆黑的黑人小姑娘则跟丑陋画上了等号。莫里森直面在黑白双重文化冲突中黑人逐渐被扭曲了的自身价值观的问题,引发生活在这个世界的人们的深深思索。

《秀拉》延续了黑人女性寻找自我的主题。秀拉(Sula)是"底部"黑人女权主义者的先驱,她个性张扬,特立独行,拒绝成为男性的附庸,拒绝家庭和社会的任何束缚,因此遭到周围黑人的排挤和疏远。她的好朋友奈尔循规蹈矩,结婚生子,渐渐进入平庸的家庭生活。秀拉英年早逝,她的自我寻求之旅戛然而止。若干年后,奈尔站在秀拉的墓前,终于理解了秀拉的行为。这预示着更多黑人女性的觉醒,她们将开始寻求自我的新征程。

《所罗门之歌》描写了绰号为"奶人"(Milkman Dead)的黑人男青年原为一个一味向父母索取的男人,之后他开始追寻自己祖先的足迹,了解家族和民族的历史,寻找黑人文化之根。小说将黑人民间神话故事作为故事推进的引子,引导奶人一路追踪故事的源头,从而找到自己民族的文化之根。小说凸显了奶人和父辈、男性和女性、穷人和富人之间的种种冲突，通过奶人的成长提醒读者怎样才能在物欲横流的社会中实现精神的富足，从而解决文化无根的深层社会问题。

小说《柏油娃娃》源自莫里森小时候听过的一个故事：从前有一位农夫，他开垦了一片菜园。有一只兔子经常偷吃他菜园里种的生菜和卷心菜。农夫非常生气，为了抓住兔子，他用柏油浇筑了一个玩偶娃娃立在菜园里。兔子从柏油娃娃身边经过的时候一点也不好奇，随口说了声："早安！"由于没有听到回应，兔子非常生气，它挥拳打过去，却被柏油牢牢粘住。农夫抓住了兔子，准备对它进行惩罚。兔子灵机一动，央求农夫千万别把它丢进旁边的石楠地。果不其然，农夫把它抛到了旁边的石楠地里，兔子重新获得了自由。这部小说以森（Son）和吉德（Jadine）的情感纠葛为故事发展的主线，探讨了黑人青年在寻求身份认同感和选择文化归属感时所面临的痛苦和矛盾。故事场景是远离美洲大陆的加勒比海的骑士岛，岛上生活着已退休的白人糖果商瓦莱里安·斯特里特和他年轻貌美但有虐童倾向的妻子玛格丽特。他们主要由忠诚的黑仆西德尼和昂丁夫妇伺候。平静的生活被误入海岛的一名黑人男子打破，这个名叫森的男子和西德尼的侄女吉德在岛上相识相恋。两人先后在纽约、佛罗里达州的埃罗生活了一段时间。但是因为两人成长环境以及价值观的巨大差异，他们俩谁也无法改变对方，最终吉德离开儿子远走他乡。小说也以森开启寻找吉德之旅结束。

绪 论

《宠儿》是一部揭露美国黑奴制所带来的无尽精神残害的小说，其创作灵感产生于莫里森在兰登书屋任编辑期间。彼时她正编辑一部反映黑人长达三百年争取平等自由的斗争史的文献汇编《黑人之书》(1974)，其中有资料记载了这样一件事情：19世纪50年代，一名叫玛格丽特·加纳的女奴拿斧头砍断了自己女儿的喉管。原因是正在逃亡的她遭遇奴隶主的追捕，绝望之中，她杀死了自己的女儿，只为了女儿不再重演自己身为奴隶的悲剧。当时的莫里森心灵受到极大的震撼，产生了强烈的创作冲动。她希望创作一部小说去探究奴隶们的内心世界，为那些饱受摧残的奴隶著录一部心灵史。

历经十年的酝酿，莫里森最后用三年的写作时间创作了这部小说，这部小说于1987年被《纽约时报书评》评为当年度最佳图书之一，又于1988年获得美国普利策小说奖。普利策奖是美国新闻界的最高奖项，也历来被美国作家视为一项崇高的荣誉。1993年，以《宠儿》为代表作，托妮·莫里森终于登上了诺贝尔文学奖的领奖台，成为第一位获此殊荣的美国黑人女作家，也是继赛珍珠之后第二位获得该奖的美国女性作家。在《宠儿》的扉页上，莫里森深情地写道："献给6000万甚至更多。"她以历史回顾的写作方式抨击了一百多年前被废除但阴魂不散的美国奴隶制，既告慰六千万死去的美国黑奴的亡灵，也试图揭露奴隶制对美国黑人身心的严重摧残。小说主人公女奴赛丝（Sethe）历经千辛万苦逃到了位于辛辛那提的婆婆的住处。几日后，奴隶主带人赶到，想把赛丝和孩子们抓捕回去继续为奴。绝望的赛丝拿起斧头砍断了小女儿的喉管并打算杀死其他孩子。奴隶主以为赛丝神志失常、孩子已被她残害而放弃了抓捕的念头。之后，惨遭割喉的孩子的幽魂一直萦绕在赛丝居住的房子里。18年后，幽魂化作少女继续向赛丝索取母爱。1998年，《宠儿》被搬上银幕，由美国著名电视主持人奥普拉·温弗瑞饰演的美丽的主人公赛丝成为家喻户晓的银幕形象。2005年《宠儿》又被改编为歌剧《玛格丽特·加纳》，在底特律歌剧院举行了首演。从20世纪90年代开始，《宠儿》已跻身现代世界文学经典的行列，西方许多大学文学系的现代派文学、意识流小说、黑人文学、女性主义文学等课程均将其选入必读书目。[1]

同《宠儿》一样，《爵士乐》的创作灵感也源自真实的历史文献。1978年，莫里森曾应邀为黑人摄影家詹姆斯·范德泽的摄影集《哈莱姆死者之书》作序："我曾看到一个漂亮姑娘躺在棺材里的照片，读到拍摄者关于她死去的前因后果的回忆。"[2] 一次派对上，这个漂亮的姑娘被她的情人用无声手枪射伤。为了替情人掩盖罪行、让他顺利逃走，姑娘拒绝告诉周围朋友事情的真相，也坚持不接受救治，最终因失血过多去世。莫里森花了三年的时间让人物逐渐成形，然后结合20世纪20年代的报纸、文章、专栏、

---

[1] 托妮·莫里森. 宠儿[M]. 北京：外语教学与研究出版社，2000.
[2] 托妮·莫里森. 爵士乐[M]. 潘岳，雷格，译. 海口：南海出版公司，2006：I.

音乐等社会点滴和她自己的记忆，试图从夫妻之爱的角度来探讨"婚姻关系中'个体'的重新配置，将张扬个性与承担义务进行妥协"。①《爵士乐》以爵士乐时代的纽约哈莱姆为背景，讲述了一个常见的三角恋和情杀案故事。故事围绕黑人夫妇乔（Joe）和维奥莱特（Violet）展开。1906年，新婚的他们随着劳动力迁徙大军从南方的弗吉尼亚来到北方大都会纽约谋生。像很多怀揣着炽热的"美国梦"的青年一样，他们斗志昂扬地开启了赤手空拳打天下的征程。经过一段时间的打拼和挣扎，两人的事业趋于稳定，乔成为一名广受女性欢迎的化妆品推销商，维奥莱特的美发生意也做得风生水起。生活的安定并没有助长他们的幸福感，人到中年的他们物质生活富足，但膝下无子，两人之间的感情荡然无存，婚姻关系慢慢地降至冰点。他们形同陌路，同床异梦。乔爱上了年方十八的妙龄少女多卡丝。但是好景不长，多卡丝移情别恋，爱上了一个与她年龄相当的阿克顿。乔妒火中烧，在舞会派对上用无声手枪将多卡丝杀害。维奥莱特忍受不了丈夫对她的背叛，带上刀大闹多卡丝的葬礼，企图划烂她的脸。之后她不停地骚扰多卡丝的姨妈爱丽丝。在此过程中，她慢慢地了解了多卡丝的成长轨迹和心路历程，觉得多卡丝就像自己的女儿一样。在爱丽丝和多卡丝的好朋友费莉丝的帮助下，维奥莱特心中的爱和宽容被唤醒，她重新接纳了从痛苦的深渊里走出来的乔。两人冰

---

① 托妮·莫里森.爵士乐[M].潘岳，雷格，译.海口：南海出版公司，2006：Ⅱ.

释前嫌，重新认识和面对现实，再次认识和接纳对方。哈莱姆是移民大潮中形成的黑人聚集地，是典型的种族歧视造成的后果。来自不同地域的黑人带着各自的情感伤疤聚集在哈莱姆。哈莱姆的黑人们逐渐认识到：彼此伤害会造成更大的伤害，爱和宽容才能彼此救赎。

《天堂》是莫里森于1993年获诺贝尔文学奖之后创作的第一部小说，它与《宠儿》和《爵士乐》一起构成了"三部曲"，勾陈了美国黑人百余年的沧桑历史。在20世纪初期的俄克拉荷马州，有一个由黑人女性组成的"女儿国"曾经昙花一现，只存续了短短8个月的时间。[1] 20世纪80年代，莫里森在去巴西的旅途中听说了一个真实的历史事件，黑人修女们创办了一个修道院，主要接收被遗弃的儿童。由于她们信奉非洲巴西教，当地的居民认为她们伤风败俗，结果把她们全部杀害。莫里森将两件事情融合起来作为小说创作的蓝本。小说故事场景被安放在美国南方的俄克拉荷马州，这里有一个黑人聚居的小镇鲁比（Ruby），与之相距约二十七公里的地方是有着天主教背景的女修道院。小镇鲁比就是所谓的"天堂"，镇上的人与世隔绝，几个家长掌控着小镇的一切，他们之间钩心斗角、矛盾重重。年轻人不满压制，急于逃离；妇女受到压抑和伤害，经常去修道院寻求精神解救。小镇的统治者

---

① MCKAY N Y. Critical essays on Toni Morrison[M]. New York: Library of Congress Cataloging in Publication Data, 1988: 429.

们一直认为修道院是造成小镇人心涣散、离心离德的"罪恶"根源，于是他们商量决定集体全副武装冲进修道院，对手无寸铁的女人们大开杀戒。书名与故事的悲剧结局形成了强烈的错位与反差。莫里森意在告诫读者故步自封的隔离只会将人变成魔鬼，将天堂变成地狱。《天堂》主要以反讽喻指了20世纪70年代的黑人精神悲剧。

《爱》讲述了成功的商人柯西（Bill Cosey）强娶孙女克里斯廷（Christine）少时的好友、年仅11岁的希德（Heed）为第二任妻子，以致祖孙三代家庭成员均陷入伦理困境。伦理关系的混乱，引发了妻子、儿媳和孙女严重的身份危机和多重的家庭矛盾。作者通过描写希德和克里斯廷之间姐妹情谊的建立、破裂和重建，以及L和柯西家女人的姐妹情谊，彰显姐妹情谊是黑人妇女在父权制体系下得以生存的基础。《爱》这部作品在"爱"的极致——"恨"的存在中，重构了爱的主题。在表现黑人女性姐妹情谊主题方面，《爱》与《秀拉》有异曲同工之妙，但《爱》在深度上更胜一筹。秀拉对母亲和外祖母的冷漠举止引发了社区黑人对她的排挤，而克里斯廷最终谅解母亲的行为获得了社区黑人的肯定和支持。奈尔与秀拉的友谊没能得到及时修护，而克里斯廷和留心重拾友情，找回失去的爱，用爱清洗掉心中的恨，展现出人性中积极阳光的一面。只有融入新型黑人社区，获得社区黑人的帮助，才能最终完成寻找自我身份的质的飞跃。

《恩惠》的故事场景是一个农场。雅各布·瓦尔克（Jacob

Walker）从叔父那里继承了一块土地，顷刻间从不名一文的穷光蛋变成了一个有产业的农场主。为了着手建设和经营农场，他购买了印第安人莉娜（Lina），娶了白人妻子丽贝卡（Rebekka），收养了混血女孩索萝（Sorrow），买回了黑人女孩弗洛伦丝（Florens），聘请了两个白人男性"契约工人"——威拉德和斯卡利，并请来自由的黑人铁匠瓦尔克设计新房子的大门。雅各布仁慈、和善，仆人们忠诚、勤劳，女人们像姐妹或母女那样团结互助，男人与女人和睦相处，他们一起齐心协力地把农场经营得有声有色。在这个"伊甸园"中，人人都有回到了家的感觉。不幸的是，雅各布和丽贝卡先后养育的四个孩子都不幸夭折。雅各布的贪念慢慢膨胀到执意要建造一栋大房子。然而房子刚建好，他便患上疟疾、撒手人寰。丽贝卡也感染了疟疾。农场陷入瘫痪，人人不知所终。

这部被《纽约时报书评》评选为2008年度十大最佳图书的小说将视域从黑人扩散到早期的北美殖民地的印第安人、混血人群以及部分白人契约工人，他们都有被奴役的惨痛经历。不同族裔的人团结一心建造家园到家园解体的这一过程还原了当时美洲大陆的社会历史，家园的建立不仅有白人的努力，而且更主要的是有各个族裔人们付出的艰辛和心血。当白人奴役其他族裔的贪念膨胀，他们建构的华厦必然坍塌，就如雅各布的农场命运一般。小说内容和《宠儿》遥相呼应，弗洛伦丝的母亲出卖女儿的行为和《宠儿》中塞丝的弑婴举动如出一辙，都是源自同一份浓烈的母爱,同属保护女儿的一种无奈选择。在《宠儿》中一直萦绕着124号的是孩子索取母爱的幽魂,而在《恩惠》这部小说里,新建的大房子里充斥着的是雅各布奴役人性的邪恶和欲望。

《家园》的主人公弗兰克·莫尼(Frank Mooney)曾参加过朝鲜战争,是一个"创伤后应激障碍"的严重患者。战争中惨烈血腥的画面常常在莫尼的脑海里反复重现,有时甚至还诱发出反复性的可怕幻觉。战后的生活中,莫尼的种种遭遇宛如创伤性事件的重新体验,让他仿佛重新身临其境,引起他巨大的心理痛苦和强烈的生理反应。战争给黑人男青年带来的严重心理创伤多次出现在莫里森的小说中,谴责着战争的罪恶。战场是莫里森展现黑人悲惨命运的又一个空间:《秀拉》中的夏德拉克曾经参加过第一次世界大战,战争给他带来的创伤性后果是建立"国家自杀日"和一个精神垮掉的躯体;李子受到的创伤性后果是回归婴儿状态,靠吸毒来麻痹自己;《天堂》中迪克的两个儿子都死在了朝鲜战场。

《孩子的愤怒》讲述了布莱德(Lula Ann Bridewell)的故事。她刚出生便因肤色黝黑遭到全家人的嫌弃。父亲因此抛弃了她们母女。母亲(Sweetness)虽然独自抚养她,但从来都不愿碰她。上小学时,布莱德指认了一个年轻的女教师猥亵儿童,女教师最终被判十五年监禁。布莱德的勇敢为她赢得了母亲的爱和骄傲。长大后的布莱德出落得自信迷人,她主动疏远了自己的母亲,成了化妆品公司的区域经理,找到了心仪的男朋友,过上了幸福的生活。小说同样沿袭了"弃儿"的主题,像佩克拉·布里德洛瓦一样，布莱德也因为肤色问题从精神上被家人、邻居和社区其他人所遗弃。不同的是，布莱德并没有失去自我，她经过自己的努力奋斗，摆脱了童年经历给她造成的内心的巨大创伤，成长为一个既自信又迷人的现代女性。

对于这位以描述非裔黑人生活为特色的黑人女性作家，评论界一直给予了高度关注。在国外，最早的评论性专著是1975年琼·比斯乔夫（Joan Bischoff）的《莫里森小说：对受挫敏感的探讨》(*The Novels of Toni Morrison: Studies in Thwarted Sensitivity*)。作者通过分析莫里森的两部早期作品《最蓝的眼睛》和《秀拉》，认为小说主人公佩克拉和秀拉具有相同的特质，即受挫敏感，提醒读者关注小说中的道德张力。在1979年的《第一世界》(*First World*)刊物上，菲利普·罗斯特（Philip Royster）和奥德特·C.马丁（Odette C. Martin）首先将托妮·莫里森定位为非裔美国作家。同年，芭芭拉·史密斯（Barbara Smith）提出了黑人女性批评模式，在她的带领和推动下出现了黑人女性批评家分析莫里森作品的潮流。到20世纪80年代末，更多相关批评刊载在重要的黑人和少数族裔的刊物上，如《美国黑人文学论坛》(*Black American Literature Forum*)、《大学语言协会杂志》(*CLA Journal*)、《黑人学者》(*Black Scholar*)以及《少数族裔声音》(*Minority Voices*)。从20世纪90年代开始，从不同视角进行批评的论文集开始出现，涉及的理论主要有以下五类：黑人女性理论，后现代主义和解构主义，文化干预叙事，读者反应批评，以及美学、叙事性和马克思主义理论。黑人女性主义批评的代表芭芭拉·克里斯丁（Barbara Christian）在《层次化的节奏：弗吉尼亚·伍尔夫和托妮·莫里森》（*Layered Rhythms: Virginia Wolf and Toni Morrison*）中，将这两位不同肤色的作家进行了比较研究，认为两者尽管种族和阶级身份不同，但在性别的层面上有相似的困境和障碍，并有类似的目标。以拉斐尔·佩里兹-托里斯（Rafael Perez-Torres）、玛丽安娜·德克文（Marianne DeKoven）和德维特·麦克布耐德（Dwight A. McBride）为代表的后现代和后结构评论家分析了莫里森作品的后现代特征，比如文字游戏、戏仿和原叙述等，并将分析与黑人的现实处境结合起来，阐述了莫里森作品鲜明的历史和文化含义。以理查德·C. 莫兰德（Richard C. Moreland）为代表的文化批评家把莫里森的作品放在白人主流社会和黑人文化的冲突背景下进行比较研究。莫兰德在论文《他想把他的故事放在她的故事旁边：并置吐温的故事和莫里森的〈宠儿〉》（*He Wants to Put His Story to Hers: Putting Twain's Next to Hers in Morrison's Beloved*）中提出：在揭露美国社会阴暗面上，马克·吐温不如莫里森深刻。"流浪的孤独"（或称为"消极的自由"）是美国20世纪所面临的主要危机，白人和黑人共同经历了此危机。① 马克·C. 康纳（Marc

---

① MORELAND R C. He wants to put his story to hers: putting Twain's next to hers in Morrison's Beloved[C]//Toni Morrison: critical and theoretical approaches. Ed. Nancy J. Peterson. Baltimore: The Johns Hopkins University Press, 1997: 161.

C. Coner)编著的《托妮·莫里森的美学思想:言说不能言说之事》(*The Aesthetics of Toni Morrison: Speaking the Unspeakable*)是研究莫里森作品美学的代表之作。多丽莎·德拉蒙德·姆巴利亚(Doreatha Drummond Mbalia)著的《托妮·莫里森不断彰显的阶级意识》(*Toni Morrison's Developing Class Consciousness*)从马克思主义批评理论视角对莫里森的作品进行了分析。苏珊·S.兰瑟(Susan S. Lanser)在其论著的《虚构的权威:女作家与叙述声音》(*Fictions of Authority: Women Writers and Narrative Voice*)中分析了莫里森作品的叙事声音与其文化立场的关系。

在国内,1987年出版的《美国当代小说家论》收集了研究莫里森的第一篇学术论文,作者是胡允恒。1988年中国社会科学出版社出版了《秀拉》,这是莫里森小说的第一部中译本,译者也是胡允恒。此后30余年间,莫里森的11部小说的简体中译本相继问世,部分作品甚至有几个不同译本。20世纪90年代中期出现了研究莫里森的高潮。中国知网全文数据库检索显示,从1993年至2019年,国内共发表有关莫里森的研究论文1600余篇。莫里森获诺贝尔文学奖的消息一经传出,彦文便于1993年10月31日在《辽宁日报》上发表了《托妮·莫里森:第一位获诺贝尔文学奖的黑人女作家》这篇报道。而《外国文学评论》《外国文学研究》《世界文学》《国外文学》等外国文学研究领域的重要学术期刊都刊登过研究莫里森小说的论文,分别从非裔文化、创作主题、叙事策略等各种角度进行了分析。王守仁教授等著的《种族·性别·文化》(1999)是国内问世最早、比较有影响力的一部研究托妮·莫里森作品的专著,从种族、性别和文化三个方面对托妮·莫里森的作品展开研究。2000年以来,国内先后出版了多部有关莫里森研究的学术专著:朱荣杰所著的《伤痛与弥合:托妮·莫里森小说母爱主题的文化研究》(河南大学出版社,2004)以母爱主题作为切入点,用"伤痛"和"弥合"归纳了莫里森母爱主题的发展轨迹;胡笑瑛所著的《不能忘记的故事——〈宠儿〉的艺术世界》(宁夏人民出版社,2004)对《宠儿》产生的历史背景、学术界的评论现状及对美国黑人文学的影响等问题进行了纵向梳理,分析了《宠儿》作品本身并对其他相关小说进行了横向对比研究;王玉括所著的《莫里森研究》(人民文学出版社,2005)利用新历史主义的批评方法,把文本的分析同文献的考证结合起来,考察了莫里森的文化立场,即莫里森对白人文学传统的重读、重写和抗拒(修订版由外语教学与研究出版社于2017年10月出版);章汝雯所著的《托妮·莫里森研究》(外语教学与研究出版社,2006)从莫里森的创作理念与创作手法出发,系统地分析了她的民族性、女性主义和政治观点;毛信德所著的《美国黑人文学的巨星——托妮·莫里森小说创作论》(浙江大学出版社,2006)以托妮·莫里森小说创作的思想发展过程为主线,详细介绍了每一部小说的内容、创作背景、人物形象以及由此引申出来的丰富的历史内涵和思想主题,同时以图表形式展现作品的情节发展、人物关系、地域演变,使读者能比较直观地理解小说内容和作家意图;唐红梅所著的《种族·性别与身份认同——美国黑人女作家艾丽丝·沃克、托妮·莫里森小说创作研究》(民族出版社,2006)从时间和空间维度出发,对两位作家构建黑人女性形象的叙事方式进行了研究;胡俊所著的《非裔美国人探求身份之路——对托妮·莫里森的小说研究》(北京语言大学出版社,2007)深入分析了非裔美国人的自我憎恨心理,从经济和意识形态出发探究了其民族身份特征、文化身份的否定、对祖先不敬等表现形式;焦晓婷所著的《多元的梦想——"百纳被"审美与托妮·莫里森的艺术诉求》(河南大学出版社,2008)从莫里森小说杂陈的"文本碎片"中分析了莫里森完整弥合的艺术诉求;田亚曼所著的《母爱与成长:托妮·莫里森小说》(中国社会科学出版社,2009)解读了母爱的多重性、复杂性,分析了母爱的内涵与意义,并解读了多重含义下的母爱带给孩子的成长影响;朱小琳所著的《回归与超越:托妮·莫里森小说的喻指性研究》(中国社会科学出版社,2010)运用了盖茨的喻指理论分析了莫里森小说的语言、意象、文本、经典继承等喻指关系;曾梅所著的《托妮·莫里森作品的文化定位》(山东人民出版社,2010)运用后殖民主义背景下的文化批评理论分析了莫里森作品的文化定位,从文化人类学的视角分析了莫里森作品的文化成因,挖掘了作品中的非洲黑人文化、美国黑人文化和欧洲文化的内涵;王烺烺所著的《托妮·莫里森〈宠儿〉〈爵士乐〉〈天堂〉三部曲中的身份建构》(厦门大学出版社,2010)以莫里森的三部曲为中心,探讨了莫里森重访历史、关注文化协商、指向混杂化的因由,探索了非裔美国人从个体的身份重建到群体和国族身份重建的文化身份建构；李美芹所著的《用文字谱写乐章：论黑人音乐对莫里森小说的影响》(浙江大学出版社，2010)从音乐和文学文本相结合的视角评论了莫里森小说的主题和创作技巧；赵莉华所著的《空间政治：托妮·莫里森小说研究》(四川大学出版社，2011)分析了莫里森小说对于列斐伏尔空间学说的叙事阐释，提出了莫里森以种族政治为核心内容，兼顾性别和阶级政治的空间政治诗学；孙艳芳所著的《托妮·莫里森小说的修辞艺术》(云南大学出版社，2012)讨论了莫里森小说的修辞技巧、修辞诗学和修辞哲学，指出无论是语言层面的修辞技巧，还是文本层面的修辞诗学，最终都指向展示美国黑人过去与现在的生存状况和生存方式；田亚曼所著的《拼贴起来的黑玻璃——弗洛伊德精神分析视阈下的莫里森小说研究》(复旦大学出版社，2012)运用弗洛伊德精神分析理论，对莫里森小说中人物怪异的精神现象进行了逐一解读；修树新所著的《托妮·莫里森小说的文学伦理学批评》(东北师范大学出版社，2015)运用文学伦理学批评理论，从生存、性爱、家庭、人际和政治伦理角度，分析了文本中人与人之间伦理关系的演变过程；赵宏维所著的《托妮·莫里森小说研究》从"他者"的视角探讨了莫里森的小说创作特色，解读了贯穿于莫里森小说的"家"、"社区"和"异质空间"等社会空间。

综上所述，国内外既有研究的总量虽然不少，但鲜有从悲剧意识这一视角对莫里森的小说进行阐释和挖掘。本书力图在借鉴前人的基础上，以莫里森所著的11部小说为主要考察对象，结合西方悲剧理论对莫里森的小说进行系统的研究。

第二节 悲剧和悲剧意识

悲剧的戏剧形式和这个术语,都源自希腊。"悲剧是古希腊人对人类文明独有的贡献。"[①] 从词源的角度,悲剧即"山羊之歌",它源于酒神狄奥尼索斯崇拜和祭祀酒神的颂诗合唱队的民间歌舞。[②] 后来它发展为一种戏剧形式,通过舞台来展示宇宙中的受苦与愉悦、和谐与不和。西方式的悲剧是独特的文学与文化现象,这种现象是在希腊-希伯来传统中所形成的一种审美表现。斯马特先生曾经提到:

> 如果苦难落在一个生性懦弱的人头上,他逆来顺受地接受了苦难,那就不是真正的悲剧。只有当他表现出坚毅和斗争的时候,才有真正的悲剧,哪怕表现出的仅仅是片刻的活力、激情和灵感,使他能超越平时的自己。悲剧全在于对灾难的反抗。陷入命运罗网中的悲剧人物奋力挣扎,拼命想冲破越来越紧的罗网的包围而逃奔,即使他的努力

---

① 任生名. 西方现代悲剧论稿[M]. 上海:上海外语教育出版社,1998:31.
② DRAKAKIS J, CONN N. Tragedy[M]. New York: Addison Wesley Longman Limited, 1998: 2.

绪 论

不能成功，但在心中却总有一种反抗。^①

在西方文学史上，悲剧不只是一种简单的戏剧体裁或类别，更重要的是体现了一个美学范畴。悲剧可从广义和狭义两个角度去理解。广义的悲剧是通常意义上的悲剧，指涉现实生活中无论什么原因引起的不幸、失败、痛苦或死亡的遭遇。狭义的悲剧是美学范畴的悲剧，主要描写主角与占优势的力量如命运、环境或社会之间冲突的发展，最后落了个悲惨或灾祸性的结局，并非囿于悲剧性戏剧。

鲁迅先生这样对悲剧的目的性进行了诠释："悲剧是将人生有价值的东西毁灭给人看。"悲剧通过对有价值东西的毁灭来表现人生的种种悲哀与不幸，启发人们去反思造成悲剧的根源，引发人们领悟人生的价值，激发人们对美好生活的向往，鼓励人们保持积极坚定的生活信念。

古希腊悲剧关注对人类现实的深层拷问：人类生命的意义、现实中秩序的存在和可能性。^②这一时期的悲剧主要凸显了命运等因素对人的控制和嘲弄。这一时期的悲剧家，以埃斯库罗斯为代表，特别关注半神英雄们的各种生存困境，包括文明的发展、

---

① 朱光潜. 悲剧心理学——各种悲剧快感理论的批判研究[M]. 张隆溪，译. 南京：江苏文艺出版社，2009：182.

② GRANT M K. The tragic vision of Joyce Carol Oates[M]. Durham: Duke University Press, 1978: 119.

国家的未来、人和神的关系、人类和宇宙的关系、人的命运和位置以及生死归宿等。人文时期的悲剧主要表现了由人物性格缺陷引发的各种悲剧性结局。哈姆雷特的犹豫、麦克白的贪婪、奥赛罗的多疑和李尔王的刚愎导致了各自悲剧的命运，剧中人物的命运与国家的命运，和道德价值观的归序紧密联系在一起。此后，悲剧意识可以从各种文学体裁（悲剧性的诗歌、小说、散文等）中发现其踪迹。17世纪的一些作家试图通过悲剧形式鞭挞封建主义的腐败和宫廷贵族的累累罪行，讴歌新兴资产阶级的反抗精神。现代作家关注现代人生存困境的三个层面：人与社会、人与人、人与内在的我（即人内在的心理危机）。他们认为生活和过去一样难以理解、充满不幸，尽管各自的原因不一样。人应该对自己负责，没有世俗的改革能去掉人类现在所遭受的磨难。[①] 西方现代派作家笔下，悲剧的诠释与传统表现手法相去甚远，荒诞的梦幻情节和无可奈何的"笑"替代了人生各种惨相；后现代主义美学理念影响下的悲剧表现形式则消解了传统悲剧精神及其审美，反讽和隐喻成为作家们惯用的技巧。

悲剧意识是对现实悲剧性的意识，是对现实悲剧性的一种文化把握。它既有反映现实的一面，又有主动地认识现实、架构现实的一面。作为文化意识一部分的悲剧意识，只要是成熟的，都

---

① GLICKSBERG C I. The tragic vision in twentieth-century literature[M]. Carbondale: Southern Illinois University Press, 1963: xiv.

有自己的形态、结构和内容，它的载体是文学艺术。①

悲剧意识是人固有的一种意识，人下意识地避免和消除这些悲剧和厄运，有时明知无法避免和消除它们，可还是不断抗争，甚至以牺牲自我为代价。悲剧意识最初在悲剧这一文学体裁中表现出来，是一种独特的带有两希传统的西方文学文化现象。②悲剧意识作为人类意识的组成部分，与人类自身的发展有着密切的联系。"人类自身的生成和发展，就是一个悲剧性的历程。人类自身生成和发展的历史，也就是人类悲剧意识不断自觉的历史。"③当人类社会发展处于初级阶段时，由于生产力的限制和科学水平的低下，人们无法理解许多自然现象。在他们的意识里，自然界的一切力量都是支配他们生存并且无力反抗的外在力量，尤其当这种力量直接威胁到他们的生命时，他们感到无比的惊惶和恐惧。"他们既感到现世的欢乐，又因为能预知死亡而感到宿命的悲哀。这种欢乐与悲哀的交融，实际上形成了人类最初的悲剧性意识。"④古希腊时期的神话、史诗和悲剧从各个侧面表现了人类受自然和社会压迫而形成的悲剧性意识，他们展开了对人类命运的思考。尽管他们认识到了命运不可征服的魔力以及命运之神毁灭正义的灾难性后果，但他们并没有被命运的魔掌控制，而是奋

---

① 张法.中国文化与悲剧意识[M].北京：中国人民大学出版社，1997：2.
② 任生名.西方现代悲剧论稿[M].上海：上海外语教育出版社，1998：30.
③ 赵凯：悲剧与人类意识[M].上海：学林出版社，2009：1.
④ 赵凯：悲剧与人类意识[M].上海：学林出版社，2009：5.

起与命运抗争。在《俄狄浦斯王》中,俄狄浦斯最终难逃杀父娶母这样一个魔咒,他越是想摆脱命运对他的控制,身陷命运的囹圄越深;他越是想为民除害,就越是如飞蛾扑火般走向绝路。俄狄浦斯的女儿安提戈涅反抗暴君埋葬她哥哥的命令,她明知自己死路一条,但是为了兄妹之情,她毫不犹豫地选择了毁灭。俄狄浦斯和安提戈涅悲剧性的结局,表现了命运无情的捉弄,而他们这种抗争的精神成就了悲剧艺术的悲且美的特质。中世纪基督教神学取代了古希腊艺术,僧侣阶级控制了美学和文学话语。在他们看来,悲剧的根源是现实人的纵欲和沉沦,悲剧的最大意义在于人对自身罪恶的忏悔和神对人自由意志的惩罚。乔叟的《坎特伯雷故事集》叙述和揭露了貌似神圣的僧侣种种见不得人的丑行,但丁的《神曲》也对教会进行了无情的批评,两者都表达了对人类自由的向往和憧憬。资产阶级文艺复兴运动方兴未艾之时,人文主义者主张解放个性、恢复世俗权力。这一时期的作品主要表现为扼杀人性的社会造成的个人的毁灭,道德责任和个人情感的冲突,人的尊严和价值遭到贬损以及人的心灵世界里善与恶的较量。莎士比亚致力"挖掘人物重大的精神危机,表现他们忧患、痛苦和彷徨的悲怆情感"。在《哈姆雷特》中,他一方面大为称赞人为"宇宙的精华,万物的灵长",另一方面又哀叹"这个泥土塑成的生命算得了什么?"这种矛盾凸显了当时社会传统观念的崩溃和现有社会秩序失调下人的精神危机。在易卜生的《玩偶之家》中,当个人的自由情感与现实生活的压迫发生矛盾时,娜拉勇敢地选择了出走，虽然难逃毁灭的厄运，但也升华了悲剧的崇高。司汤达的德·瑞夫人、福楼拜的包法利夫人、巴尔扎克的高老头、列夫托尔斯泰的安娜·卡列尼娜等经典形象无不蕴含作家们的悲剧意识：人的自由发展的情感因为受到外界的压抑和腐蚀异化得变形或残缺。陀思妥耶夫斯基则将人物引入灵魂的深处，在心灵世界的法庭上进行善与恶的批判，在对不公正、扼杀人性的社会进行拷问和鞭挞的同时，也彰显了人类顽强的、求生存求发展的潜在欲望。现代社会的悲剧不再局限于人与自然界和外部社会力量的冲突，而是致力表现人与其创造的力量之间的抗衡以及人在此过程中流露出来的异化感、孤独感和荒谬感。莫瑞·克里格在《悲剧意识：极端的对抗》(*The Tragic Vision: The Confrontation of Extremity*)一书的开头写道："当然，悲剧性不是我们严肃的文学和哲学所投射出来的唯一幻象，也不一定是最深刻的幻象。但它无疑是我们这个时代最壮观、最能表达危机心态的。"① 他把悲剧意识定义为："极端情况下的看法，反叛的精华，曾经因危机而导致的无神论，通过拒绝所有的姑息来净化自己。"② 卡夫卡在《变形记》里描述的格里高尔形体的异化便是异化的人的悲剧，作品中充斥着被异化现实摧毁后的个体孤立无援的孤独感、在充满敌意

---

① KRIEGER M. The tragic cision: the confrontation of extremity[M]. London: The Johns Hopkins University Press Ltd., 1973: 1.
② KRIEGER M. The tragic cision: the confrontation of extremity[M]. London: The Johns Hopkins University Press Ltd., 1973: 2.

的家人面前的陌生感以及被驱赶的灾难感。在贝克特的《等待戈多》中，人们日复一日地等待着一个无人认识的戈多，谁也不知道他们等待的原因和目的。现代作家用种种如此不可理解的荒诞行为，嘲笑荒诞的世界，也嘲笑荒诞的自己。在弗吉尼亚·伍尔夫所著《波浪》一书中，兄弟姐妹六人都在痛苦地寻找着"自我"。尤金·奥尼尔笔下的杨克，象征着失去自我并重新寻找归属感的全人类。在奥尼尔看来："旧的信仰的毁灭和物质主义的失败，是西方当代社会的病根。资本主义文明的溃疡，使人类在恐惧和不安中走向灭亡，而悲剧的意义就在于揭示社会腐朽的病因，发现人类生命的意义，以疗救和安慰悲哀的人类。"[①]

莫里森是美国第一位获得诺贝尔文学奖的黑人女作家。从她创作的第一部小说《最蓝的眼睛》(1970)到最近的一部小说《孩子的愤怒》(2018)，莫里森在文字中流露出了强烈的悲剧意识。莫里森继承了西方文学的悲剧传统，其小说呼应了现代文化大背景所体现的迷茫和探索的主题，表现出强烈的现代悲剧意识，到达了艺术幻想和哲学思辨融于一体的境界。作家以哲人的敏锐，关注着美国黑人乃至全人类的生存苦难与精神困境，为人类精神的荒芜、个体灵魂的迷失、民族文化的痛失而发出焦虑的呐喊。她的悲剧意识源自强烈的焦虑感和没有归属感。她曾经说过："我觉得这个世界正在朝着我不理解的方向发展，我不在其中。[……]所

[①] 赵凯. 悲剧与人类意识[M]. 上海：学林出版社，2009：5.

绪 论

以它看起来好像世界在过去，而我不在那个世界。我以前生活在这个世界上，我是说真的生活在这个世界上。我以前真的属于这里。在某种程度上，我不再属于这里了。"① 在被采访的时候，当问及为什么她的书总是如此忧郁和悲伤，为什么她从不试图在她的作品中写一些关系健康的东西时，莫里森是这样回答的："有一种描述美满姻缘的喜剧的形式，但是我不写。我写的是那种我想可以被称之为悲剧形式的东西，里面有净化和启示。两者之间有很大的空间，但是我的倾向是悲剧。这也许是因为我是一个小古典主义者。"② 莫里森的小说世界借以打动读者的本质内容还是对人的悲剧处境和寻求自我的努力的描写。莫里森从摹写同胞们的悲剧生态入手来反思历史，揭露历史的残酷和不合理，然后又走入现实，在宿命论和神秘力量之外发现本民族新的生存内涵。莫里森的作品承载了传统的悲剧意识，但有着自己的鲜明特色：悲剧人物在与毁灭性的力量抗争中激扬起顽强不屈的悲剧精神的同时，领悟到人类应该认识到自己的困境与弱点，学会关爱别人；唯有借助仁爱的力量方能将人类从痛苦的深渊之中解救出来。

---

① TAYLOR-GUTHRIE D. Conversations with Toni Morrison[M]. Jackson: University Press of Mississippi, 1994: 198.
② TAYLOR-GUTHRIE D. Conversations with Toni Morrison[M].Jackson: University Press of Mississippi, 1994: 125.

第一章

莫里森悲剧意识之一：
爱的沉思

莫里森在1977年的访谈中曾说过：爱是她的基本主题，"我写爱或它的缺失"。从第一部小说《最蓝的眼睛》开始，爱一直是她书写的对象、关注的焦点。在不同的小说中，爱的表现方式也不尽相同，与传统浪漫爱情故事中的卿卿我我大相径庭。其中有扭曲的乱伦的爱：《最蓝的眼睛》中的父亲为了表达对孤独的女儿的爱意，居然性侵了自己的女儿；《所罗门之歌》中的奶人对自己的外甥女始乱终弃。有太浓的屠杀式的爱：《宠儿》中的母亲为了让自己的孩子免遭奴役之苦，亲手砍断女儿的喉管；《爵士乐》中的男主人公因为太爱女友，居然选择将她开枪打死。这些不同寻常的爱的形式使得莫里森的作品充满了表现的张力。读者不禁要思索：莫里森为什么要以这样的方式来呈现爱？造成这些悲剧的原因是什么？世界到底需要什么样的爱？

莫里森的小说书写了黑人社会"爱的缺失""爱的扭曲"等生存状态，表现了在此状态下悲剧人物的悲惨命运，还原了历史的真实面貌，向读者展现了过去以及现代黑人的生存画面。实际上，在表面上宣扬"民主、自由、博爱"的美国，黑人的生存处境令人揪心和担忧，他们受到经济和文化的双重隔离，很多人依然生活在贫穷、孤立、蒙昧的社会边缘，他们的情感发展也不尽如人意，祖先互帮互爱的传统在他们身上断流,爱人和自爱的能力开始减弱,无爱的悲剧总是在生活中不断重演。针对这些问题的逐一呈现,莫里森意在指涉现代黑人接受过去不能改变的历史事实,努力面对造成现状的原因,宽恕别人的错误,关爱自己,关爱他人,关爱社会和文化。"爱是一首赞美歌,可以滋养人的心灵、治愈人的心疾、宽恕人的过失。"① 莫里森也说过:"爱是当今最大的隐喻:我们必须拥抱自己。"② 她的小说试图去愈合个人和集体的创伤,弥合他们的分歧和不和谐,建立一个彼此关爱的天堂。

第一节 爱的困惑——《最蓝的眼睛》中的爱

作品讲述的是1941年发生在美国俄亥俄州一个小镇上的故事,11岁的黑人女孩佩科拉·布里德洛夫是故事的主人公,叙述者是9岁的黑人女孩克劳蒂亚·迈克迪。故事在春夏秋冬四季更替中演绎:秋季的时候,佩科拉第一次来月经,标志着她生理上的成熟,渴望着爱与关怀;冬季的时候,她受到父母、同学以及旁人的冷落和欺凌,体验到生活如寒冬般无情;春天的时候,在如花似玉的年纪的她却遭受了母亲的毒打和父亲的兽行;夏天的

---

① 曾梅.托妮·莫里森作品的文化定位[M].济南:山东人民出版社,2010:262.
② MORRISON T. Unspeakable things unspoken: the Afro-American presence in American literature[J]. Michigan quarterly review, 1989(28): 219.

时候，旁人的排斥和自己对蓝眼睛的渴望最后逼得她发了疯。

一、爱的荒漠

佩科拉的母亲波莉出生在南方的一个大家庭中，她的父母养育了11个孩子，波莉排行第九。童年的波莉度过了欢快的童年，家境虽然一般，但是一家人其乐融融地生活在一起。父母兄妹各司其职，波莉因为跛脚一直以操持家务、照料弟弟为乐。长大后的波莉情窦初开，渴望着浪漫的爱情：

> 对男人、爱情和抚摸的憧憬常使得她分心，双手也不利索了……在梦境中她总是十分温顺；常常在河边漫步，或在田里捡野果子，然后有个男人出现在面前，目光柔和且又敏悦，不用言传就心心相印；在他的注视下，她垂下双眼，她的脚也不跛了。此人无形，无脸，无声无息。只是一种存在，刚柔相济，象征平和。她对这种存在不知所措。但这无关紧要，因为在无言的理解与无声的抚摸之后梦幻会自行破灭。然而这存在知道如何行事。她只需将头挨着他的胸脯，他就会带她走向大海，走向城市，走向树林……直到永远。①

乔利从天而降，出现在肯塔基的阳光里，挠着她的跛足，亲着她的小腿，两人相亲相爱了：

---

① 托妮·莫里森.最蓝的眼睛[M].陈苏东，胡允恒，译.海口：南海出版公司，2005：72-73.

第一章 莫里森悲剧意识之一：爱的沉思

波莉和乔利相亲相爱。他好像很愿意和她做伴，好像有些赞赏她的土气以及她对城里人的无知。他会问及和谈论她的脚。当他们漫步在街头或田间，他会问她累不累。对她的残疾他不但不视而不见，装作没这回事，反而把它看作是她不同寻常甚至是可爱之处。波莉第一次感觉到她的跛脚是一种资本。

就像她所梦想的那样，他抚摸她时既果断又温柔，虽然没有落日的余晖或僻静的河畔做背景。她感到很安全也很知足；他很和善也很活泼。她未曾想到世上还有这么多笑声。

他们同意结婚之后一起到遥远的北方去。乔利说那里的炼钢厂需要大批工人。他们到俄亥俄州的洛兰来时风华正茂，相亲相爱。①

北方截然不同的生活环境让波莉感到格外的孤独，这里到处是可恨的白人，有色人种也和白人一样差劲。波莉设法从丈夫那里寻求安慰和快乐填补自己的空虚。与此同时，乔利却开始厌倦她的依赖，总是找别人一起消磨时光。波莉找到工作后，两人的关系非但没有改善，反而恶化了——两人经常大打出手。在有了两个孩子之后，波莉"独自承担起养家糊口的责任"。② 她跟

---

① 托妮•莫里森.最蓝的眼睛[M].陈苏东，胡允恒，译.海口：南海出版公司，2005：74.

② 托妮•莫里森.最蓝的眼睛[M].陈苏东，胡允恒，译.海口：南海出版公司，2005：80.

乔利的关系还是一样糟糕,甚至从心底里开始瞧不起他,把他视为"罪孽和失败的典范"。① 波莉越来越不顾及家庭、孩子和丈夫,把与他们相处的时光描述为"暗淡无光"的,而与她提供劳务的费舍尔一家相处的时光则"显得更加明亮、更加珍贵、更加可爱"。② 波莉将自己的爱全部倾注到了费舍尔家里,对于自己的家却是相当淡漠无情:

> 波莉把这种美好无序的生活仅限于她个人的小世界,并不把它带到库房的家里,也不带给她的孩子。对他们她更加讲究威严,结果是让他们充满恐惧,唯恐举止笨拙,唯恐堕落成父亲那样,唯恐得不到上帝的宠爱,唯恐患上乔利的母亲的那种疯癫病。在她儿子心里她敲打出离家出走的强烈愿望,在她的女儿心里她敲打出对长大成人,对世人,对生活的恐惧。③

作为一个母亲,波莉是完全失败的。她没有给孩子们足够的母爱,尽管在孩子没有降临到这个世界前,她暗下决心一定要爱孩子、对孩子好,但实际上她从物质和精神上都抛弃了他们。她

---

① 托妮·莫里森. 最蓝的眼睛[M]. 陈苏东,胡允恒,译. 海口: 南海出版公司,2005: 81.

② 托妮·莫里森. 最蓝的眼睛[M]. 陈苏东,胡允恒,译. 海口: 南海出版公司,2005: 81.

③ 托妮·莫里森. 最蓝的眼睛[M]. 陈苏东,胡允恒,译. 海口: 南海出版公司,2005: 81.

没有给孩子提供最基本的物质条件，比如舒适的房间、干净的衣物和可口的饭菜。佩科拉永远是以一副脏兮兮、邋遢的样子出现，衣衫不整、头发凌乱，像个孤儿。同时，在精神层面，她也从没关爱过自己的子女，对孩子非打即骂，缺席于他们的成长。佩科拉不小心打翻馅饼的时候，她不关心佩科拉是否被烫伤，反而对她大打出手，转身爱意融融地呵护和安慰主人家的小女孩。她对孩子的成长发育不闻不问，女儿月经初潮都是克劳迪娅和弗里达以及她们的母亲帮她应对。

佩科拉的父亲乔利是个私生子，刚出生后便被自己的母亲扔在垃圾堆里。好心的姨婆吉米把他拉扯长大，终身未婚的姨婆将自己的爱全部倾注在乔利身上。姨婆去世后，乔利成为真正的"弃儿"。偏偏此时，乔利已经进入青春期，有了青春的萌动。他的第一次性交过程被两个白人撞见，白人强迫他跟达琳在他们面前表演做爱。此时乔利将屈辱全归咎于达琳，有杀死她的冲动。这一遭遇给乔利的两性生活埋下了危险的种子。直到遇到波莉，乔利才有了建立小家庭的冲动。但是这种冲动很快被婚姻和孩子击退，没有被父母抚养的经验的他不懂得怎样为人父。当看到女儿在厨房边洗碗边用一只脚挠着另一只脚的痒痒时，醉酒的乔利在爱怜和性欲的混合驱使下，将罪恶的手伸向了自己的女儿。此时的乔利用了错误的方式向女儿示爱：

> 我们之中曾有人"爱"过她。冯洁诺·兰爱过她。乔利爱过她。我相信他爱过。无论如何，出于爱抚摸她，拥抱

她,把自己的一部分给了她。然而他的抚摸是致命的,他的给予使她原已痛苦的生活更加窒息。爱情不比施爱者更美好。缺德的人只会以缺德的方式,强暴的人以强暴的方式,软弱的人以软弱的方式,愚蠢的人以愚蠢的方式表达爱情。一个无法无天的自由人的爱是危险的。受爱者得不到任何赠品,只有施爱者拥有爱的赠品。在施爱者炯炯的目光下,受爱者被打垮,被僵化,无力反抗。①

作为一个父亲,乔利也是失败的。首先,他没有承担起传统父亲的养家糊口的责任,而是选择天天买醉、睡觉;其次,他没有承担起传统父亲保护妻儿的责任,女儿在外面备受欺凌,父亲却从来不闻不问;最后,他缺乏对孩子的关爱,唯一一次从心底里涌出的父爱却被兽性征服,给女儿带来了巨大的伤害。

佩科拉一家住在一个由废弃库房改造而成的简陋房子里,房子外表丑陋不堪,让人嫌弃:

> 它无法与黑沉沉的天空融为一体,与四周灰色房屋与黑电线杆很不和谐。相反,它强行让路人不得不注意它的存在,既让人恼怒又使人伤感。开车路过小镇的游客不明白为什么没有人将它拆除掉,而附近的居民路过此地时本能地将目光移到别处。②

---

① 托妮·莫里森.最蓝的眼睛[M].陈苏东,胡允恒,译.海口:南海出版公司,2005:134.
② 托妮·莫里森.最蓝的眼睛[M].陈苏东,胡允恒,译.海口:南海出版公司,2005:22.

第一章 莫里森悲剧意识之一：爱的沉思

卧室里面挤着三张床，一家人睡在一个房间里，毫无私密性。家具也是与人疏远和不友好的：

> 家具摆设没什么可以再说的，真是无法形容。这些家具的设计、生产、运输、销售的全过程都表现出不同程度的轻率、贪婪以及冷漠。家具全已用旧，但并不让人感到熟悉。这家人拥有家具但并不了解家具。[1]

这一家人的关系也是糟糕到了极点，他们彼此痛恨，整个家庭毫无温情可言。夫妻两人每天开打，这时候孩子们要么装睡，要么加入打斗，甚至为母亲助威大呼"杀死他"。山姆经常离家出走，佩科拉则希望父母中的一人被对方打死或他们自己死了算了。

从南方到北方后，波莉的满腔热情被无情的现实击得支离破碎、片甲不留。从渴望建立小家庭、渴望善待自己的孩子，到与丈夫大打出手，嫌弃和殴打自己的孩子，波莉的爱完全被异化。乔利从小就没有得到过父母的关爱，也没有继承爱孩子的传统，在一系列的逼迫、被生父无视等众多因素的摧残下，他成长为一个没有爱的能力的人。他们的结合使他们的家庭变成了爱的荒漠，让人心怀恐惧、只想逃离，留给子女的只有深深的伤害。

在这样的环境里面长大的孩子，同样丧失了爱的能力，没有责任感、没有反抗能力、没有主见，也没有自信。山姆和佩科拉

---

[1] 托妮·莫里森.最蓝的眼睛[M].陈苏东，胡允恒，译.海口：南海出版公司，2005：23.

他们从来没有主动去帮助或关爱别人。面对家庭的现状，他们不是积极应对，而是选择了逃避：山姆以离家出走的方式，佩科拉以装睡的方式。当遭受其他孩子的欺负、谩骂的时候，佩科拉从来不敢反抗、不敢回击。当面临选择的时候，佩科拉永远用"我无所谓"来逃避选择，完全没有主见。他们严重缺乏自信，在潜意识里面认为自己丑，"把丑陋当面具一样戴着，尽管丑陋并不属于他们"。

二、爱的乐园

小说中，与佩科拉出身、家境差不多的克劳迪娅和弗里达，同样来自一个四口之家，由父母和两个女儿组成。与佩科拉的家形成鲜明的对比的是，克劳迪娅和弗里达的家人相亲相爱、父母与子女关系良好。尽管生活艰难，克劳迪娅和弗里达的父母非常注重给孩子提供必要的物质保障和精神呵护。他们住在绿色的屋子里面，房间数量众多，拥有自己的小花园。姐妹俩在这里种下喜欢的花种子。新学期伊始，母亲给她们准备好了新的棕色长筒袜和鱼肝油。克劳迪娅生病的时候，母亲无微不至地照顾："用手指抠油膏给我按摩。让我吞药膏，用暖烘烘的绒布毯子把我的脖子和前胸裹起来，然后压上沉甸甸的被子，命令我发汗。"[①] 母亲还帮她清扫呕吐物。姐姐弗里达则唱歌给妹妹听。这些让克劳迪

---

① 托妮·莫里森.最蓝的眼睛[M].陈苏东，胡允恒，译.海口：南海出版公司，2005：6.

第一章 莫里森悲剧意识之一：爱的沉思

娅感受到了浓浓的爱：

> 爱像枫树蜜一样稠密，慢慢地漏向窗户缝。我闻着她，赏着她——甜甜的，带一点霉味，又带一点冬青油味——爱充满了整个房子。爱跟我的舌头在一起，粘在布霜的窗户上。她和按摩乳膏一起覆盖着我的前胸。当我睡着把被罩蹬掉时，嗖嗖的冷风让我想起她的甜蜜。午夜时分，当我又干咳起来时，脚步声进入了我的房间，大手把被罩和被子重新披好，在我的额头上停留了一会儿。[1]

在向房客介绍孩子们的时候，"爸爸笑了，妈妈的目光变得温柔了。"[2] 在生活的重压下，克劳迪娅的母亲不可避免地会喜欢唠叨，但她经常会唱歌，做着家务的时候，她"会突然唱起歌来，一直唱到天黑。""唱些诉说艰难岁月的歌，唱些年轻人相爱别离的歌。"[3] 在帮助佩科拉处理月经初潮时，她依然高兴地唱着歌："透过哗哗的水声我们能听见妈妈音乐般的笑声。"[4]

---

[1] 托妮·莫里森.最蓝的眼睛[M].陈苏东,胡允恒,译.海口：南海出版公司,2005：7.

[2] 托妮·莫里森.最蓝的眼睛[M].陈苏东,胡允恒,译.海口：南海出版公司,2005：10.

[3] 托妮·莫里森.最蓝的眼睛[M].陈苏东,胡允恒,译.海口：南海出版公司,2005：16.

[4] 托妮·莫里森.最蓝的眼睛[M].陈苏东,胡允恒,译.海口：南海出版公司,2005：20.

克劳迪娅和弗里达的父母是她们坚强的后盾，为她们的成长保驾护航。当房客亨利先生非礼弗里达时，父母立马挺身而出，承担起痛击坏人、保护女儿的责任。父亲先是"拿起旧三轮车朝他头上扔去"、骂他、朝他放枪，母亲则"用扫帚打他"。①

精心呵护、武力保护和美妙歌声滋养了克劳迪娅和弗里达的心灵。她们有傲气，敢于反抗，同情和关爱弱者，有主见，有理想。她们不像佩科拉一样屈服于白人的淫威。克劳迪娅不喜欢符合白人审美标准的白洋娃娃，将洋娃娃全部肢解弄碎。当白人邻居小女孩罗莎玛丽·弗拉努奇坐在别克车里吃着黄油面包，并声称她们不能上她的小汽车时，姐妹俩敢于将她拖出来狠揍一顿，不接受她的"进贡"，以此展示自己的铮铮傲骨。她们同情、关爱弱者。佩科拉寄养在她们家时，姐妹俩"想方设法不让她感到无家可归"，②装扮小丑逗她开心，将家里的零食悉数翻找出来给她吃。佩科拉被别的孩子欺负时，姐妹俩帮她打人解围，替她申冤。得知佩科拉怀孕的消息，她们把准备售出的花种子和售卖花种子所得的钱全部埋在地下，祈祷孩子能平安生下来。她们有着自己对生活的憧憬。克劳迪娅理想的生活是："我想坐在大妈的厨房里

---

① 托妮·莫里森.最蓝的眼睛[M].陈苏东,胡允恒,译.海口：南海出版公司,2005：63.

② 托妮·莫里森.最蓝的眼睛[M].陈苏东,胡允恒,译.海口：南海出版公司,2005：11.

的矮凳上，腿上放满丁香花，听着大伯给我一个人拉提琴。"①

莫里森以爱为线索，在其各部经典小说中，向读者揭示了纷繁复杂的爱既有摧毁一切的破坏力，又有拯救世界的再生力这一深刻主题。②《最蓝的眼睛》一书也不例外，佩科拉一家因为无爱最终落得个家毁人亡的结局，乔利死了，山姆走了，佩科拉疯了；克劳迪娅一家则充满希望和关爱，克劳迪娅和弗里达在父母的关爱下幸福成长。

第二节 无爱的悲歌
——从《所罗门之歌》看托妮·莫里森的悲剧意识

莫里森曾经这样说过："在西方的观念中，爱充满着占有、扭曲和腐化。这是一种看不见血的屠杀。"③爱的缺失与扭曲是导致人类痛苦深渊的一种毁灭性力量。在《所罗门之歌》这部小说中，作家独辟蹊径地描述了现代美国黑人群体中的这种缺失与扭曲。而爱是解决不同性别和种族之间冲突的良方，因为"爱能引发爱

---

① 托妮·莫里森.最蓝的眼睛[M].陈苏东,胡允恒,译.海口：南海出版公司，2005：13.
② 高继海.托妮·莫里森小说的叙述特色[J].解放军外国语学院学报，2002(1).
③ TAYLOR-GUTHRIE D. Conversations with Toni Morrison[M]. Jackson: University Press of Mississippi, 1994: 162.

的力量"。通过对爱的缺失与扭曲的各种形态的描写，莫里森意在呼唤一种超越自我、异性以及家庭之爱的普世仁爱。小说描述美国黑人社会中各种爱的缺失与扭曲，作家的创作意图由此可略见一斑。

一、无爱之人

爱是一种积极的力量，它能打破人与人之间的隔阂，融洽人与人之间的关系。爱让人克服孤独感和分离感，保持自身的完整性。美国著名心理学家弗洛姆（Erich Fromm）认为："对自己的关爱意味着对自己的完整性和独特性的尊重，对一个人自我的爱和理解。"[①] 作为有能力关爱自己的人，他应该肯定自己的生活、幸福、成长和自由，应该自立、自重和自尊。在作品中，莫里森突出描写了对自我关爱的缺失与扭曲。

在小说中，自爱的缺失表现出对自我生存状态的不满。例如作品中的奶人：他对自己的形象感到不满意，因为"它缺乏一种协调，一种各个部位合成一个整体的协调感"。[②] 他在4岁时发现只有鸟和飞机才能飞这样的事实后，对自己也失去了兴趣。同时，他对金钱也没有兴趣，因为家人从来没有拒绝过他对钱的要求。他对政治也很厌烦，理发店里人们所谈论的政治让他昏昏欲睡。

---

① FROMM E. The art of lovong [M]. Ed. Ruth Nanda Anshen, New York: Harper and Row, 1956: 25.

② 托妮•莫里森.所罗门之歌[M].舒逊，译.北京：中国文学出版社，1996：80.

他对身边的人、所居住的城市以及周遭的一切都感到厌倦。因此,他的生活变成"无聊的、没有目标的,说他没有很多地关心别人[确实]是对的"。①

对于小说中的女性而言,自爱的缺失表现为失去了完整性、独立性、存在性。像哈加尔和露斯,她们放弃了自我的存在,将对男人的依赖作为存世的证明与意义。评论家盖茨(Henry Louis Gates)认为:"事实上几乎所有《所罗门之歌》中的女性,除了那个不可征服的彼拉多·戴德之外,都是依附于男人的,她们很容易遭受男人的屈辱和剥削。"②而莫里森始终强调女人不应该向男人屈服。如果一个女人认为自己离开了男人就活不下去,那她就失去了人的存在性。

作品还描述了主人公自爱所遭到的扭曲。哈加尔就是一个被宠坏了的孩子,她没有足够的内在力量和复原力。③她属于这样一类人:"她们撒娇使性被大人们认真对待了,使她们长大后成了世界上最刻薄、最贪婪的人。……以至于她们会去杀死那阻挡她的爱的人。"④她的自爱已经扭曲成了一种超级自负。她认为自己

---

① 托妮·莫里森.所罗门之歌[M].舒逊,译.北京:中国文学出版社,1996:123.

② GATES H L Jr., APPIAH K A. Toni Morrison: critical perspectives past and present[M]. New York: Amistad Press, 1993: 143.

③ LINDEN P. Toni Morrison[M]. New York: Library of Congress Cataloging-in-Publication Data, 2000: 69.

④ 托妮·莫里森.所罗门之歌[M].舒逊,译.北京:中国文学出版社,1996:351.

是如此可爱,她的爱比任何一个人都要好。没有了"内在力量"和"复原力",她的性格已变得异常脆弱。

二、无爱之性

两性之爱是一种与他人完全融合的渴望。在本质上,它是专一排他的,而不是博爱。① 但是,爱一个人并不意味着占有。在莫里森眼里,爱人之间的理想关系应该是这样的:"你不会因为没有了他就感觉没有了一切。他也不会因为没有了你而感觉一无所有。这种同志关系、与亲密搭档在一起工作的感觉就是婚姻中理想的状态。"② 莫里森指的是两个平等主体间的爱,这种爱让彼此怀着一种强烈的情感,始终都能保持一种协调的关系。这种关系在杰克·梅肯·戴德和辛·伯德的身上得到了完美的体现:他们恩恩爱爱,从弗吉尼亚州的沙里玛尔迁徙到宾夕法尼亚州的丹维尔,一起开辟农场,一同抚养小孩。同样,奶人与甜姐的关系也达到了这样一种境界:"他给她擦了肥皂,给她搓澡一直到她的皮肤吱吱地叫,像块条纹玛瑙似的闪光发亮。……她亲了他的嘴。他抚摸了她的脸。"③ 这种短暂的真爱的感觉,使曾经自私和以自

---

① FROMM E. The art of loving[M]. Ed. Ruth Nanda Anshen. New York: Harper and Row, 1956: 52-53.
② TAYLOR-GUTHRIE D. Conversations with Toni Morrison[M]. Jackson: University Press of Mississippi, 1994: 196.
③ 托妮·莫里森. 所罗门之歌[M]. 舒逊,译. 北京:中国文学出版社,1996: 326.

我为中心的奶人也突然发生了翻天覆地的变化。为了这种享受他"甘愿手里拿着一夸脱煤油在烧热的煤块上行走",[1]甚至愿意将余生贡献给上帝、国家和他的黑人兄弟。

但在小说中,其他伴侣之间的感情大都是残缺的。例如,梅肯·戴德和露斯·福斯特之间就毫无爱意可言。瑞利(Andrea O'Reilly)评论道:"露斯是一个被丈夫从各种可能的角度虐待得遍体鳞伤的妻子形象:性方面、情感方面以及身体方面。"[2]在性生活方面,梅肯从露斯刚20岁时就与她分床,导致露斯因无爱而凋零,甚至对死亡都心生嫉妒。在情感方面,她的自尊也被丈夫击得粉碎。在丈夫眼里,她"又蠢,又自私,又怪异,又下流"。[3]对她精心布置的房间,丈夫表现得熟视无睹;对她所做的饭菜,丈夫认为难以下咽;她随时随地都可能遭到丈夫的责骂。在身体方面,她经常受到丈夫的殴打,有时甚至是当着孩子的面。所以露斯总是对丈夫心怀怨恨:"他不是个好人……是个傲慢的人,而且时常是愚蠢和具有破坏性的妄自尊大的人。"[4]她认为丈夫是谋害父亲的凶手,而且还试图谋杀当时还在肚子里的奶人。又如彼

---

[1] 托妮·莫里森. 所罗门之歌[M]. 舒逊, 译. 北京: 中国文学出版社, 1996: 326.
[2] O'REILLY A. Toni Morrison and motherhood: a politics of the heart[M]. New York: State University of New York Press, 2004: 81.
[3] 托妮·莫里森. 所罗门之歌[M]. 舒逊, 译. 北京: 中国文学出版社, 1996: 123.
[4] 托妮·莫里森. 所罗门之歌[M]. 舒逊, 译. 北京: 中国文学出版社, 1996: 142-143.

拉多、丽芭的例子，同样是缺失两性之爱的。当发现彼拉多没有肚脐的时候，男人离她远去。丽芭将自己的全部交付给了那个男人，他也只是"一年来一次"①。当丽芭拒绝借给他一笔小钱时，男人便挥舞着拳头打向了她。

  奶人和哈加尔之间的关系与上面所提及的则有所不同。它以奶人的厌弃和哈加尔歇斯底里的占有为特征。这种占有也是被扭曲了的爱的表现形式。奶人认为哈加尔是"第三瓶啤酒"(这种啤酒既没有味道，也不会造成任何伤害，而且喝与不喝不会有任何区别)②，或是"一块嚼之无味的口香糖"。③他已经厌倦了他们之间长期的性爱关系。然而此时的哈加尔对奶人的爱已经有了一种强烈的占有欲。在哈加尔眼里，奶人就是自己的依靠。没有了奶人的爱，她无异于一块被他丢弃的垃圾。塞穆尔斯（Wilfred D. Samuels）和威姆斯（Clenora Hudson-Weems）认为："通过奶人和哈加尔之间的关系，莫里森在继续阐释着由浪漫爱情中一方出于对另一方的爱，愿意丧失自我所导致的对两性关系的损害。"④哈加尔对奶人的不正常的爱让她自己变成了一个丧失自我的存在："她完全被她蟒蛇性质的爱情所征服，失去了自我，没有恐惧，没

---

① 托妮·莫里森.所罗门之歌[M].舒逊，译.北京：中国文学出版社，1996：47.
② 托妮·莫里森.所罗门之歌[M].舒逊，译.北京：中国文学出版社，1996：91.
③ 托妮·莫里森.所罗门之歌[M].舒逊，译.北京：中国文学出版社，1996：277.
④ SAMUELS W D, HUDSON-WEEMS C. Toni Morrison[M]. Boston: Twayne Publishers, 1990:72.

有需求，没有自己的智慧。"①结果，"任何事情都无法使她不去想：奶人没再吻她的嘴，她的脚没有再向他跑去，眼前没有他，手没有再抚摸他"。②

这种充满占有欲的爱是一种扭曲的爱。莫里森通过吉他（Guitar）之口也指出了其危害性："'belonging'（属于）这个词不好，特别是把它用在你爱的人身上时。爱情不应如此。你看过天上的云如何爱山峰吗？它们把它包围起来；有时你甚至看不见那山峰了。但是你知道吗？你爬到顶上看见了什么？它的峰头。那些云从未能把峰头盖住。它的头穿透了云层，因为云让它伸出；它们不把它包住。它们让它把头高高扬起，自由自在，不把它藏起裹起。"③在小说中，描写云围绕山峰的意境是为了表达正常的两性之爱的状态。爱不是占有而是倾注对一个人的情感与关爱。真正的两性之爱是无私的、相互的、水乳交融的爱，是一种浪漫而自由的爱与被爱。作者的写作目的在于警示人们，如果两性之爱缺失或者扭曲会有多么严重的后果，会带来多么大的危害。

三、无爱之家

如果说社会是一片汪洋大海，那么家庭就是一个平静的港湾。温暖之家是心灵健康的驿站。在小说中，家庭的不完整性却非常

---

① 托妮·莫里森. 所罗门之歌 [M]. 舒逊, 译. 北京：中国文学出版社，1996：156.
② 托妮·莫里森. 所罗门之歌 [M]. 舒逊, 译. 北京：中国文学出版社，1996：146.
③ 托妮·莫里森. 所罗门之歌 [M]. 舒逊, 译. 北京：中国文学出版社，1996：35.

突出。这主要由父爱、母爱的缺失或者这两种爱的扭曲造成。

瑞利认为,露斯是小说中没有享受母爱而心灵遭受重创的女儿的代表。[①]因为缺少与母亲的共同生活,她的成长是"虚假"的。尽管她从父亲那里得到了关爱,但仍然表现出心灵的创伤与不健全。她的情感非常脆弱。她依赖性强,时时害怕遭到遗弃,同时将爱误解为占有,对父亲和儿子怀着非同寻常的强烈感情。然而,现实生活证明,她带有强烈占有欲的爱是徒劳的。不管她对他们的爱多么强烈,家里的男性也只会以厌恶来回报她的爱。

缺乏母爱固然危险,但过于泛滥的母爱同样可怕。彼拉多和丽芭总像大树一样保护着哈加尔。他们的爱比哈加尔对奶人的爱更具破坏性和悲剧性。"他们懂得去做的只有爱她,她不讲话他们就去买东西让她高兴。"[②]皮契(Linden Peach)这样评论他们爱的后果:"(哈加尔)被母乳喂养得过于营养过剩,是溺爱的一个牺牲品。"[③]塞穆尔斯和威姆斯也评论道:"毫无节制的母爱与梅肯盲目的物质主义一样具有很大的破坏性。"[④]

[①] O'REILLY A. Toni Morrison and motherhood: a politics of the heart[M]. New York: State University of New York Press, 2004: 79.

[②] 托妮·莫里森. 所罗门之歌[M]. 舒逊, 译. 北京: 中国文学出版社, 1996: 353.

[③] PEACH L. Toni Morrison[M]. New York: Library of Congress Cataloging-in-Publication Data, 2000: 69.

[④] SAMUELS W D, HUDSON-WEEMS C. Toni Morrison[M]. Boston: Twayne Publishers, 1990: 75.

第一章 莫里森悲剧意识之一：爱的沉思

对于露斯而言，她的儿子不是一个真实的个体存在，而只是一种情感的存在，她无限制地延长哺乳期就是为了弥补丈夫对她的性与爱的剥夺。"她的儿子从来不是作为一个真正的实体，而是她的一团欲火而存在的。……是他俩之间心甘情愿以外结合的第一例产物。"[1] 母爱是人类最伟大的爱，它无私、不求回报。但健康的母爱应该同时对孩子肩负教育和引导的责任。母爱的缺失和泛滥都会给孩子带来无妄之灾。

《所罗门之歌》中父爱的缺失也表现得很明显。瑞利认为，这部小说更强调父亲的角色以及父亲对孩子心理健康的重要性。[2]

孩子是梅肯向他的黑人邻居们炫耀的资本。女儿马达琳这样数说自己的父亲："他先是拿我们当贞女似的在巴比伦全城游行，然后又拿我们当巴比伦的妓女似的加以污辱。"[3] 父爱不仅代表着严厉，同时也代表着应善待孩子并成为孩子行为的榜样。而父亲梅肯的所作所为很难被一般人所接受。

梅肯的姓"Dead"就暗喻着家庭中爱的死亡。在家中，仇恨取代了爱，厌恶取代了好感。他的房子"并不是什么宫殿而是个监狱"。[4] 露斯和两个女儿就像关在监狱里的三个囚犯。作为

---

[1] 托妮·莫里森. 所罗门之歌 [M]. 舒逊，译. 北京：中国文学出版社，1996：150.
[2] O'REILLY A. Toni Morrison and motherhood: a politics of the heart[M]. New York: State University of New York Press, 2004: 83.
[3] 托妮·莫里森. 所罗门之歌 [M]. 舒逊，译. 北京：中国文学出版社，1996：248.
[4] 托妮·莫里森. 所罗门之歌 [M]. 舒逊，译. 北京：中国文学出版社，1996：11.

家中的皇帝,梅肯让家人在他的面前不寒而栗,充满畏惧和仇恨:"有着结实的体格和洪钟样的嗓音的梅肯常常会突然发起脾气来。那便会使他的家庭成员个个胆战心惊,不知所措。……如果没有由他来引发的紧张气氛和戏剧性的场面,她们将不知如何是好。……他的妻,露斯,在每天开始的时候,总是被她丈夫的轻蔑吓得默不作声,而在每天结束时又会被她丈夫的轻蔑所震慑得手忙脚乱。"[①]梅肯送给家人的圣诞礼物永远是"装着不同数目的钱钞的信封"。[②]他从不愿意花心思想想家人可能喜欢什么东西,或者买些什么东西送给她们。梅肯与奶人一样,两人都对其姊妹心怀芥蒂。梅肯称呼他的妹妹为"破衣烂衫的卖私酒的女人"[③],或是"穿得破破烂烂的卖私酒的野娘儿们";[④]而奶人自从读9年级起,与他的姐姐马达琳说的话就没有超过四句。

四、无爱之社会

博爱是最高层次的一种爱,是一种积极的力量,它能打破将人与其同胞分离开来的篱笆,让同胞们紧密地联系在一起,让他们克服孤立感。弗洛姆认为:"博爱有利于人类的团结并构成一体,

---

① 托妮·莫里森.所罗门之歌[M].舒逊,译.北京:中国文学出版社,1996:12.
② 托妮·莫里森.所罗门之歌[M].舒逊,译.北京:中国文学出版社,1996:104.
③ 托妮·莫里森.所罗门之歌[M].舒逊,译.北京:中国文学出版社,1996:23.
④ 托妮·莫里森.所罗门之歌[M].舒逊,译.北京:中国文学出版社,1996:234.

第一章 莫里森悲剧意识之一：爱的沉思

这基于一种我们都是一个大家庭这样一种经验。"[1]这种爱能帮助人们解决一切矛盾和争端。

在《所罗门之歌》中，彼拉多的临终遗言表达了她自己、奶人的希望，同时也是整个人类的希望："我真希望能结识更多的人。我会爱他们大家的。如果我知道多些，我是会爱得更多些的。"[2]即使在当代社会，人类也应该像彼拉多一样，认识更多人，关爱更多人。

在小说中，黑人种族之间经常缺乏关爱。梅肯对他的黑人兄弟没有表现出任何关爱和同情，别人对他也只表示出仇恨。为了获取最大的利润，梅肯从不对其佃户表现出同情之心。他命令喝醉酒耍酒疯的波特在自杀前先将欠自己的房租扔下来，不然的话他会用枪把波特给崩了。贝恩斯太太认为梅肯是"非常非常可怕的"。[3]在南方，奶人与当地黑人索罗发生了血斗，因为当地人被奶人的傲慢和无礼激怒了。那个宣称"我做的事不是出于对白人的仇恨，是出于对我们的爱，出于对你的爱。我的全部生命就是爱"[4]的吉他——奶人所谓的密友和黑人兄弟，最后也将自己的枪瞄准了奶人。

---

[1] FROMM E. The art of loving[M]. Ed. Ruth Nanda Anshen. New York: Harper and Row, 1956: 47.
[2] 托妮•莫里森.所罗门之歌[M].舒逊，译.北京：中国文学出版社，1996：384.
[3] 托妮•莫里森.所罗门之歌[M].舒逊，译.北京：中国文学出版社，1996：25.
[4] 托妮•莫里森.所罗门之歌[M].舒逊，译.北京：中国文学出版社，1996：183.

社会的不平等引发了黑人对白人的刻骨仇恨。黑人只能得到白人不要的东西。比如购买地产，梅肯清楚地知道作为一个黑人，他是分不到好地的，但是他愿意随时捡起那些白人不愿意要的，或是犹太人、天主教徒们所拥有的边角地，或是那些白人还没有意识到其价值的土地。白人种族主义残酷的谋杀也导致了黑人对白人的仇恨与疯狂报复。对于黑人报复者而言，白人都是潜在的敌人，他们谋杀黑人是为了取乐而非获得某种既得利益。在吉他眼里，世界上没有清白的白人，因为白人都是黑人潜在的杀手。为了保护自己，以吉他为代表的黑人组成了"七日"组织。这个组织就是贝尔（Bernard W. Bell）所谓的"报复因白人恐怖致黑人死亡的一个秘密黑人极端主义组织"。[1]但是仇恨只会衍生仇恨，以牙还牙、以眼还眼只会导致更为悲惨的结局。

暴力和报复只能导致死亡、不正常和精神分裂。经常处在秘密复仇活动的压力之下，"七日"组织的成员都快被逼疯了：罗伯特·史密斯最后选择从屋顶上跳下来自杀，波特歇斯底里地咆哮着企图自杀，吉他最终将枪口指向他"深爱着"的黑人兄弟。

《所罗门之歌》是《圣经》中一部爱的篇章。小说以此作为标题，以表达作者对爱的无尽的情愫。莫里森曾经指出，在文学

---

[1] BELL B W. The Afro-American novel and its traditions[M]. Amherst: The University of Massachusetts Press, 1987: 271.

作品中,"黑人角色总是被刻画成代表着无穷无尽的爱的形象"。[1]爱是黑人从祖先那里继承下来的宝贵遗产之一,彼拉多所代表的博爱的精神是人类应该学习和继承的风范。正如《圣经》中上帝所劝导的,用爱的力量来化解仇恨:"你们的仇敌,要爱他;恨你们的,要待他好;诅咒你们的,要为他祝福;凌辱你们的,要为他祷告。有人打你这边的脸,连那边的脸也由他打。凡求你的,就给他。有人夺你的外衣,连里衣也由他拿去。"

爱,不管以何种方式出现,不管它是具体的还是抽象的,不管是存在着的还是业已消失了的,都是生命的灵魂。"爱是人类最本原的情感,是将家庭、家族、种族、社会联系在一起的力量。没有了爱,也许意味着精神错乱和毁灭——自我毁灭或其他人的毁灭。"[2]爱的缺失可能导致心理的扭曲。莫里森指出:"爱对于人的心理来说很重要。没有人能一生忍受愤怒。如果这样的话,他们可能会发疯。"[3]

莫里森曾经这样说过:"当你能够爱上帝、种族兄弟、兄弟、姐妹、母亲等时,这些爱却都以某种方式从我们身边被拿走。因

---

[1] TAYLOR-GUTHRIE D. Conversations with Toni Morrison[M]. Jackson: University Press of Mississippi, 1994: 278-279.

[2] FROMM E. The art of loving[M]. Ed. Ruth Nanda Anshen. New York: Harper and Row, 1956: 18.

[3] TAYLOR-GUTHRIE D. Conversations with Toni Morrison[M] Jackson: University Press of Mississippi, 1994: 116.

为如果你爱上帝的话,他们会认为你落后;如果你爱母亲的话,他们会认为你有弗洛伊德情结。……如果你爱一个朋友的话,他们可能会认为你是同性恋者。那么还剩下什么呢?这样的话就只剩下对小孩的爱以及异性之间的爱了。……爱人的人往往对他所爱的人期望值过高。……似乎不是去追问这种不顾一切爱一个人背后的原因。这再也不是过去的同志关系,而是一种浪漫的、永恒的爱。"[1] 从她的感受中我们不难看出,现代人将广义的爱缩小到了对孩子与异性的爱,同时又往往对他们所爱的人有着过高的期望值。这就是一种爱的扭曲。与此同时,她认为人们在爱的包装下做出了一些有害的事情:"在爱的名义或者伪装下,人们做着各种各样的事。暴力也许就是我们想要做的事情的一种扭曲。"[2] 莫里森在被克南(Anne Koenen)采访时被问道她为什么要以这样的角度来描述爱时回答:她的写作方式带有说教性的倾向,她主要是想通过将什么东西带走这样的方式来警示读者。她认为通过这种方式能表达和传递一种信息,使自己的作品蒙上一种伤感的情调,因为让读者渴望某些东西发挥作用然后目睹它分崩离析尤为重要。通过这种方式,读者就能知道这个东西是什么样的一个事物,为什么会是这样以及它到底是怎么样形成的,到底危险在

---

[1] TAYLOR-GUTHRIE D. Conversations with Toni Morrison[M]. Jackson: University Press of Mississippi, 1994: 73.

[2] TAYLOR-GUTHRIE D. Conversations with Toni Morrison[M]. Jackson: University Press of Mississippi, 1994: 41.

什么地方。这种方式比直接让读者看到这些问题的解决要有意义得多。①

通过作品，莫里森阐释了如何将人们从痛苦深渊中解救出来这一问题的答案——博爱的精神。她的作品中既有对爱的缺失与扭曲的深刻表达，也透露着作者对普世之爱的强烈追问。爱是莫里森悲剧意识的主线，完美地展现了作者通过对爱的缺失与扭曲的描述而对博爱精神的呼唤。

第三节 生存的夹缝，执着的爱
——《宠儿》中爱的表达

莫里森这位视"写作为一种思考方式"的作家，一直声称："身为黑人和女性，我能进入那些非黑人、非女性作者所不能进入的情感与感受的广阔领域。"② 她本着深厚的文化积淀和高度的民族责任感，从女性独特的细腻心理出发，思索着非裔美国黑人爱的表达，试图以凝重而优美的语言唤起整个社会回归本真。莫里森曾经指出，在文学作品中，"黑人角色总是被刻画成代表着

---

① TAYLOR-GUTHRIE D. Conversations with Toni Morrison[M]. Jackson: University Press of Mississippi, 1994: 74.
② 托妮·莫里森. 宠儿[M]. 北京：外语教学与研究出版社，2000：iiii.

无穷无尽的爱的形象"。① 奴隶制是一切罪恶之源,既剥夺了至少六千万黑人的生命,更在人格和精神上摧残着仍然存活着的黑奴。"虽然这些黑人身处凶险的生存环境,但他们却从未失去过对生命、亲人和朋友的爱。"② 在奴隶制的压迫下,美国黑奴们始终执着于自己对爱的追求,秉承着他们深厚的爱的传统与美德。

一、两性之爱

"就婚姻的本来意义而言,爱情应当是维系夫妻关系的唯一纽带,它把两个生物人的个体结合成社会人的个体。夫妻的深刻内涵不在于双方是两个独立的权利个体,而在于深切的爱把他们熔铸成一体,并且当他们处于此统一体中时,才获得各自作为夫或妻的独立性。"③ 然而在《宠儿》这部小说中,爱情与婚姻对于大部分黑人奴隶而言却是那样遥不可及。《宠儿》的写作背景是1873年奴隶制废除不久的美国重建时期,它讲述了一段"不堪言说"的黑人的苦难历史。在小说的扉页上,莫里森深情地写道:"献给六千万甚至更多",以告慰六千万黑人亡灵,同时也勉励着生者。马克思曾说,美国的黑人奴隶制是人类"有史以来最卑鄙、

---

① TAYLOR-GUTHRIE D. Conversations with Toni Morrison[M]. Jackson: University Press of Mississippi, 1994: 278-279.

② 陈晓菊,芮渝萍. 论《宠儿》中"创伤"、"爱"和"社群"的双重性[J]. 宁波大学学报(人文科学版),2007(7): 35.

③ 张怀承. 中国的家庭与伦理[M]. 北京:中国人民大学出版社,1993: 203.

第一章 莫里森悲剧意识之一：爱的沉思

最无耻的奴役人类的形式"。① 在奴隶制下，无论性别、年龄如何，黑奴们（包括他们的孩子）都是奴隶主的私有财产，他们没有任何权利与人格尊严可言，可以被奴隶主作为财产任意处置。黑奴被剥夺了"人的属性"，只留下了"动物的属性"。这些被剥夺了人权和自由的黑奴是没有爱的资格的，他们的婚姻也从来不会受到法律保护，情侣难以得到祝福，夫妻难以获得团聚。

在这样的制度下，女性黑奴可以被白人男性任意凌辱，也可以由主人安排强制与黑奴婚配，成为繁殖劳动力的生育机器。小说中的艾拉被一对白人父子常年关在房间里沦为他们的性奴，对她而言，"没有人爱过她，就算爱，她也不会高兴，因为她认为爱是一种严重的无能"。② 赛丝的母亲在船上无数次地被白人强奸。斯坦普·沛德的妻子长年被他们的小主人霸占。贝比·萨格斯先后与六个黑人男人生了八个孩子。

相比较而言，赛丝还算是幸运的。她被贩卖到了由开明的奴隶主加纳先生所拥有的"甜蜜之家"，在这里她拥有了选择自己结婚对象的权力，但她的择偶权是受到限制的，她只能在"甜蜜之家"的男性奴隶中选择自己的配偶。可相比她的母亲和婆婆，赛丝的人权境遇又有了质的飞跃，她可以捍卫自己的爱情和婚姻的纯洁性。她选择了黑尔作为自己的丈夫，他"与其说是个丈夫，

---

① 唐陶华.美国历史上的黑人奴隶制[M].上海：上海人民出版社，1980：1.
② 托妮·莫里森.宠儿[M].潘岳，雷格，译.北京：中国文学出版社，1996：305.

不如说更像个兄长。比起一个男人的基本要求,他的关怀更接近家庭的亲情。有好几年,只有星期天他们才能在阳光下看见对方。其余时间里,他们[只能]在黑暗中说话、抚摸或者吃饭。黎明前的黑暗和日落后的昏暗。所以彼此凝视成了周日早间的一大乐事"。①

竭力追求自己爱情的还有"甜蜜之家"的另一个奴隶——西克索。在周末的时候,他总是不辞辛劳地去与自己心仪的女孩约会:"有一次,他掐算好了走三十里路的时间去看一个女人,行程精确到一分一秒。他在一个星期六看准月亮的位置就动身了,星期天赶到教堂前面的她的小屋,只有道声'早安'的时间,然后他必须开始再往回走,才能赶上星期一田里的早点名。他走了十七个小时,坐了一个小时,掉转身来再走十七个小时。黑尔和保罗们花了一整天的时间在加纳先生面前为他的瞌睡打马虎眼。"②为了实现双栖双飞的美好愿望,他还约好了"三十里"女孩一起逃亡。因为计划不幸被新来的奴隶主"学校教师"发现,西克索的梦想被击碎,他也被"学校教师"活活烧死。

残酷的奴隶制是阻碍美国黑人追求正常爱情和婚姻的枷锁。尽管如此,像赛丝和西克索一样的黑奴还是在跨越千难万险追求着自己的爱情与幸福。

① 托妮•莫里森.宠儿[M].潘岳,雷格,译.北京:中国文学出版社,1996:31.
② 托妮•莫里森.宠儿[M].潘岳,雷格,译.北京:中国文学出版社,1996:26.

二、血亲之爱

"奴隶在这个世界上一无所有,就连爱他人,包括爱自己亲生骨肉的权利也被剥夺了。"① 女奴在生下孩子后,就要归队劳动,连母亲和孩子建立亲情的哺乳的权利也都被剥夺掉了。赛丝的母亲在生下她后就去田间劳作,由一个名叫楠的女人给她哺乳。而楠同时还要给白人的孩子哺乳,留给赛丝的也只是剩下的一点点乳液,有时甚至没有。被剥夺了做母亲的权利的女奴们就只能像艾拉那样"啥也别爱",② 或者像贝比·萨格斯那样,"那个孩子她不能爱,而其余的她根本不去爱"。③ 女奴经常受到白人男人的性侵,因之而生下的孩子都会被母亲遗弃,以表达她们对白人男性和奴隶制的双重压迫的怨恨:"她把他们全扔了,只留下你。有个跟水手生的被她丢在了岛上。其他许多跟白人生的她也扔了。没起名字就给扔了。"④ 赛丝是她母亲唯一一个留在身边的孩子。婆婆贝比·萨格斯有六个丈夫和八个孩子,可是其中七个孩子从小就被贩卖掉,给贝比·萨格斯留下的记忆只是:"她至今不知道他们换过[的]牙是什么样子;他们走路时头怎么放。帕蒂的大舌头好了么?菲莫斯的皮肤最终是什么颜色的?约翰尼的下巴上到底是一个裂缝呢,还是仅仅一个酒窝而已,等下颚骨一长开就会

---

① 王守仁,吴新云.性别·种族·文化[M].北京:北京大学出版社,2004:136.
② 托妮·莫里森.宠儿[M].潘岳,雷格,译.北京:中国文学出版社,1996:109.
③ 托妮·莫里森.宠儿[M].潘岳,雷格,译.北京:中国文学出版社,1996:29.
④ 托妮·莫里森.宠儿[M].潘岳,雷格,译.北京:中国文学出版社,1996:74.

消失？四个女孩，她最后看到她们的时候她们腋下都还没长毛。阿黛丽亚还爱吃糊面包底吗？"①

赛丝跟黑尔在"甜蜜之家"共同养育了三个孩子，在这里她被给予了哺乳权，由自己哺乳、抚养孩子。然而好景不长，加纳先生死了，新来的"学校教师"毁掉了黑奴们伊甸园般的生活，"甜蜜之家"不再甜蜜。赛丝用以哺乳孩子的奶水被"学校教师"的侄子强行吸走。怀着对自由的憧憬、对完整母爱的渴望，受到给孩子送去奶水的强烈的母性的驱使，身怀六甲、身心受到重创的赛丝奔上了逃亡之路。"也许是因为我在肯塔基不能正当地爱他们，他们是不让我爱的。可是等我到了这里，等我从那辆大车上跳下来——只要我愿意，世界上没有谁我不能爱。"② 经历了艰辛的逃亡，经历了贝比·萨格斯给她的洗礼后，赛丝和她的孩子们共享了28天爱意融融的天伦之乐。"赛丝躺在床上，他们上上下下、左左右右地绕着她，尤其难得的是一个不缺。小女儿透明的口水滴在赛丝脸上，她开心地大笑着，笑得太响了，那'都会爬了？'的小宝贝直眨巴眼睛。……她不停地亲吻他们。她亲吻他们的脖梗子、脑袋顶和手掌心……"③ 但这美好的一切很快就被"学校教师"及其侄子、猎奴者和警察撕成了碎片。为了不让自己的孩子重蹈自己沦为奴隶的悲惨命运，为了送他们"去最安全的

---

① 托妮·莫里森. 宠儿[M]. 潘岳，雷格，译. 北京：中国文学出版社，1996：165.
② 托妮·莫里森. 宠儿[M]. 潘岳，雷格，译. 北京：中国文学出版社，1996：193.
③ 托妮·莫里森. 宠儿[M]. 潘岳，雷格，译. 北京：中国文学出版社，1996：111.

地方",赛丝选择了亲手杀死自己的孩子。选择的方式虽然血腥残忍,但"赛丝是一个普通的女黑奴,在这么强大而又根深蒂固的制度面前,她没有别的什么办法来保护自己的骨肉不受摧残、不受奴役,把孩子送到上帝那儿是她唯一的选择。她对自由的朴素理解和追求把她的母爱推到一定的高度,颇有一种'宁为玉碎,不为瓦全'的大无畏气概"。①

"父母抚育儿女,儿女则反哺父母。这种以血缘为线索的亲亲相哺,是人类最早的一种功能关系,也曾经是最基本的一种功能关系。在这种相哺中产生和形成的特殊情感就是平常所谓的亲情。"②黑尔是小说中具有反哺观念的典型。为了让自己的母亲贝比•萨格斯能在有生之年享受到自由的阳光,他请求主人加纳先生,宁愿自己被出租出去,以牺牲五年的休息时间加班挣钱为母亲赎身。"唯有黑尔,在最后的四年里一直仔细地观察她的动作,知道了她上下床必须用两手搬起大腿才行;就是为了这个,他才跟加纳先生说起要赎她出去,好让她坐下来有个变化。多体贴的孩子啊。是他,为了她做了件艰苦的事情:把他的劳动、他的生活给了她。"③

同样,黑尔的女儿丹芙也是一个不忘反哺亲情的孩子。当她

---

① 章汝雯.托妮•莫里森《宠儿》中自由和母爱的主题[J].外国文学,2000(3):94.

② 黄裕生.论爱与自由——兼论基督教的普遍之爱[J].浙江学刊,2007(4):29.

③ 托妮•莫里森.宠儿[M].潘岳,雷格,译.北京:中国文学出版社,1996:166.

看到母亲赛丝正沉溺于满足宠儿对母爱无休止的索取中不能自拔时,她意识到了必须"保护她妈妈不受宠儿的危害"①,意识到担负起照顾和救赎母亲的责任的时候到了。因为"丹芙终归是爸爸的女儿,她决定去做那些必要的事"。②她继承了父亲反哺的美德,勇敢地走出院子,向琼斯女士、鲍德温兄妹求救。在他们的帮助下,丹芙获得了工作与物质援助,更获得了精神上的鼓舞。

惨无人道的奴隶制生生地割断了黑人们的骨肉亲情,使得黑奴母子不能相见,家人不能团聚。纵使在这样的条件下,赛丝所代表的千千万万的黑奴母亲还是千方百计地让孩子团聚在自己身边,尽最大的力量去呵护他们、关爱他们。黑人孩子也恪守孝道,报答父母的养育恩情。

三、自爱与友爱

"自爱是长期遭受奴隶制摧残的黑人自我意识开始觉醒的重要一步。"③ 获得了自由的贝比·萨格斯将她对自由的热爱奉献给了黑人同胞,"在那里爱、告诫、供养、惩罚和安慰他人"。在林中空地,她向他们宣扬自爱:"在这个地方,是我们的肉体;哭泣、欢笑的肉体;在草地上赤脚跳舞的肉体。热爱它。强烈地热爱它。……爱你的手吧!热爱它们。举起它们,亲吻它们。……

---

① 托妮·莫里森. 宠儿 [M]. 潘岳, 雷格, 译. 北京: 中国文学出版社, 1996: 289.
② 托妮·莫里森. 宠儿 [M]. 潘岳, 雷格, 译. 北京: 中国文学出版社, 1996: 300.
③ 王守仁, 吴新云. 性别·种族·文化 [M]. 北京: 北京大学出版社, 2004: 144.

你得去爱它，你！……爱它，爱它，还有怦怦跳动的心，也爱它。比眼睛比脚更热爱。比呼吸自由空气的肺更热爱。比你保存生命的子宫和你创造生命的私处更热爱，现在听我说，爱你的心。因为这才是价值所在。"① 肉体是一个人不能选择却将伴随终生的。"这种对于身体本能性的爱抚和赞颂，出于贝比·萨格斯对于自身顽强生命力的认知和感叹，实际上是对自己黑人身份的一种顶礼膜拜。"② 贝比·萨格斯是黑人自爱的榜样，象征着黑人社区的精神。她号召和鼓舞着黑人，摒弃白人强加给他们的自卑感，重拾被白人践踏过的尊严，热爱自己，热爱自己的社区，热爱自己的文化，热爱自己的民族，热爱自己的一切。

"一个公正、和谐的共同体，必定是一个在陌生人之间也充满爱的社会；而一个人与人之间充满爱的社会，才可能是一个公正、和谐的共同体。"③ 在同奴隶制顽强抗争以争取自身权益的过程中，黑人也在默默地将自己的爱奉献给他人。老奴斯坦普·沛德暗地里帮助逃亡的奴隶，帮他们躲藏起来，给他们传递口信，将逃亡的黑人藏在船上的蔬菜下面渡过俄亥俄河，护送他们到达自由的彼岸。他慷慨大方，把自己杀的猪的骨头和下水分配给周围贫苦的黑人。他替不识字的黑人读信和写信。他对社区情况了

---

① 托妮·莫里森. 宠儿 [M]. 潘岳, 雷格, 译. 北京：中国文学出版社，1996：105.
② 祁玉龙. 解读《宠儿》中的美国黑人女性主义历史观 [J]. 黑龙江教育学院学报，2008(4)：109.
③ 黄裕生. 论爱与自由——兼论基督教的普遍之爱 [J]. 浙江学刊，2007(4)：24.

如指掌：谁家孩子有天赋，谁家孩子需要管教；哪些房子是空的，哪些房子住着人。他随时向需要帮助的人伸出援助之手。在赛丝产后昏死在河边时，是他给了她救命的水和香喷喷的烤黄鳝，把自己侄子的衣服脱下来给新生婴儿穿上，并将她送过河找到了婆婆贝比·萨格斯。在宠儿的鬼魂骚扰赛丝的时候，他几次决心拜访和帮助她。"他能够通过无私地帮助黑人同胞逃离困境来救赎自己，能够以一种博爱来对抗奴隶制的压迫及其所带来的创伤。"①

而琼斯女士的家就是黑人孩子的知识乐园。她在自己的起居间里给孩子们传授知识，教他们字母、阅读和算术。除了传授知识，她还帮助黑人小孩获取谋生的自信和本领。同时，琼斯女士还在丹芙的成长之路上写下了关键的一笔。当丹芙向她寻求帮助时，她的一声"宝贝儿"给了丹芙走向自立的无穷的鼓励——"宣告她在[这个]世界上作为一个女人的生活从此开始了"。②

在赛丝陷入宠儿无休止的纠缠的困境时，艾拉带领的三十个女人为她祈祷驱鬼。在社区女性的合力帮助下，宠儿的鬼魂神秘地消失了，124号又恢复了往日的平静。在被社区孤立的十几年里，124号的鬼魂一直是肆无忌惮、喧嚣不止的。当社区的人们走近124号，合力驱散鬼魂时，124号的鬼魂才得以消散。在小说中，莫里森在真诚地向读者传递着这样一种信息：友爱是个体

---

① 缪肖雨.奴隶制下的压迫与爱——托妮·莫里森《宠儿》的主题分析[J].湖北教育学院学报，2007(1)：30.
② 托妮·莫里森.宠儿[M].潘岳，雷格，译.北京：中国文学出版社，1996：296.

第一章 莫里森悲剧意识之一：爱的沉思

和社会成熟与进步的原动力，它不仅对个体的发展大有裨益，帮助个体征服困难和实现成长，同时也是促进社会健康与和谐的一剂良药。

在美国奴隶制的桎梏下，自爱是黑人对自身价值的肯定，它鼓舞着黑人发现自我的重要性并去努力争取自己的自由与权利；友爱则是将黑人社区团结在一起的黏合剂，只有在群体的合力下，黑人同胞齐心协力，同心同德，才能获得自己的真正解放与黑人民族的振兴。基于一种美好的愿望，莫里森在小说的扉页深情地引用了《新约·罗马书》中优美的诗篇："那本来不是我子民的，我要称为我的子民；那本来不是我宠儿的，我要称她为宠儿。"实在是催人泪下！

鲁迅先生曾经说过，要敢于直面淋漓的鲜血。对于美国这段"小说中人物所不愿回忆的、我本人不愿回忆、黑人不愿回忆、白人也不愿回忆的"[①] 历史，面对美国蓄奴制这一惨绝人寰的人类暴行，莫里森不是选择逃避，而是以史鉴今，控诉过去，关注未来。抗争与压迫是如此的紧张，以至于只有通过"将人生的有价值的东西毁灭给人看"这种极端方式才能折射出悲剧精神中让人沉痛、难以直视的审美价值。在揭露种族压迫的同时，莫里森更着重表现黑人本身所具有的爱的潜能，彰显黑人人性深处的美："爱是这

---

① TAYLOR-GUTHRIE D. Conversations with Toni Morrison[M]. Jackson: University Press of Mississippi, 1994: 257.

些从未蒙爱的黑人在奴隶制中和奴隶制后始终坚持着的人性。"①莫里森深入挖掘、展现历史的目的,除了反映美国黑人真实的生存状态、呼吁黑人记住自己的历史之外,也是希望借此弘扬黑人同胞爱的传统,唤醒整个人类社会爱的回归。

第四节 毁灭与重生
——托妮·莫里森小说创作中爱的哲学

从莫里森创作的第一部小说《最蓝的眼睛》(1970),到最新的小说《孩子的愤怒》(2015),"爱"一直是其小说创作的主题。正如莫里森自己所说:"事实上我的写作一直是关于爱和如何生存的,不只是谋生,而是如何在这个我们所有的人从某种意义上来说是某种事物的受害者的世界上完整地生存的。"②她的作品一次又一次地对这个原始、古老的主题进行了深刻的演绎,阐释了作者别具一格的爱的哲学:爱是一把双刃剑,它既能摧毁一切,又能迸发出拯救人类的力量,让人类的精神世界得以浴火重生。在莫里森的作品中,爱的表达在种族、历史和性别的大网中交织穿行,

---

① 陈晓菊,芮渝萍.论《宠儿》中"创伤"、"爱"和"社群"的双重性[J].宁波大学学报(人文科学版),2007(7):37.

② TAYLOR-GUTHRIE D. Conversation with Toni Morrison[M]. Jackson: University Press of Mississippi, 1994: 40.

第一章 莫里森悲剧意识之一：爱的沉思

轰烈而又婉约，让人扼腕叹息，让人回味无穷。

一、爱的传统与变奏

古希腊哲学家柏拉图曾说："爱是对不朽的企盼，爱就是永恒。"爱是人类不可或缺的一种情感，是人类灵魂的家园，是维系人类、家庭和社会生存的力量。美国著名心理学家弗洛姆在《爱的艺术》中阐释，人自从踏入这个世界就是孤独的，他需要寻找各种方法来克服这种孤独感。"爱是人类最本原的情感，是将家庭、家族、种族、社会联系在一起的力量。没有了爱，也许就意味着精神错乱和毁灭——自我毁灭或其他人的毁灭。"[①]

"爱"的观念最先出现在古希腊神话中，那时爱是与原始欲望特别是与性欲、生殖力联系在一起的，这种爱被表示为欲爱（eros）。柏拉图在《会饮篇》中如是定义爱："爱是一种原始生命力。"因为当时人们对生殖的崇拜，欲爱的追求和宣泄常常被赤裸裸地表现出来。古希腊神话中有大量的对爱欲的描写，著名的特洛伊之战便是因为爱欲而引发的战争。在古希腊哲学中，爱主要是一种人与人之间的亲近和信赖的友情之爱，被称之为友爱（philia）。亚里士多德说："原本意义的友爱就是绝对的善和快乐的相互选择，因为他们是善和快乐。"基督教所提倡的爱是一种超自然的爱，是一种信仰的爱。上帝创造了人类，因此泛爱众人，

---

① FROMM E. The art of loving[M]. Ed. Ruth Nanda Anshen. New York: Harper and Row, 1956: 20.

而人类作为上帝的子民，应该相亲相爱。这种爱被称之为圣爱（agape）。在文艺复兴时期，因为人们对生命、本我、美的关注，爱主要以情爱的形式出现。这个时代的作家花费了大量的笔墨赞美心中的爱人，这样的爱是一种欣赏式的爱。到了近代特别是近代后期，哲学家展开了对伦理之爱与性爱的讨论，并将两者区别开来。由于现代社会对爱的异化、扭曲，爱这个原本辉煌耀眼的字眼变得枯萎、渺小了，不少人对爱的力量也失去了信心。现代大量作家的作品都表现了这一主题，像戴维·赫伯特·劳伦斯的《儿子与情人》、威廉·福克纳的《献给艾米丽的玫瑰花》等等都描写了现代社会中爱的异化和扭曲，以及爱的能力的丧失。

毫无疑问，托妮·莫里森也受到了这些思想的潜移默化的影响。她曾经这样说过："在西方的观念中，爱充满着占有、扭曲和腐化。这是一种看不见血的屠杀。"[1] 然而，在表现这一思想的过程中，莫里森不是停驻在感叹和无奈的迷茫中，而是在积极地彰显爱这把双刃剑另一端的光芒：重生即毁灭的涅槃。

二、爱的渴望与毁灭

纵观莫里森的小说，没有哪一部讲述了感人的爱情故事，也没有哪一部描述了充满爱意的世界。相反，在她的笔下，家庭是残缺的，爱情是不幸的，流血冲突经常发生。秀拉、丽芭、哈加

---

[1] TAYLOR-GUTHRIE D, ed. Conversation with Toni Morrison[M].Jackson: University Press of Mississippi, 1994: 162.

第一章 莫里森悲剧意识之一：爱的沉思

尔、丹芙、帕特里夏、克里斯廷等都是在单亲家庭中长大的，他们从小便失去了父爱或者母爱。佩科拉、梅肯、希德以及逃到修道院的女人们虽然都拥有一个完整的家，但他们的家中却没有完整的爱，始终死气沉沉，充斥着异化的人格。《最蓝的眼睛》中的乔利和波琳，《所罗门之歌》中的梅肯和露丝，《爵士乐》中的乔和维奥莉特，《爱》中的柯西和希德，这些夫妻之间毫无爱意可言，过着形同陌路的生活。在《所罗门之歌》《宠儿》《乐园》《爱》中，黑人和白人种族之间的有形和无形的冲突随处可见。

正是因为爱的缺失，所以主人公对爱的渴望就更加强烈。然而，当他们遇见爱的时候，却容易被它压抑或者奴役，把握不好便往往走向了极端。在她的作品中，很多人物既扮演了爱的渴望者，同时又充当了爱的毁灭者。《最蓝的眼睛》中的乔利出生四天即被生母所抛弃，而由亲戚抚养长大。就是这样一个在自己的成长过程中缺乏父母关爱，而内心又一直渴望着爱的父亲，却最终以强奸女儿的方式来表达对自己亲生女儿佩科拉的疼爱。这种毁灭性的爱葬送了女儿对生命的希望，最终女儿在产下一名死婴后绝望地死去。《爵士乐》中的乔不知道自己的生父是谁，而母亲是个疯女人，在生下他之后就将他抛弃了。乔一直盼望着与母亲相认，曾经多次寻找未果。而这样一个极度渴望母爱的人最终将枪口对准了自己心爱的情人多卡斯。因为被嫉妒的恶魔冲昏了头脑，乔的强烈的爱情独占欲和排他欲被发挥到了极致。

溺爱也是一种毁灭性的爱。有的溺爱是为了过分地满足个体的需要,有的溺爱是以疼爱的名义卸下了某个个体本应担当的责任,越俎代庖地承担起这个个体的责任。这种爱的后果往往是让个体处于一种被剥夺了真实的社会状态中,让他们的个性朝着极端的方向发展,直至迷失自我。《所罗门之歌》中的哈加尔便是一个典型。她从小浸淫在外婆和母亲的溺爱中,没有任何愿望是得不到满足的。当自己的爱情被粗暴地拒绝后,她的人格就遭受了分裂。在雨后被冲刷掉美丽的妆颜,现实展露出它原本狰狞的面目后,哈加尔便一命呜呼。皮契这样评论他们爱的后果:"(哈加尔)被母乳喂养得过于营养过剩,是溺爱的一个牺牲品。"[1]

毁灭性的爱还表现为个体对他人生命的剥夺。"亲手杀死自己所爱的人是人间最大的悲剧,可这种悲剧往往起源于人类最伟大的道德——'爱'。"[2]《秀拉》中的伊娃恨儿子李子沉迷于毒品,不能活出个人样,竟然将他活活烧死。《宠儿》中的赛丝因为不想让她的后代像她一样沦为奴隶,居然将自己爱女的喉管砍断。

透过莫里森小说文本的反复演绎,我们不难发现这些爱的畸变是在种族歧视、父权制和人性的弱点这三层重压下出现的。而反对白人霸权和男权主义所主导的话语权,试图解构白人和黑人、男人和女人二元对立的思维模式,提倡建立一种人与人之间

---

[1] PEACH L. Toni Morrison[M]. New York: Library of Congress Cataloging-in-Publication Data, 2000: 69.

[2] 范革新. 又一次黑色浪潮——托妮•莫里森、爱丽丝•沃克及其作品初探[J]. 外国文学评论,1995(3): 69-74.

相互关爱的和谐关系，就成为莫里森写作的历史使命感和责任感。

三、爱的拯救与重生

"爱"是莫里森在作品中反复提到的字眼，是她试图为在种族、历史和性别等纷繁因素影响下的黑人指明一种救赎的方式。莫里森本着对人类和生命的挚爱，一直在积极探寻一种以爱为基础的、超越种族、平等和谐、互助互爱的人类精神家园。

爱是人与人和谐共存的纽带。在《最蓝的眼睛》里，麦克蒂尔一家尽管过着衣不蔽体、食不果腹的贫困生活，但是一家人自尊自爱、其乐融融。在《宠儿》中，白人中的爱弥小姐在发现在逃的女黑奴赛丝时，不是去通风报信让白人奴隶主将其抓回，而是帮助她顺利地生下了女儿丹芙。

爱是黑人团结一心改变自己命运的黏合剂。正是爱的力量的感召，才有历史上"地下铁路"的联络员一批又一批地将黑奴从白人奴隶主的奴役中解救出来，获得自由。在赛丝被鬼魂纠缠得快要窒息的时刻，正是黑人妇女以集体吟唱的合力驱赶了鬼魂，将奄奄一息的赛丝救下。而那些建立在仇恨基础上的爱，比如《所罗门之歌》中"七日"组织的领导者吉他所宣扬的爱，则是建立在对过去血腥复仇的基础之上的。这种爱只能加深彼此间的仇恨。同样，在《乐园》中，那种将肤色深浅作为爱的标准的"鲁比镇的爱"是建立在种族主义基础之上的，同样是一种狭隘的爱。

在对爱的哲学的思考中，莫里森更着力于对人类生存所面临困境的解决，一直致力于对人类爱的拯救与重生方式的探寻。在《所罗门之歌》中，她描绘了彼拉多式的大爱范式；在《宠儿》中，她憧憬着萨格斯式的自爱范式；在《乐园》中，她又提出了康索拉塔式的自爱加互爱范式。我们可以对作品中这些爱的范式进行这样的解读：

彼拉多式的大爱范式：彼拉多是一个饱经风霜、受人排挤的异类。她在出生时母亲已经去世，她完全是自己从母亲的子宫里面爬出来的，出来时还带着自己的脐带和胎盘。她目睹了父亲被白人杀害；因为反对哥哥带走他因为误杀人而得到的金子，导致兄妹反目；因为没有肚脐眼，她一直受到身边人的冷落和孤立。然而正是这样一个人，她心中居然没有丝毫的仇恨，总是用爱去关怀身边的每一个人。彼拉多的临终遗言表达了她自己、奶人，同时也是整个人类的希望："我真希望能结识更多的人。我会爱他们大家的。如果我知道得多些，我是会爱得更多些的。"[①]

萨格斯式的自爱范式：获得了自由的萨格斯意识到，黑人要想成为真正的自由人，就得首先学会珍爱自己，认识到自身的美丽与价值，肯定自己的生活与幸福，表现自己的成长与自由。萨格斯担当了黑人的精神领袖，经常给他们布道，宣扬"黑人应该自爱，爱自己、爱自己的肉体"。自爱也意味着长期遭受奴隶制摧残的黑人的自我意识的觉醒。正如弗洛姆所说，只有做到了自爱，具备了爱的能力，才能由此及彼，爱他人，爱自己的社区，爱自

---

① 托妮•莫里森.所罗门之歌[M].舒逊，译.北京：中国文学出版社，1996：384.

第一章 莫里森悲剧意识之一：爱的沉思

己的历史，爱自己的文化，爱自己的民族。

康索拉塔式的自爱加互爱范式：康索拉塔会一些维持自己生计的本领，她随时准备奉献自己无限的爱。作为修道院的女主人，康索拉塔引导四个女人摆脱了过去的梦魇，重拾了生存的勇气，"她们看起来是多么平静啊。……不像鲁比镇的某些居民，修道院的女人们不再为萦绕于心的事情所困扰"。[①] 同时，康索拉塔也意识到，光有自爱是远远不够的。只有个人利益与集体利益统一起来，个人价值观与集体价值观统一起来，黑人同胞们相亲相爱、互帮互助，才能获得自己乃至整个民族的发展。因此她如是说："上帝爱人们互爱的方式；也爱人们自爱的方式。"[②]

在拥有了这些范式之后，人们可以通过交流，加深理解，承担起责任，用自己的爱唤醒别人的爱，实现彼此关爱。正如马克思所说，人只能用爱来交换爱，用信任来交换信任。如果你想感化别人，那你就必须是一个在生活中能鼓舞和推动别人前进的人。《爵士乐》中乔和维奥莉特通过交流，化解了过去的怨恨和敌意，两人不再冷漠和疏远，而重新生活在融融的爱意之中。《爱》中希德和克丽斯廷通过交谈，唤醒了少年时代铸就的那段刻骨铭心的姐妹情谊，长达几十年的仇恨被爱的暖流化解。在《所罗门之歌》中，奶人在了解了自己家族的历史后，实现了精神和心灵的成长，也传承了彼拉多的大爱思想。在《宠儿》中，黑人重新接纳了赛

[①] 托妮•莫里森. 天堂 [M]. 胡允恒，译. 海口：南海出版公司，2013：265-266.
[②] 托妮•莫里森. 天堂 [M]. 胡允恒，译. 海口：南海出版公司，2013：146.

丝，帮助她驱除了鬼魂，黑人社区彼此关爱的传统得到了回归。

在《托妮·莫里森访谈录》中，莫里森曾经强调："但是我想我还是在写相同的事物，写人们怎样彼此联系在一起，写人们彼此思念，写人们坚持或者是坚守爱。"[①] 在一如既往地演绎着爱的纷繁芜杂的表象中，莫里森透彻地分析了现代黑人社会对爱的种种病态表现，尖锐地剖析了现代黑人的精神痼疾。从提醒人类警惕爱的病态现象可能带来的种种危险，到呼吁人们打开心结、加深了解、承担起责任、构造一个和谐关爱的社会，莫里森一直在致力于对爱的哲学的探讨。要想成为一个健康的人，就必须学会爱，必须具备爱的创造力。同样，一个健康的社会更需要主体间的相互关爱。人是和谐社会的主体，离开了人际关系的和谐，社会的和谐就无从谈起，而人际关系和谐的前提就是"爱"。

爱搭起了人与人之间相互理解、相互团结的桥梁。通过这座桥梁，人们可以跨越原本不可逾越的情感的鸿沟。不管人们距离多么遥远，哪怕从前彼此敌视，只要拥有了爱，人们就能够消除彼此间的隔阂，理解并包容对方，从而构成和谐共进的人类文明。

---

① TAYLOR-GUTHRIE D, ed. Conversation with Toni Morrison[M]. Jackson: University Press of Mississippi, 1994: 40.

第二章

莫里森悲剧意识之二：
人性的追问

自古希腊哲学家苏格拉底提出"认识你自己"以来,西方哲学家们就对人的本性问题进行了深入的探讨:亚里士多德认为人是理性的、政治的和社会的动物,康德认为人是知情意的高度统一,费尔巴哈认为人是由理性、意志、心情组成的整体。

追问人的本性是人类对其自身存在意义追问的形而上学的行为。悲剧作家一般将悲剧人物的悲剧根源归结于历史发展的必然性或是人的无度欲望,其中对人性的追问和反思构成了他们悲剧意识的重要表达。

> 在埃及人、印度人、希腊人、罗马人、日耳曼人和蒙古人之后,黑人是上帝的第七个儿子,他生来便戴着面纱,并被赋予了一种预知力来看这个美国世界。这个世界没有为他提供真正的自我意识,而是让他通过他者所揭示的世界来领悟。这是一种独特的感觉,是一种双重意识,一种通过别人的眼光来看自我的感觉,一种在一个充满了同情和蔑视的世界中审视自我的感觉。他在任何时候都能感知到他的两重性——他的美国身份和他的黑人身份;他的两个灵魂,两种思想,两种无法和解的斗争;在一个黑色躯

干中互相交战的两个理想。这个躯干的顽强力量才使得他不至于崩溃。①

莫里森把小说的主人公大都放置于这样的"斗争"和"交战"的境地,他们面对无法把握和改变的现实,顺命运而处处掣肘,逆命运则受尽折磨。她的小说表现了社会底层黑人生存挣扎的艰难与痛楚、绝望与无奈,揭露了政治权利话语下黑人历史复杂、丰富的内涵,反映了黑人群体曲折、艰难的真实性存在,在叙述一个又一个悲剧人物在与毁灭性力量对抗的同时,批判性地审视黑人个体和群体的未来发展。莫里森是一个具有深沉的现实情怀的非裔美国作家,她坚持塑造有积极意义的黑人自我形象,重新构建美国黑人的文化历史。她对黑人群体的倾力抒写,源于自身的一种使命与责任。她用深情的笔触和诗意般的文字勾勒出黑人民族进入美国大陆所发生的一切变化。她所聚焦的不只是黑人个体,揭示得更多的是影响黑人群体生存的背后因素,特别是对世事变化中普遍的人性追问与现代表达。

---

① DUBOIS W E B. The souls of black folk[M]. New York: New American Library, 1969: 45.

第一节　分裂的人性
——从《所罗门之歌》看托妮·莫里森的悲剧意识

《所罗门之歌》这部小说深刻地诠释了这样一个主题：人性的异化是导致人类痛苦深渊的一种毁灭性力量。美国批评家约翰·劳森曾经这样界定"异化"："它常被用来表示人同他在其中生活的环境的分离，人与人之间的隔绝，人失去了相爱和友善的能力及其结果——绝望、丧失信心以及道德上的虚无主义。"佩吉（Philip Page）认为："莫里森的小说探索了分裂社会、家庭和个人的内在力量。"[①] 在小说中，社会被区分为两个不同的社区——白人社区和黑人社区；家庭成员因为彼此无法沟通而心生隔膜，个人的心理、情感和精神都遭到了分裂。小说中充斥着对相互憎恨的两性关系、漠视的手足关系、猜忌的朋友关系、仇恨的种族关系、疏离的贫富阶层等的描述。这种悲剧性关系产生的渊源即人性的异化：对物质的过度奢望，个人消费的虚荣，精神世界的荒芜，爱的能力的丧失与扭曲等。笔者试图通过小说人物因为自身、人际关系以及社会因素等诸多成分的压抑，由此而引起自身人格

---

① PAGE P. Dangerous freedom: fusion and fragmentation in Toni Morrison's novel[M]. Jackson: University Press of Mississippi, 1995: 31.

的分裂、人与人之间纯真感情的隔离、社会关系的分崩离析,来分析莫里森的创作意图。

一、人与自身:人格的分裂

从社会心理学的角度而言,人性由自然属性和社会属性两个层面的内容组成:在自然属性层面,人类追求真善美,追求物质与性爱,为获得个人利益与生存空间而与自然相抗争;在社会属性层面,人类遵守他们通过对自然的征服和改造而长期形成的社会道德规范。人性的社会属性对自然属性起着制约和引导的作用。当人的社会属性完全被其自然属性所控制时,人便会被自身的欲望所左右,而最终导致人格的分裂。

自哈莱姆文艺复兴起,对人的关注一直是黑人作家感兴趣的话题:《土生子》中的比格在暴力行为中发现了自身的价值;《看不见的人》中的"我"在孤独与隔绝中界定自我的存在。[1] 在《所罗门之歌》这部小说中,莫里森关注得更多的是人的存在价值,她向往着关怀人性的理想境界。她痛心疾首地感到社会在用各种方式剥夺着人的个性,人日渐被社会异化,日益失去人的本性,成为被泯灭了内在品质的社会附庸品。黑人在现实社会的梦想一个接一个幻灭之后,追寻精神寄托显得尤为重要。

"在《所罗门之歌》中,主人公家庭的大部分成员,正如他们

---

[1] 王守仁,吴新云.性别·种族·文化——托妮·莫里森的小说创作[M].北京:北京大学出版社,2004:73.

的名字所暗示的，精神上如果没有死亡的话则也是残废了的。"① 梅肯·戴德的姓"Dead"即暗喻着他的家庭成员在精神上已经死亡。在家庭里，梅肯完全被物欲所控制；妻子露斯依赖一个水印来确认自己的存在；女儿科林斯和马达琳像他们每天做的假玫瑰花一样在凋零；儿子奶人对一切都失去了兴趣。其他人物如吉他和哈加尔，要么因为仇恨要么因为虚荣而精神残缺不全。

梅肯·戴德是物欲的代表。在梅肯的主观世界里，拥有了财产便拥有了一切。他这样教训自己的儿子："要占有产业。让你所占有的产业去占有其他产业。于是你就可以占有自己，也占有他人。"② 尽可能多地占有物质财富便是梅肯此生追求的终极目标。"占有、建筑[物]、取得——这就是他的生活、他的未来、他的现在以及他所了解的历史全貌。"③ 在向露斯求婚的时候，梅肯头脑中的想法便是顺理成章地继承她父亲的财产。塞穆尔斯和威姆斯这样评论道："他像机器一样被驱赶着占有东西，成为资产阶级的一员。他娶露斯并非因为爱而是为了继承岳父的财产以积攒个人的财富。对他而言，露斯不过是另一处他拥有其钥匙的房产罢

---

① GATES H L Jr., APPIAH K A. Toni Morrison: critical perspectives past and present[M]. New York: Amistad Press, 1993: 143.
② 托妮·莫里森. 所罗门之歌[M]. 舒逊, 译. 北京：中国文学出版社, 1996: 63.
③ 托妮·莫里森. 所罗门之歌[M]. 舒逊, 译. 北京：中国文学出版社, 1996: 344.

了。"① 只有钥匙——占有的标志——才能够安慰他，让他安静下来。具有讽刺意味的是，梅肯对物质的占有并没有让他感受到富足与踏实。相反，他觉得"这些房产像是联合起来使他觉得自己像是局外人，一个没有财产、没有土地的流浪汉"。② 他占有财富的欲望也让他"精神上贫乏，被自我、家庭和社会疏离开来"。③ 他不再是那个童年时代在农场与父亲、妹妹一起干活，洋溢着爱心、激情与热情的男孩。身为家庭的独裁者，他让家人在他的面前不寒而栗；作为一个毫无怜悯心的贫民窟地主，他使佃户们对他恨之入骨。金钱束缚了他昔日对亲情、友情和爱情的感受力，剥夺了他的精神自由。对物质的贪欲带给他的只有无穷无尽的痛苦，因为这种占有者的心态已经完全奴役了自我，使他的精神领域没有了容纳诸如爱、同情、善意、容忍等美德的空间。④ 他丧失了爱的能力，既不能爱也不能被爱。他对家人和社会毫无认同感，有的只是仇恨、漠视与不耐烦。

哈加尔则是虚荣心的代表。哈加尔与其外婆彼拉多、母亲丽芭的秉性完全不同。外婆彼拉多衣衫褴褛，头发剪得短短的，过

---

① SAMUELS W D, HUDSON-WEEMS C. Toni Morrison[M]. Boston: Twayne Publishers, 1990: 60.
② 托妮•莫里森. 所罗门之歌 [M]. 舒逊，译. 北京：中国文学出版社，1996：30.
③ 托妮•莫里森. 所罗门之歌 [M]. 舒逊，译. 北京：中国文学出版社，1996：60.
④ FURMAN J. Toni Morrison's fiction[M]. Columbia: University of South Carolina Press, 1996: 40.

着原始简朴的生活。母亲丽芭一无所有,但慷慨大方,将自己多次博彩赢得的钱物全部拱手送人。而哈加尔在两岁时就表现出对肮脏和不整齐的厌恶。在三岁时,她就表现出了骄傲与虚荣。她喜欢一切漂亮的衣饰,这让彼拉多和丽芭很吃惊。但她们又总是试图满足她的要求和愿望,这更助长了她虚荣心的膨胀。哈加尔将奶人厌弃她的原因归结为自己的容貌:"看我是什么样子。我的样子难看死了。怪不得他不要我呢。我的样子糟糕极了。"① "摧毁哈加尔的并不只是彼拉多的溺爱(彼拉多送给她的镜子就是一个证据),也不是奶人的厌弃,而是镜子里面照出来的她自己的影像。"② 在一系列几近疯狂地做头发、购买漂亮衣服和化妆品的行为之后,哈加尔最后碰到了一场大雨。雨水冲走了一切——美丽、虚荣,在梦想幻灭之后,她绝望地死在了这场洗涮了自己梦想的雨中。葵森·喜朗(Aoi Mori)这样评述:"在《所罗门之歌》这部小说中,莫里森阐释了摒弃非裔传统和模仿虚假模式的危害性。被男朋友抛弃之后,哈加尔将原因归结为自己没有拥有白人女孩那样的直头发和漂亮的肤色……在这样做的过程中,哈加尔变成了商品和消费的牺牲品。"③ 这种向往富足生活的虚荣心使哈加尔

---

① 托妮·莫里森.所罗门之歌[M].舒逊,译.北京:中国文学出版社,1996:354.
② RIGNEY B H. The voice of Toni Morrison[M]. Ohio: Ohio State University Press, 1991: 35.
③ MORI A. Toni Morrison and Womanist discourse[M]. New York: Peter Lang Publishing, Inc., 1999: 37.

第二章 莫里森悲剧意识之二：人性的追问

远离了祖辈生活的轨迹，并导致了她悲剧性的死亡。

奶人则是一个毫无责任感的人。莫里森非常强调人的责任感："人的生命是宝贵的，你不应把它丢下就飞走了……如果你拿走了一条生命，你就占有了它。你对它要负责。"① 奶人英文名字中的"Milk"隐喻着他在精神上还是一个婴儿，依赖心重，毫无责任感。小说文本很好地阐释了奶人的生存状态：出生在一个富裕的家庭，却从小就对一切失去了兴趣。他从来不曾关心别人，即使是那些与他朝夕相处、照料他生活起居的家人。他对自己也漠不关心。福尔曼（Jan Furman）认为："对奶人而言，照顾他人既没有必要也不会带来任何好处。"② 虽然他从不关心自己的家人，不管是母亲、姑姑、姐姐还是女朋友，但如果需要得到家人的帮助的话，他就会去找他们。在他的内心深处，他认为他只需要被爱和被给予。在得到自己想要的东西之后，他便会对别人说："我不负责你的什么痛苦；把你的快乐与我同享，但不要将你的不幸分给我。"③

如果没有了需要，他就会像丢垃圾一样将身边的人抛弃。小说中有这样的描述："从最开始，母亲和彼拉多为他的生命而战，

---

① 托妮·莫里森. 所罗门之歌[M]. 舒逊, 译. 北京：中国文学出版社, 1996：239.
② URMAN J. Toni Morrison's fiction[M]. Columbia: University of South Carolina Press, 1996: 36.
③ 托妮·莫里森. 所罗门之歌[M]. 舒逊, 译. 北京：中国文学出版社, 1996：317.

他却什么都没有替他们做过,哪怕是沏一杯茶。"① 他对他生活于其中的小社会、他周围的人和社会政治毫无兴趣,过着一种毫无意义的生活,不是替父亲收房租便是在马路上游荡。他"从来没帮助过什么人干活,尤其是陌生人"。② 在街上行走时,只有奶人一个人是与路人反向而行的。这样的情景描写就在于说明他与其他人是格格不入的。

吉他则是仇恨的化身。与梅肯一样,吉他"因为父亲死于白人之手而对之深怀仇恨"。③ 跟彼拉多不一样,他缺乏"她的宽容精神和对人性的关爱"④,并且"失去了自己的精神和爱的能力"。⑤ 对白人的强烈仇恨促使他加入了以报复白人为目的的极端主义组织——"七日"组织。

这种仇恨感最终让吉他"心理分裂"。⑥ 他认为自己尽管在行为上模仿得像极了白人,但动机却与之相去甚远。他宣称对白人

---

① 托妮·莫里森.所罗门之歌[M].舒逊,译.北京:中国文学出版社,1996:335.
② 托妮·莫里森.所罗门之歌[M].舒逊,译.北京:中国文学出版社,1996:339.
③ SAMUELS W D, HUDSON-WEEMS C. Toni Morrison[M]. Boston: Twayne Publishers, 1990: 71.
④ SAMUELS W D, HUDSON-WEEMS C. Toni Morrison[M]. Boston: Twayne Publishers, 1990: 71.
⑤ PAGE P. Dangerous freedom: fusion and fragmentation in Toni Morrison's novel[M]. Jackson: University Press of Mississippi, 1995: 94.
⑥ SAMUELS WILFRED D, HUDSON-WEEMS C. Toni Morrison[M]. Boston: Twayne Publishers, 1990: 41.

第二章 莫里森悲剧意识之二：人性的追问

的谋杀是出自对黑人的"爱"："没有爱心？没有爱心吗？你没有听见我的话吗？我做的事不是出于对白人的仇恨，是出于对我们的爱。出于对你的爱。我的全部生命就是爱。"① 不幸的是，他的爱最后被证明是一种被扭曲了的爱。这种不正常的爱让他不能享受爱与被爱，不能像正常人一样享受婚姻生活。仇恨使他性格诡异，组织的秘密性也让他失去了与别人交际的机会。他变得多疑起来："缺乏安全感和多疑，他不再相信任何人，即使是他的密友。"② 另外，"尽管他宣称是自己人的复仇者，但这种对黑人生命的热爱最终扭曲成了另一种'爱'的力量。他认为，这种'爱'的力量给予了他特权去杀戮，不管是白人还是黑人"。③ 在疯狂地报复了无数白人之后，最后他将枪口对准了自己的黑人同胞——最好的朋友奶人和彼拉多，这些人是他曾经热爱和尊敬过的人。

我们可以得出这样的结论：一旦人的自然属性占据了上风，社会属性毫无疑问会失去对它的约束力。抛弃了传统的简单生活方式而被物质与虚荣所诱惑，抛弃了责任感和爱的精神并充满仇恨感的生活态度最终只会导致自身人格的分裂。

---

① 托妮·莫里森. 所罗门之歌 [M]. 舒逊, 译. 北京: 中国文学出版社, 1996: 183.
② SAMUELS W D, HUDSON-WEEMS C. Toni Morrison[M]. Boston: Twayne Publishers, 1990: 71.
③ FURMAN J. Toni Morrison's fiction[M]. Columbia: University of South Carolina Press, 1996: 40.

二、人与人：人际关系的隔膜

在小说中，人与人之间关系的主要表现形式是孤立和分离。尽管奴隶制在一百多年前的美国就已被废除，但它阴魂不散，还在影响着美国社会的方方面面。"在探索分离性时，莫里森指出了非裔美国文化与主流美国文化的分离：物体被分离，身体被分离，种族被分离，国家被分离。"[①] 黑人社会在美国主流社会中被分离。在经济上，小说的发生地南区被分成两个部分：梅肯所居住的街区——富人区，和彼拉多所居住的街区——贫民窟；在政治上，南区有两个派别：以梅肯为代表的消融派和以"七日"组织为代表的分离派。他们之所以被如此隔离开来主要是因为他们缺乏交流，彼此不能理解也不能相互尊重。

在小说中，误解是导致人们彼此孤立的一种形式。梅肯误解了彼拉多很多年。在他的眼里，彼拉多就是一条咬人的蛇，他一直认为她拿走了洞里的那袋金子，所以总是对她耿耿于怀。吉他认为奶人找到了金子想要独吞，甚至认为奶人要背叛他。彼拉多一直不知道母亲的确切姓名，误将父亲临终前反反复复念叨着的母亲的名字"辛"（Sing）理解为父亲想让她为他唱歌（sing）。此外，奶人总是分不清自己的母亲和姐姐。他的寻找之旅总是伴随着误解：他以为彼拉多已经拿走了金子；对吉他想要取其性命一无所

---

① PAGE P. Dangerous freedom: fusion and fragmentation in Toni Morrison's novel[M]. Jackson: University Press of Mississippi, 1995: 31.

知；对那个好意让他免费搭载的司机也产生了误解。

小说中，抛弃的悲剧也正在黑人社会中一代代地延续着。所罗门抛弃了他的妻子莱娜和他的 21 个孩子，独自一个人飞回了非洲。梅肯在性生活方面抛弃了妻子露斯，从她 20 岁起就不再与她同床共眠。奶人视哈加尔如喝饱了之后的第三瓶啤酒、被咀嚼过的口香糖或是一块被丢弃不要了的垃圾。遭受抛弃让这三个女性都绝望不已：莱娜绝望的哭泣声一直响彻山谷之中；露斯过着生不如死的生活，没有爱的生活让她形同行尸走肉；哈加尔一直追寻着奶人的踪迹，最后歇斯底里地死去。

三、人与社会：孤立和仇恨

20 世纪中叶美国黑人文学的主流关注的是种族冲突，种族问题几乎涵盖了黑人民族的全部生活。从 20 世纪 60 年代开始，莫里森等女性作家在美国文坛上掀起了新的黑色浪潮，不仅控诉美国社会对黑人的种族歧视与压迫，[①]而且揭露种族歧视所造成的扭曲黑人人性的罪恶。在莫里森的作品中，我们常常可以发现，在种族歧视的美国社会中，黑人的成功常常建立在对社区、对同胞的背离上，也因此成为被孤立的个体。"被社会孤立出来就意味着

[①] 王守仁，吴新云. 性别·种族·文化——托妮·莫里森的小说创作 [M]. 北京：北京大学出版社，2004：19-20.

缺乏相互的支持和理解，这对个人的身心健康是有害的。"①孤立是人与社会疏离开来的一种不健康的生活方式。

小说中大部分人物就生活在这种孤立的生活方式中。福斯特医生拥有一幢大房子，房子里上好的红木桌子上摆放着鲜花，保持着一种高雅的生活模式，以示自己不同于周边的黑人。他家的生活方式让女儿露斯从小就与黑人孩子隔离开来，上学时她穿的丝质衣裙使她在学校找不到玩伴。

梅肯将自己与黑人社会隔离开来。因为"他这个人很难与之交往——一个硬邦邦的家伙，一个难以与他随便搭上话的冷面人"。②他对黑人毫无同情心可言，周围的黑人也视其如瘟疫，唯恐避之不及。当贝恩斯太太付不起四美元的贫民屋租金、带着失去父母的两个孙子来恳求他允许他们在那里多住些时日时，梅肯对她的恳求毫不心软："不让他们流落街头就有法活了吗，贝恩斯太太？如果你想不出办法付给我钱，他们就会流落到街头的。"③

奶人也是一个被孤立了的人。他发现自己根本就不能融入黑人社会中。还是在做小学生的时候，他就与其他同学格格不入。母亲坚持让他穿上天鹅绒衣服，很自然地就将他与其他孩子区分开来，使他不能与他们玩成一片。白人孩子欺负他，黑人孩子也

---

① MORI A. Toni Morrison and womanist discourse[M]. New York: Peter Lang Publishing, Inc., 1999: 103.
② 托妮•莫里森.所罗门之歌[M].舒逊,译.北京：中国文学出版社，1996：17.
③ 托妮•莫里森.所罗门之歌[M].舒逊,译.北京：中国文学出版社，1996：24.

第二章 莫里森悲剧意识之二：人性的追问

欺负他，不让他吃午饭，不让他上厕所，不让他洗手。长大以后，他依然难以融入社群中。理发店的热烈讨论，他插不进一句嘴；在街上行走时，他发现只有自己一个人是与路人反向而行的。种种迹象都表明，他已完全被他生活于其中的空间排挤出来。

彼拉多因为没有肚脐眼也受到他人的排挤与孤立。"这种情况使她很孤立。已经没有自己的家的她进一步与她的亲人隔离了。那是因为除去她在岛上建立的和睦关系之外，其他人际关系都没有她的份，如婚姻关系、坦率的友谊以及教区的共同信仰等都与她无缘。"[①]

如本书前文所述，隔离源自缺乏相互支持与理解。这对一个人完整人格的形成是有害处的。"抛弃了社会和人民的巩固性，个人生存是不可能的。罗伯特·史密斯的纵然跃下和奶人在找到自己祖先历史前的孤立就足以说明这一点。"[②] 福斯特医生和梅肯因为非常憎恨他们的黑人社会而被孤立出来；被自己的社会所孤立使得奶人更加自私、自闭、对别人漠不关心。

缺乏相互帮助和理解导致了人的孤立，也进一步加深了种族仇恨。黑人和白人相互谋杀和报复，意识形态持续冲突。按照吉他的理解，"人人都索要一个黑人的命。所有的人。白人要我们死

[①] 托妮·莫里森. 所罗门之歌[M]. 舒逊, 译. 北京：中国文学出版社, 1996：169.
[②] MORI A. Toni Morrison and womanist discourse[M]. New York: Peter Lang Publishing, Inc., 1999: 140.

或别出声——这也等于死"。① "也许这就是人类一切关系的缩影：你想救我的命吗？或：你想要我的命吗？"② 在热爱自己的同胞的幌子下，极端主义分子给黑人同胞们带来了无穷无尽的伤害，也被黑人同胞所疏远。一方面，报复白人的疯狂行动导致了更多无辜黑人的死亡。另一方面，他们的秘密行动又让他们远离社群，不能像正常人那样恋爱、结婚、享受幸福。

但小说中的人物形象并不全都是灰色的。彼拉多与梅肯、哈加尔、奶人、吉他的表现就有很大的区别。尽管被社会所隔离，彼拉多依然执着地培养爱心并改善人际关系，对即使曾经蔑视过她的人也献出一份关爱和热心。这些优秀品质让她成了奶人后来成长的精神向导。作为黑人文化的忠实传承者和一种精神的向导，彼拉多更多地具备了黑人的传统道德观与价值观：热爱传统简朴的生活方式，摒弃虚荣，有着强烈的责任感并关爱身边所有的人。在彼拉多的影响下，经过传统洗礼的奶人在沙里玛尔（Shalimar）参加了一次狩猎。这次狩猎体现了一种传统的团队协作精神，这种合作精神与小说中体现的分裂感、孤立感以及人与人之间的仇恨形成了鲜明的对比。莫里森警示，既然谋生是人类共同的目标，那么毫无疑问应该像自己的祖先那样协调合作、互助互利，而不是彼此分离、孤立甚至相互杀戮。

---

① 托妮•莫里森.所罗门之歌[M].舒逊，译.北京：中国文学出版社，1996：254.
② 托妮•莫里森.所罗门之歌[M].舒逊，译.北京：中国文学出版社，1996：378.

第二章 莫里森悲剧意识之二：人性的追问

人要重新获得生存的意义，改变异化状态，就必须使与世界重新联系起来。爱便是建立这种联系的纽带。莫里森建议："爱你的敌人，让另一半脸朝向他们——他们会升华，会超越。……让他们变得更好的是一种纯粹的、贵族式的爱，让他们成为世界上最有教养的人。那就是他们的尊严，是他们怎样获得超越的原因。"[①] 莫里森提到的这种纯粹的、贵族式的爱就是对同胞的关爱，它能孕育一种和谐的、文明的、高尚的人际关系，是治疗人类一切不正常关系的良药。

莫里森的作品以黑人音乐为语言范本，将黑人传统寓言、神话、传说糅合在一起，创作了风格鲜明、超越传统的小说。她的作品在更大意义上展现的是现代黑人社会在丧失传统与道德之后的那种病态与失落。在小说《所罗门之歌》中，莫里森将悲剧的视野聚焦于黑人这一特殊的群体，对他们的生存状态进行了哲学意义上的拷问。莫里森关心着人本身的存在价值，向往着尊重人性的理想境界。她是一位具有深邃思想的伟大作家，其敏锐的目光和深刻的认识，超越了自我的情感，从而使她旗帜鲜明地批判了丧失传统文化与精神的美国黑人，并从人性异化的角度揭露了压抑人性的罪恶，表现了莫里森强烈的社会责任感和文化归属感。莫里森笔下那些被异化的悲剧人物和关系，使小说充满了冲突的

---

① TAYLOR-GUTHRIE D. Conversations with Toni Morrison[M]. Jackson: University Press of Mississippi, 1994: 116.

张力,激发了读者对异化人性的罪恶的愤懑,引发了读者对人性价值的思索。

第二节 美国黑人的苦难与抗争
——《宠儿》的悲剧性审美

在莫里森看来,现实生活是具有悲剧性的,当代人尤其美国黑人一直在顽强地对抗着自己的人生困境。《宠儿》可算是记录美国黑人的一部心灵史。在这部长篇小说中,莫里森通过对美国历史的反思与对人类良知的拷问,向读者交代了母亲杀婴这一事件的来龙去脉,展示了奴隶制和种族主义给美国黑人制造的令人发指的人道灾难,展现了美国黑人的人生悲剧及其崇高的悲剧精神。瑞典文学院认为在莫里森"富有洞察力和诗情画意的小说中,将美国现实的一个极为重要的方面写活了"。

一、悲剧情节

从《解放黑奴宣言》生效的1863年到《宠儿》发表的1987年,中间正好相隔124年的历史。《宠儿》以辛辛那提郊外蓝石街124号农舍作为故事背景,暗寓着美国黑人并没有消失的苦难。其情节简单而又暴戾,符合西方古典文学理论对悲剧的要求:女主人赛丝曾是南方奴隶主庄园"甜蜜之家"的一个女黑奴,当年在黑人同胞的帮助下将孩子们先行送到了位于辛辛那提的婆婆家,自己再想办法只身出逃。28天后,原来的奴隶主闻讯赶来想将他们抓回去。情急之下,赛丝准备杀死孩子后自杀。可是时间只允许她杀掉其中的一个。18年后,被她杀死的女婴"宠儿"还魂归来向她索取母爱。小女儿丹芙在了解了事情的真相后,帮助母亲驱逐了鬼魂,重新开始了新的生活。

悬念、发现和突转是悲剧情节的重要组成部分,是作者在处理情节结构时常用的增强作品思想性及其艺术感染力的表现手法。具体事件的不可预测性与悲剧的总体趋势必然性的统一是悬念建立的基础,是莫里森为了激发读者紧张与期待的情绪而在艺术处理上采取的一种积极手段。在奴隶制度下,美国黑人的命运注定是悲惨的,悲剧的恶种早已经埋好。《宠儿》花费了大量的笔墨描写了赛丝杀婴的悬念:

> 浓重的非难气味在空中凝滞。贝比·萨格斯在给孙儿们煮玉米粥的时候被它惊醒了,不明白是怎么一回事。过了一会儿,她站在菜园里为胡椒秧捣碎硬土时,又闻到了那气味。……似乎什么都没有毛病——然而非难的味道异常刺鼻。……突然,就在非难的气味后面,后面很远很远的地方,她嗅到了另一种东西。[①]

[①] 托妮·莫里森. 宠儿[M]. 潘岳,雷格,译. 北京:中国文学出版社,1996:164-165.

"现在她站在菜园里,嗅着非难的气味,感觉到了一个黑压压赶来的东西,并看到了那双绝对不讨她喜欢的高腰鞋。"[①] 悬念的安排增加了故事的艺术感染力,为后来赛丝杀婴这一情节进行了铺垫。

"发现"是对某种秘密从不知到有知的变化。它可以是主人公对自己身份或者与其他人物关系的发现,也可以是对一些重要事实或其他无生命实物的发现。保罗•D自从走进124号农舍就发现它充满着邪恶,但是他并不知道其中的秘密。而鬼魂认为他会吸引赛丝,使赛丝将对她的注意力转移到保罗•D的身上,对自己造成威胁,因此鬼魂采取了发威的方式想逼走他。保罗•D用一条桌腿和他雄性的怒吼镇住了鬼魂。后来鬼魂变幻出人形走进他们的生活,变着法子想挤走保罗•D。直到斯坦普•沛德给他看了当时刊登赛丝杀婴事件的报纸后,保罗•D才了解到事情的真相,顿悟了鬼魂的秘密。

情节突转理论是亚里士多德悲剧理论的重要贡献之一。他在《诗学》中专门论述过悲剧技巧,认为"突转指行动按我们所说的原则转向相反的方向"。突转往往是剧中人物和观众始料不及的突然转变,可产生强烈的戏剧性。在《宠儿》中,莫里森往往通过描写人物命运与内心情感的突然转变而表现强烈的悲剧效果。在历尽艰辛之后,保罗•D终于找到了梦中情人赛丝,准备与之

---

① 托妮•莫里森.宠儿[M].潘岳,雷格,译.北京:中国文学出版社,1996:176.

携手共度人生。而在获知是赛丝亲手将宠儿杀死的时候,他又觉得赛丝的行为不可理解、无法原谅而选择了离开,放弃了与赛丝重新开始新生活的打算。同时,小说中的突转又往往与发现结合在一起。每每读到这些情节,读者都会在心里掀起巨大的波澜,产生强烈的恐惧之感和悲悯之情。

二、悲剧人物

古希腊悲剧中的悲剧人物都是神话或历史中的英雄人物,而不是一般的普通人。亚里士多德的《诗学》对悲剧的题材、主人公的身份进行了界定,强调"现在最完美的悲剧都取材于少数家庭的故事"。[①] 而随着人类文明的发展,悲剧作品中英雄人物的光环逐渐消失,现代悲剧大都以普通人作为悲剧题材。

美国黑人的历史讲述的是他们存在的悲剧性,《宠儿》里的黑人个体无不身世悲苦凄凉。"悲剧人物之所以成为悲剧人物,就是因为他反抗的不是他所能够战胜的。"[②] 赛丝的母亲无数次地被白人强奸,最后被吊死。艾拉曾被当作一对白人父子的性奴,"有一年多,他们为了满足自己,一直把她锁在一间屋子里",[③] 让她受尽了非人的折磨。妻子长期被白人霸占,斯坦普·沛德选择了将她杀死之后逃亡。贝比·萨格斯的奴隶主"摧毁了她的双腿、后

---

① 亚里士多德. 诗学 [M]. 陈中梅, 译. 北京:商务印书馆, 1996:65.
② 王富仁. 悲剧意识与悲剧精神 [J]. 江苏社会科学, 2001(2):114-125.
③ 托妮·莫里森. 宠儿 [M]. 潘岳, 雷格, 译. 北京:中国文学出版社, 1996:142.

背、脑袋、眼睛、双手、肾脏、子宫和舌头"。[①] 黑尔母亲的屁股受过伤，走起路来像只三条腿的狗似的一瘸一拐。在花了四年的时间仔细地观察了母亲的动作后，黑尔决定将自己的休息时间出租给奴隶主，干活挣钱帮母亲赎身。然而在牲口棚的阁楼上看到"学校教师"（奴隶主）的侄子把妻子强行按倒在地吸走奶水后，黑尔彻底崩溃，随后不知所踪。西克索在休息日里偷偷奔波三十里为的是与情人约会一个小时，而且随时要提防被奴隶主发现。因为偷吃猪崽，他被奴隶主狠揍了一顿。他和"甜蜜之家"其他奴隶的逃亡计划被奴隶主发现后被捕，被施以残酷的火刑，烧成了焦炭。出逃的保罗·D被捕后被奴隶主在嘴巴里安放了马嚼子。在看守所里，他们每天早上要跪着"等待着一个、两个或者三个看守异想天开的折磨"，[②] 而且还要被长长的铁链锁着终日砸石头，做苦工。在经历"挪、走、跑、藏、偷，然后不停地前进"[③] 后，保罗·D才到达位于辛辛那提的赛丝的住所。赛丝因为向加纳太太告发"学校教师"侄子的兽行，又遭到了那群人的疯狂报复，她的背部被皮鞭鞭挞，留下了"一棵苦樱桃树"般的疤痕。忍着背上的剧痛，挺着身怀六甲的肚子，她冒死从"甜蜜之家"逃了出来。历经九死一生，她终于到达了婆婆的家。可循踪追至的猎奴者将她自由的梦想撕得粉碎。"宠儿"是被赛丝杀死的婴儿，她

[①] 托妮·莫里森.宠儿[M].潘岳，雷格，译.北京：中国文学出版社，1996：102.
[②] 托妮·莫里森.宠儿[M].潘岳，雷格，译.北京：中国文学出版社，1996：129.
[③] 托妮·莫里森.宠儿[M].潘岳，雷格，译.北京：中国文学出版社，1996：77.

18年后的转魂就是为了向母亲报复，代表成千上万个死去的黑奴亡灵向罪恶的奴隶制发出声讨。

叔本华在《作为意志和表象的世界》中把悲剧归纳为三种类型，即人物性格缺陷导致的悲剧、命运的捉弄导致的悲剧和社会地位不对等导致的悲剧。《宠儿》中的悲剧人物面对的是残酷的白人奴隶主和惨无人道的奴隶制度，在当时的历史条件下，这是悲剧人物无法战胜的敌人与宿命。赛丝的悲剧不是源自她的道德品质的好坏，而是源自奴隶制的压迫与作为一个母亲对孩子的浓浓的母爱。爱她却杀死她，是母亲以牺牲孩子的生命为代价换取她精神上的纯洁与自由的行为，是对造成这个悲剧的奴隶制的无奈而又悲壮的反抗。

三、悲剧冲突与悲剧效果

悲剧冲突揭示的是人与冥冥之中无法抗拒的外力的冲突与抗争。悲剧人物无法逃脱的失败命运能够激发人们产生恐惧和怜悯的感受，从而引发人们对悲剧成因的思索，达到净化灵魂、昂扬斗志的悲剧效果。因此，悲剧作品常常艺术性地揭示了人类生活中必然存在的人与自然、人与社会、人与人、人与自身的各种矛盾与冲突。《宠儿》的悲剧性情节也是在激烈、复杂的矛盾冲突中逐步展开的。

赛丝的杀婴行为首先表现的是人与社会的冲突，是黑人在社会中受到不公正对待的后果，是黑人与奴隶制之间的矛盾冲突。

罪恶的奴隶制剥夺了黑人的一切权利，将他们视同于会说话的动物。如果不是因为害怕孩子被抓回去像自己一样沦为奴隶，赛丝不会选择将宠儿杀死，这是赛丝保护孩子的母性本能和浓到极致的母爱的表现。同时，这一行为也是人与伦理道德的冲突。赛丝的弑婴行为在表象上违背了起码的人伦道德，但"弑婴的行为是来自千万个被夺去了最起码的权利的黑人母亲的呐喊：呼吁全世界人民关注这群母亲对社会的控诉、对人性的渴求和对自由的向往"。[①] 此外，赛丝的弑婴行为还表现为她的个人母性与传统母性的冲突。传统母性以呵护、保护孩子的生命为己任，而赛丝的母性却促使她牺牲孩子的性命来换取孩子的自由。她的行为无疑挑战了传统的母爱价值观，造成了周围其他人的误解，也使自己一直生活在对宠儿深深的愧疚之中。在这一系列的悲剧冲突中，赛丝弑婴的行为是她母爱的本能反应，也是她与造成其痛苦的外力即美国奴隶制抗争的必然结果。

通过悲剧冲突的揭示，《宠儿》表现了深刻的悲剧效果。"悲剧效果"最早是由亚里士多德在《诗学》中进行论述的，认为它通过引起怜悯和恐惧等感情达到心灵的净化。[②] 怜悯是由于看到生命、爱情、正义、美与善等有价值的东西被毁灭所引起的主观感受，来源于产生怜悯之心者对美好事物的认同。恐惧是在悲剧

---

① 李雪琴，林晓勇．《宠儿》弑婴中的母爱剖析 [J]．成都大学学报（教育科学版），2008（2）：105-106．

② 张中载．西方古典文论选读 [M]．北京：外语教学与研究出版社，2000：47．

审美过程中产生的一种畏惧、害怕的心理以及惊讶、恐怖的感受。在经历了悲痛、怜悯、义愤、恐惧、宣泄等情感体验后，人们会很自然地痛定思痛，反思造成悲剧的种种原因，去总结经验教训以免重蹈覆辙，这便是净化的境界。

在《宠儿》中，当读者在读到赛丝杀婴这一情节时，哀痛、悲悯之情会油然而生。这样一个鲜活的生命，还没开始她人生的旅程，就被残忍地葬送掉了。是赛丝丧心病狂吗？难道她不爱自己的孩子吗？不，用赛丝自己的话说，赛丝是要把她"送到最安全的地方去"。在一个没有任何自由和人权的奴隶看来，上帝那里无疑是最安全的地方。"从赛丝杀婴的社会背景、黑白种族文化关系分析，赛丝的杀子悲剧是美国奴隶社会灭绝人性的悲剧，是黑白文化、种族冲突的伦理悲剧，也是白人人性丧失与文明倒退的文化伦理的悲剧。"[1]

悲剧人物的抗争激起了人们的怜悯之情，他们经受的苦难、不幸、毁灭又引发人们的恐惧之感。同时，悲剧人物勇于承担责任又使人们看到了人性的高贵，从而对人和世界依然抱有希望，心灵达到一个更澄明的境界，即净化。

四、悲剧精神

悲剧精神是悲剧人物面对不可避免的苦难和毁灭时所表现

---

[1] 张甫全，刘夫然. 挣扎在人性伦理与奴隶制的炼狱中——论《宠儿》中赛丝的杀子悲剧 [J]. 外国文学研究，2008（8）：106-109.

出来的抗争精神,一种不惜以生命为代价去超越苦难和死亡的精神。悲剧精神不是清静无为、悲观厌世,而是奋力抗争、热爱生活。"西方现代悲剧精神的核心是现代个人在多重生存困境中,对可望而不可即的自由生存和理想人性的无尽的苦苦追求,或者说,是对现代人所理解的人的生存的真实性的无尽的苦苦追求。"① 在《宠儿》中,斯坦普·沛德和艾拉都遭受了毁灭性的打击,但是他们并没有就此沉沦,他们脱离困境后一直勇敢地帮助黑人同胞们逃离被奴役的苦海。赛丝和她的四个孩子都是在他们的帮助下到达辛辛那提的。西克索在遭受火刑时还在纵声大笑,庆祝自己的血脉已经在女友的腹中孕育传承。保罗·D 为了实现自由,戴过马嚼子、蹲过监狱、干过苦力,但让他受尽折磨的还是他一如既往地追逐自己的梦想。他发出了"一个黑鬼到底该受多少罪?"② 的呐喊与诘问。在追求赛丝的过程中,他克服了丹芙和宠儿的双重障碍。而赛丝的抗争之路则更加顽强彻底。以奴隶和母亲的双重身份,她凭借自己的坚强意志传奇般地让自己和孩子逃出"甜蜜之家",为他们争取了一个自由的空间。当短暂的幸福生活被奴隶主粉碎后,她选择了毁灭生命,宁愿把自己"生命中最珍贵的部分"送到上帝那里而不是交给奴隶主去践踏。"从这个意义上讲赛丝的行为表现为捍卫人的自由、尊严和亲情的悲壮精神;同时,

---

① 任生名. 西方现代悲剧论稿 [M]. 上海:上海外语教育出版社,1998:251.
② 托妮·莫里森. 宠儿 [M]. 潘岳,雷格,译. 北京:中国文学出版社,1996:281.

第二章 莫里森悲剧意识之二：人性的追问

也具有控诉蓄奴制罪恶、批判白人文化霸权的社会功用，从而引发读者反思黑白种族的历史关系，探索黑白文化关系的现状和未来的命运。"[①]在对抗奴隶制这一罪恶之源的过程中，悲剧人物"主体的人格力量得以提升，人的本质力量得以超常地展现，悲剧精神和意志的能动性得以淋漓尽致地显现，从而显示出人生价值的巨大，生命(意志)力的无穷。"[②]

《宠儿》被喻为纪念美国黑人历史的一座丰碑，主要是因为它将19世纪的种族现实文本化了。尼采在《瓦格纳在拜洛伊特》中说道："但愿悲剧的信念不要死去。倘若人类完全丧失悲剧的信念，那么势必只有凄惨的痛哭声响彻大地。"[③]莫里森是一位具有深沉悲剧意识的现代作家。她敢于直面社会的真实，以一种现代悲剧的眼光深刻地反思了美国黑人的历史与生存现状，将妨碍人类文明，尤其是黑人文明进步的枷锁逐一展示，深刻揭露了美国奴隶制的罪恶本质，极力弘扬了美国黑人灵魂深处坚强不屈、勇于抗争的悲剧精神。

---

① 张甫全，刘夫然.挣扎在人性伦理与奴隶制的炼狱中——论《宠儿》中赛丝的杀子悲剧[J].外国文学研究，2008(8)：106-109.
② 邱紫华.悲剧精神与民族意识[M].武汉：华中师范大学出版社，2000：4.
③ 尼采.悲剧的诞生[M].北京：生活·读书·新知三联书店，1986：127-128.

第三节 人性的剥肥与回归
——《宠儿》中的人像群体分析

如前所述,《宠儿》显然是一部关于美国黑奴题材的小说。莫里森把笔触指向奴隶制时期,挖掘了那一段人们不愿提及但却时时影响着现代人的黑奴历史。莫里森叙述的事件是沉重而痛苦的,在扉页上她写道:"献给六千万甚至更多。"莫里森此举意在一箭双雕:其一是告慰和祭奠六千多万死去的黑奴;其二是告诫现代人,虽然奴隶制已于1861年被宣布废除,但是它阴魂不散,依然是引发当代美国黑人诸多问题的根源。莫里森独辟蹊径,将历史现实与超自然现象融合在一起,化实为虚,虚中有实,描述了残酷的奴隶制桎梏下的美国黑人精神世界,表现了奴隶制对他们身心的扭曲和异化,重点凸显了他们被剥夺的人性、被践踏的人格和被伤害的心灵。

一、女奴一代

小说中,赛丝的母亲、楠和贝比·萨格斯属于被贩卖过来的第一代女奴,这一代女奴基本上只被赋予了动物的属性。她们没有姓氏和名字,皮肤上像动物一样被烙上主人的名号,被当作生育工具,是男人泄欲的对象,被当作牲口一样买卖交易,没有任

第二章 莫里森悲剧意识之二：人性的追问

何人格尊严和社会地位。

赛丝的母亲没有姓氏和名字。楠也只有一个字的名字，没有姓氏。贝比·萨格斯的名字是后来自取的，贝比是她"丈夫"对她的称呼，萨格斯则是她"丈夫"的姓。在奴隶买卖市场，贝比·萨格斯的标签上写着珍妮·惠特娄。惠特娄是她卡罗莱纳主人的姓，珍妮是他们随便取的名字。惠特娄从不喊她的名字，他随便唤她什么，她就答应着。名字的被剥夺说明了奴隶主们否定了她们作为人的尊严。

赛丝的母亲和楠在从非洲到美国的船上多次被水手带走性侵，因此被迫生下了很多后代。但是因为憎恨，她们"把他们全扔了，只留下你。有个跟水手生的她丢在了岛上。其他许多跟白人生的她也都扔了。没有名字就给扔了。只有你，她起了那个黑人的名字。她用胳膊抱了他"。① 贝比·萨格斯也随时可能成为男人猎取的对象，所以她总是担心被扑倒在地，尤其是当着孩子的面：

> 在贝比的一生里，还有在赛丝自己的生活中，男男女女都像棋子一样任人摆布。所有贝比·萨格斯认识的人，更不用提爱过的了，只要没有跑掉或吊死，就得被租用，被出借，被购入，被送还，被储存，被抵押，被赢被偷被掠夺。所以贝比的八个孩子有六个父亲。她惊愕地发现人们并不是因为棋子中包括她的孩子而停止下棋，这便是她

---

① 托妮·莫里森. 宠儿[M]. 潘岳, 雷格, 译. 北京：中国文学出版社, 1996: 74.

所说的生活的龌龊。黑尔是她能留得最久的。二十年。一辈子。毫无疑问，是给她的补偿，因为当她听说她的两个还都未换牙的女儿被卖掉、带走的时候，她连再见都没能说上一声。是补偿，因为她跟一个工头同居了四个月，作为交换，她能把第三个孩子，一个儿子，留在身边——谁想到来年春天他被拿去换了木材，而那个不守信用的家伙又弄大了她的肚子。①

在贝比·萨格斯看来，奴隶生活"摧毁了她的双腿、后背、脑袋、眼睛、双手、肾脏、子宫和舌头"，②让她在外形上看起来像长了三条腿的狗。因此在奴隶制盛行的年代，她们无论是外形还是属性都被强加了动物的特征。

当她获得自由后，她发现了"这双手属于我。这是我的手"，"接着又发现了另一样新东西：她自己的心跳"。③这时的手和心以及身体真正变成了自己的个人所有物，她可以自由支配。这时，人的主体意识在她心里苏醒，于是她便开始了积极主动的生存：用心灵谋生。她"成为一位不入教的牧师，走上讲坛，把她伟大的心灵向那些需要的人打开"：④

---

① 托妮·莫里森.宠儿[M].潘岳，雷格，译.北京：中国文学出版社，1996：28-29.
② 托妮·莫里森.宠儿[M].潘岳，雷格，译.北京：中国文学出版社，1996：103.
③ 托妮·莫里森.宠儿[M].潘岳，雷格，译.北京：中国文学出版社，1996：168.
④ 托妮·莫里森.宠儿[M].潘岳，雷格，译.北京：中国文学出版社，1996：103.

第二章 莫里森悲剧意识之二:人性的追问

在冬天和秋天,她把心带给 AME 教徒和浸礼教徒,带给圣洁教会教友和神圣者教友,带给救世主和赎罪者教会。不用人请,不穿圣袍,没有涂膏,她让自己伟大的心灵在人们面前簸动。……她没有要求他们去洗刷他们的生命,也没有要求他们不得再有罪过。她没有告诉他们他们是地球上的有福之人,与生俱来地温顺,或者永世流芳地纯洁。她告诉他们,他们唯一能得到的恩赐是他们想象得出的恩赐。如果他们看不见,他们就得不到。"在这里",她说,"在这个地方,是我们的肉体;哭泣、欢笑的肉体;在草地上赤脚跳舞的肉体。热爱它。强烈地热爱它。在那边,他们不爱你的肉体。他们蔑视它。他们不爱你的眼睛;他们会一下子把它们挖出来。他们也不爱你背上的皮肤。在那边他们会将它剥去。噢我的子民,他们不爱你的双手。他们只将它们奴役、捆绑、砍断,让它们徒劳无获。爱你的手吧!热爱它们。举起它们,亲吻它们。用它们去抚摸别人,让它们相互拍打,让它们拍打你的脸,因为他们不爱你的脸。你得去爱它,你!"[1]

在布道中,贝比·萨格斯呼吁黑人们爱自己的眼睛、皮肤、双手、脸、嘴、后背、臂膀、脖子、内脏、肝,尤其是自己的心,她认为这才是价值所在。因为在她看来,内心是思想的源泉,是自我意识的发源地,是保持自己独立人格的保障。

---

[1] 托妮·莫里森.宠儿[M].潘岳,雷格,译.北京:中国文学出版社,1996:105.

然而,在"学校教师"与猎奴者一行人到来追捕赛丝他们母子四人时,贝比·萨格斯只能眼睁睁地看着赛丝杀死自己的孩子。她无法赞同或者谴责赛丝的粗暴选择。她好不容易获得的个人意识瞬间轰然崩塌,"丢弃了她那颗伟大的心脏"。在她看来,那些白鬼夺走了她拥有和梦想的一切,还扯断了她的心弦,"这个世界上除了白人就没有别的不幸"。这时的她认为恩赐是根本不存在的,不论是想象的还是真实的,她的忠诚、爱、想象力和她那颗伟大的心崩溃了。在赛丝被释放归来后,贝比·萨格斯就躺在了起居室的床上,用残余的一点精力来玩味颜色直至死亡。奴隶制剥夺了黑人们作为人的基本权利,摧残着他们的生命,让他们失去了做人的尊严。贝比·萨格斯从获得做人的欢愉,将这种愉悦和爱传递给他人,到梦想和激情坍塌的整个过程是短暂的,这足以说明只要奴隶制度存在,黑人就永无出头之日,不可能获得真正的独立人格。

二、女奴二代

赛丝比她的母亲幸运,她被相对开明的奴隶主加纳先生买下带到了"甜蜜之家"。加纳先生和加纳太太从不打骂奴隶。加纳先生听取奴隶们的建议,也允许和鼓励奴隶们纠正他,甚至可以反对他。他愿意相信他们并选择信任他们。他允许黑尔以出卖劳动力的方式赎出母亲,允许赛丝挑选丈夫,并不将她随意许配给其他奴隶使其成为生产奴隶的工具。因此,在那段时间,赛丝"满不在乎地觉得福气是理所当然而又靠得住的，好像'甜蜜之家'果真是个甜蜜之家似的。好像用缠着桃金娘的烙铁把支住白女人厨房的门，厨房就属于她了。好像嘴里的薄荷叶改变了呼吸的味道，也就改变了嘴本身的气味。世上没有更蠢的傻瓜了"。① 确定选择黑尔成为自己的丈夫的时候，赛丝曾幻想举行一个像加纳太太那样的结婚仪式：有婚纱，有牧师主持，有舞会和聚餐。当她把自己的希望讲述给加纳太太听时，加纳太太的回复是"你这个孩子真可爱"。② 这种态度足以说明尽管加纳先生和太太对奴隶们表面上十分仁慈，但是从本质上讲，他们并没有把黑人奴隶视为和自己一样平等的人。奴隶们都是他们通过买卖所得，是他们的私人财产，是会说话的工具。他们听取奴隶的意见是为了将农庄经营得更好；他们让黑尔赎出年迈的不能做体力活的母亲，但是黑尔在母亲被赎出前后要付出大量的劳动，在休息日还要被主人租出去干活；他们不允许奴隶私自离开，限制他们的活动和交往空间。

在"甜蜜之家"被"学校老师"接管后，赛丝他们遭到了此前从未有过的虐待。奴隶们被规定了人的属性和动物的属性，他们被视为人种中的渣滓，没有牙的看门狗，没有角的公牛，被阉割了的辕马。奴隶们随时被鞭打，有的被烧死，有的被卖掉，有的被逼疯。赛丝被夺去了奶水，后背被划开，不得已选择了逃跑。

---

① 托妮·莫里森. 宠儿 [M]. 潘岳，雷格，译. 北京：中国文学出版社，1996：29.
② 托妮·莫里森. 宠儿 [M]. 潘岳，雷格，译. 北京：中国文学出版社，1996：32.

因为不甘心失去三个未来的劳动力和一个能持续至少十年的生育机器,"学校老师"带领猎奴者和侄子、警察上门追捕,赛丝不得已亲手杀死了自己的孩子:

> 任何一个白人,都能因为他脑子里突然闪过一个什么念头,而夺走你的整个自我。不只是奴役、杀戮或者残害你,还有玷污你。玷污得如此彻底,让你都不可能再喜欢你自己。玷污得如此彻底,能让你忘了自己是谁,而且再也不能回想起来。尽管她和另一些人挺了过来,但是她永远不能允许它再次在她的孩子们身上发生。她最宝贵的东西,是她的孩子。白人尽可以玷污她,却别想玷污她最宝贵的东西,她的美丽而神奇的最宝贵的东西——她最干净的部分。那段带着记号挂在树上、无头无脚的躯干,是她的丈夫,还是保罗·A;爱国者们在黑人学校里放的那场大火里,烫伤的姑娘中,是否包括她的女儿;是否有一伙白人,侵犯了她女儿的私处,弄脏了她女儿的大腿,又把她女儿扔下大车:这些无法忍受的噩梦,她再也不要做下去了。她可以被迫在屠宰场的院子里干事儿,可她的女儿绝对不行。而且没有人,这个世界上再没有人,敢在纸上把她女儿的属性列在动物一边了。不。噢不。也许贝比·萨格斯会操这份心,忍受这种可能性;但赛丝拒绝了——至今仍然拒绝。①

---

① 托妮·莫里森.宠儿[M].潘岳,雷格,译.北京:中国文学出版社,1996:299-300.

第二章 莫里森悲剧意识之二：人性的追问

赛丝出于母性保护的本能将孩子杀死，在她看来，孩子被杀死比被奴隶主带回为奴要好得多，这是一个母亲不计代价地保护自己的孩子免受非人的虐待而迫不得已的选择。吉那·维斯克指出："这种族主义社会逼迫其受害者抵抗：残杀被认为比重新沦为奴隶更具人性。"① 真正杀死孩子的其实是万恶的奴隶制度。赛丝的杀子悲剧是美国奴隶社会灭绝人性的悲剧。赛丝的杀子行为引发了黑人社区对其的嫌弃、疏远和隔离，赛丝自己也失去了色觉，婆婆贝比因此丢弃了伟大的事业和生存的信念，保罗·D 也吓坏了。他对赛丝说："你有两只脚，赛丝，不是四只。"② 赛丝的杀子行为是成千上万个被夺去了最起码的亲子权利的黑人母亲的无奈选择。这种看似血腥、没有人性的行为恰恰表达了黑奴母亲们对奴隶制社会的控诉、对人性的渴求和对自由的向往。

三、女奴三代

丹芙是在众人的帮助下降临到这个世界上并坚强地活下来的。在她出生前，赛丝奄奄一息之时，白人姑娘爱弥鼎力协助，丹芙才得以顺利地被生下来。斯坦普和艾拉一起接力把赛丝和丹芙送到了贝比的住处。28天后，她和赛丝一起被关进监狱。出狱

---

① WISKER G. Disremembered and unaccounted for: reading Toni Morrison's Beloved and Alice Walker's The Temple of My Familiar[M]// Black Women's Writing. Ed. Gina Wisker. New York: St. Martin's Press, 1999: 3.
② 托妮·莫里森. 宠儿 [M]. 潘岳, 雷格, 译. 北京: 中国文学出版社, 1996: 197.

后，她跟奶奶贝比、赛丝，还有两个哥哥——霍华德和巴格勒一起住在蓝石路124号。赛丝杀死孩子后，这座曾经门庭若市、热闹非凡的房子变得门可罗雀，很少有人再接近这座房子。被杀孩子的鬼魂一直萦绕在房子里面，百般折磨着住在房子里的人们。霍华德和巴格勒选择了逃离。贝比奶奶很快去世。赛丝在外面上班。丹芙每天过着与世隔绝的生活，求学生涯也因为耳朵失聪被迫间断。她没有朋友，整天形单影只。没有朋友的丹芙内心是孤独和无助的："我不能住在这儿了。我也不知道去哪儿、干什么。可我不能在这儿住了。没有人跟我们说话。没有人来。男孩子不喜欢我。女孩子也不喜欢我。"①

直到宠儿出现，丹芙的生活重心才变成了全身心地照料她，这是"出于爱和一种膨胀的、要命的占有欲"。丹芙对宠儿的照顾无微不至，以至于忘记了吃饭，忘记了去自己的"祖母绿的密房子"。尤其是在赛丝失业后，她每天疲于应付贪婪的宠儿的各种索爱，丹芙一个人承担了照顾赛丝和宠儿的责任。这种照顾给了丹芙被需要的感觉。因为照顾他人的使命感和责任感，丹芙迅速成长起来，她走出家门，开始找工作，寻求别人的帮助。

四、男奴

黑尔、保罗•D和西克索同为"甜蜜之家"的奴隶。加纳先生在世时，他把他们视为黑人中的男子汉，他们可以按照自己的想

---

① 托妮•莫里森.宠儿[M].潘岳，雷格，译.北京：中国文学出版社，1996：18.

第二章 莫里森悲剧意识之二：人性的追问

法干活，可以提出意见和反对主人。但是加纳先生不允许他们私自出去，将他们禁锢在农庄里。黑尔与加纳先生达成了协议，用五年的安息日劳动来换取母亲贝比的自由。母亲贝比以前屁股受过伤，买入价钱比当时只有十岁的黑尔还低。因此，这个协议对加纳先生来说是一笔稳赚不赔的买卖。加纳先生允许唯一的女奴赛丝选择"甜蜜之家"中的任何一个男奴作为丈夫，却忽视了另外四个血气方刚的男奴的正常生理需要。他们不得已选择母牛作为泄欲的对象，这是对人性的极大侮辱和摧残。西克索不得已经常晚上偷偷溜出去与几十里外的女子幽会。

"学校老师"接管他们后，完全颠覆了加纳先生的管理模式。在他的管理下，奴隶们不能有自己的主见，他们只能听从指挥，做规定的事情，一旦做错就会招致殴打、酷刑甚至被杀死。贝奈特指出："奴隶制将人变为机器。所有蓄奴州的立法机构制定的臭名昭著的奴隶法令赋予奴隶主以极权，从而剥夺了奴隶的人性。路易安娜州奴隶法令规定：奴隶除了为奴隶主服务，不能做、不能拥有、不能得到任何东西。"[①] 由于不堪忍受"学校老师"的虐待，他们几个商量着逃走。不幸被"学校老师"发现端倪，结果赛丝被"学校老师"的侄子夺去了奶水；在马棚里面目睹现场的黑尔精神崩溃，涂上了满脸的牛油；西克索被活活烧死；保罗·D 则被装上

---

① BENNETT L Jr. The shaping of black America[M]. Chicago: Johnson Publishing Company, Inc., 1975: 147.

了马嚼子。马嚼子是"学校老师"强行给他施加的动物特征,被装上了马嚼子的保罗·D不能言语,被剥离了人说话的基本权利。从那一刻起,保罗·D感觉自己还不如一只瘸了的公鸡:

> 它看起来那样……自由。比我强。比我更壮实,更厉害。那个狗崽子,当初自己连壳儿都挣不开。可它仍然是个国王,而我……"先生"(公鸡)还可以是、一直是它自己。可我就不许是我自己。就算你拿它做了菜,你也是在炖一只叫"先生"的公鸡。可是我再也不能是保罗·D了,活着死了都一样。"学校老师"把我改变了。我成了另外一样东西,不如一只太阳地里坐在木盆上的小鸡崽。①

这也表明了在奴隶制下的黑奴们被剥夺了基本的自由权力。有身体残疾的公鸡依然是公鸡,它的属性并没有发生改变。而一个健壮的黑奴被人为地装上了马嚼子,则在人的属性之上被强行施加了动物的属性,从根本上剥夺了他作为人的尊严。

保罗·D的人性遭到了极大的戕害,他患上了哆嗦的毛病,随后被卖到不同的地方从事辛苦的体力劳动。他辗转于佐治亚州的阿尔弗雷德、肯塔基州的普提斯基、俄亥俄州的辛辛那提。他砸过86天的石头,"把身子埋进泥浆,跳进井里,躲开管理员、袭击者、刽子手、退役兵、山民、武装队和寻欢作乐的人们","躺在山洞里,与猫头鹰争食","偷猪食吃","白天睡在树上,夜

---

① 托妮·莫里森. 宠儿[M]. 潘岳,雷格,译. 北京:中国文学出版社,1996:85.

第二章 莫里森悲剧意识之二：人性的追问

里赶路"：

> 她们所有的男人——兄弟、叔伯、父亲、丈夫、儿子——都一个一个又一个地被枪杀了。……在他们中间，有些是从食不果腹的家里出逃的；有些是逃回家去；也有些是在逃离不育的庄稼、亡亲、生命危险和被接管的土地。有比霍华德和巴格勒还小的男孩；有妇孺之家组合和混合在一起结成的大家庭；而与此同时孤独地沦落他乡、被捕捉和追赶的，是男人，男人，男人，禁止使用公共交通，被债务和肮脏的"罪犯档案"追逐着，他们只好走二等路线，在地平线上搜寻标记，并且严重地彼此依赖。①

从主人家里逃出来的他们没有钱、没有衣服、没有生产工具、没有土地。一贫如洗的他们不得不游荡在各个街区里。他们摆脱了个人的奴役，却成为整个社会的奴隶。三K党在俄亥俄州随心所欲地游弋，让他们时刻都有生命危险。

1873年的美国离1863年1月1日正式颁布解放奴隶命令已经过去有10年的时间，但奴隶制的噩梦还在左右着黑人的生活，给他们的身心带来了极大的戕害。奴隶制如同一个恶魔疯狂地吞噬着黑奴的人性，把他们的人格撕扯得四分五裂。黑人既是暴力的历史受害者，又模仿施暴者的方式进行暴力回击。只有正视历史，分清自己的责任和义务，黑人才能从历史的阴霾中走出来，

---

① 托妮·莫里森.宠儿[M].潘岳,雷格,译.北京：中国文学出版社,1996：63.

友爱协作,开启新的生活。

第四节 天堂不再
——《天堂》中人性丧失的恶果

《天堂》这部小说主要围绕两条主线展开故事的叙述,其中的一条线索围绕俄克拉荷马州鲁比镇的黑人男性,讲述了15家人的过去、现在以及他们的打算;另一条则围绕鲁比镇和修道院的女性,叙述了她们各自跌宕的人生。故事从"他们先朝那个白人姑娘开了枪"拉开了序幕。这是1976年6月的一个早上,鲁比镇的九个男人持枪冲进了距离鲁比镇约27公里的修道院,计划杀死住在里面的五个女人,因为他们认定修道院腐蚀了鲁比镇,让它遭受了苦难。接着故事回溯到了100余年前的美国,当时获得个人自由的美国黑人从南方来到北方,结果他们发现这里并非乐园。1890年,在美国已经生活了120年的九户黑人在撒迦利亚·摩根的带领下从路易斯安那州来到俄克拉荷马州那个在广告中被描述的地方,但是因为肤色太深被浅肤色的人轰走,他们不得已继续向西建立了纯黑人血统的黑文镇。到1949年,由于黑文受到外来影响改变了模样,新一代的父辈以迪肯·摩根和斯图亚特·摩根为首,为了保持他们纯正的血统不受影响,带领15户居民继续向西迁徙建立了鲁比镇。25年后,外部世界对这个小镇的侵蚀和熏染已经使居民们难以忍受，后代们纷纷逃离或者做出一些离经叛道的事情。而鲁比镇的男人们把这一切都归结于女修道院里居住的5个无家可归、手无寸铁的女人，意欲除之而后快，因此才出现了小说开篇的那一幕。

与《宠儿》一书中的黑人奴隶不同，《天堂》里的黑人都是从奴隶制的桎梏中解放出来的自由人。解放了的黑人在密西西比州得不到应有的尊重。撒迦利亚·摩根带领九户黑人不远万里跨越路易斯安那州来到了西边的俄克拉荷马州。沿途他们遭受了印第安人、白人和浅肤色黑人的驱除、嘲弄和拒绝，最终建立了属于自己的黑人城镇——黑文镇。黑文镇经历了50年的发展，在外界的影响和腐蚀下，从最初的"梦幻之城"变成了"鬼蜮之城"，居民们从最初的"挺身而立"慢慢地变为"跪到了地上"，到后来"干脆在地上爬了"。很多居民"屈从或融入了白人的城镇"，城镇空间被挤占，居民人数急剧下降，人们的土地越来越少，黑文的存亡危在旦夕："曾经召唤过他们的自由空间变成了无人过问的混乱地方，变成了随时随地都有散乱或结伙的邪恶涌现的空白区"。① 由于人身安全遭到了威胁，新一代的父亲——以迪肯·摩根和斯图亚特·摩根为首的退伍老兵，把象征着黑文精神的大炉灶拆除了，带领十五户人继续向西380多公里，在俄克拉荷马州的深处建立了鲁比镇。新建的镇子既"独特又闭塞"，没有监狱，

---

① 托妮·莫里森. 天堂[M]. 胡允桓，译. 海口：南海出版公司，2013：18.

夜不闭户，路不拾遗，没有电视，没有电话，没有报纸，没有收音机，没有加油站，没有饮食业，没有警察，没有电影院，没有医院。二十五年后，他们端起枪支，像之前驱除、嘲弄和拒绝他们的人一样，去杀戮和驱散女修道院里面的几个女人：

> 他们自以为比白人更狡猾，可事实上他们在模仿白人。他们自以为在保护妻儿，实际却在伤害他们。而且当被伤害的孩子请求帮助时，他们却到别处去找原因。他们诞生于一种古老的仇恨之中，那种仇恨最初产生时，一种黑人鄙视另一种黑人，而后者将仇恨提到新的水平；他们的自私因一时的傲慢、失误和僵化了的头脑的无情，毁弃了两百年的苦难和胜利。①

一、墨守成规，顽固独裁

为了防止黑人被白人和其他有色人欺凌，保持自己群体的完整性和独立性，老一辈人先后建立了黑文镇和鲁比镇。"在20世纪60年代，由于在白人既定的秩序中找不到自己合适的位置，非裔美国人试图以自我隔离的方式，在本族中寻找安全感和归属感，提出了'黑白分离'的政治主张。充满了种族和文化矛盾冲击的黑文镇和鲁比镇正是当时美国社会的一个缩影。"② 1890年，黑文建立伊始，先辈们必须辛勤劳作。为了生存，他们每天至少要干

---

① 托妮•莫里森. 天堂[M]. 胡允桓，译. 海口：南海出版公司，2013：357.
② 托妮•莫里森. 天堂[M]. 胡允桓，译. 上海：上海译文出版社，2005：342.

18~20小时的活。为了果腹，他们还需要狩猎为妻儿们增加食物。那时的撒迦利亚扮演了他们的精神领袖，坚定了他们西迁的信心。他们互相扶持、互帮互助，经历了困难时期。经济大萧条时期，很多城镇遭受了灭顶之灾，黑文却经历了繁荣。他们共同协力，共渡难关：

> 棉花歉收了吗？种高粱的便将其收益与种棉花的分享。粮仓烧了吗？伐木工肯定会趁天黑让木材在某一特定地点"偶然"滚下车，让他们搬走。猪拱了邻家的庄稼地吗？邻家就会得到大家的资助且一定能拿到猪肉火腿。一个人在劈木柴时不小心伤了手，马上就会有新棉绳包扎伤口，然后才去作第二次洁净的包扎。一八九零年他们走向俄克拉荷马州的途中是遭世人冷拒的，但黑文的居民彼此间总是有求必应；只要有需要或短缺，一定随叫随到。①

鲁比镇刚建立的时候，"当人人都忙于建房、放牧、收获时，是顾不上吵嘴或想坏主意的"。②那时的年轻人刚从越南战场回来，他们结婚成家，以退伍安置费为资本经营自己的农场。所有的人都做出了不错的成绩。那时候，人们在大炉灶给婴儿洗礼："洗礼是在甜蜜的水中进行的。美好的洗礼。让人心碎，充满大和弦音调与泪水，最终让人获得安全而感到激动的洗礼。"③

---
① 托妮·莫里森. 天堂 [M]. 胡允桓, 译. 海口：南海出版公司，2013：126.
② 托妮·莫里森. 天堂 [M]. 胡允桓, 译. 海口：南海出版公司，2013：118.
③ 托妮·莫里森. 天堂 [M]. 胡允桓, 译. 海口：南海出版公司，2013：118-119.

后来，由于居民出售天然气开采权、进行石油交易和做投机买卖赚了不少钱，随着补助金的日益增加、家用电器的普及，鲁比镇居民过上了幸福安逸的生活：他们拿出现金购置产业，一周只需工作五天，每天十二小时，他们狩猎纯粹是因为兴趣和爱好使然。

如今的鲁比镇实际上被掌控在以迪克和斯图亚特这对双胞胎兄弟为首的少数几个老一辈黑人手中，他们扮演着闭塞生活秩序的捍卫者角色。他们小心呵护着象征黑文团结精神的大炉灶。在西迁的过程中，男人们把大炉灶拆开、打包、运送并重新安装。然而，随着时代的变迁，除去洗礼，大炉灶并没有真正的价值。即使在当年他们拆除、运送和安装的时候，妇女们尽管在一旁点头赞许，可是私下里她们却抱怨大炉灶占据了运输车的空间，不然她们可以携带更多的物品，而且这个搬迁组装的过程浪费了太多男人们本该给自己小家庭干活的时间。当年轻人提出要修改篆刻在上面的词句时，老一辈黑人极力反对。斯图亚特这样警告他们："如果你们，你们当中的任何人，忽视、改变、去掉或增加大炉灶灶口处的词句，我就把你像半睁眼的蛇一样，把头打掉。"[1]因此，莫里森写道："一个实用的东西变成了一座圣坛（告诫人们不要触犯主的话不仅存在于吓人的《旧约·申命记》中，也存在于爱人的《新约·哥林多后书》中），而且像任何冒犯它的东西一

---

[1] 托妮·莫里森. 天堂[M]. 胡允桓，译. 海口：南海出版公司，2013：100.

样，必定会毁掉它自己。"①

鲁比镇居民与其他居民区居民最大的不同就是与世隔绝，他们的"眼神让人琢磨不透。所有人对外界都保持着一种冷冰冰的怀疑态度"。他们一直生活在先辈的阴影里，总是在一遍又一遍地重述着自己先辈的故事：

> 他们一次又一次地毫无挑动的意味地从他们的故事包里掏出先辈的事，他们祖辈和曾祖辈的事，他们父亲和母亲的事。危险的对峙，机灵的躲闪。忍耐性、智慧、技巧和力量的证明。交好运和遭凌辱的故事。可是为什么没有他们自己的故事可讲呢？对于他们自己的事，他们闭口不谈。没有什么可说的，继续向前。仿佛往昔的英勇事迹已经足够让他们依靠着走进将来。仿佛，他们想要的是复制品而不是孩子。②

与世隔绝和复制模仿先辈让他们失去了自己的独立发展，整个城镇变成一潭死水，没有生机。莫里森曾这样评价道："鲁比不是一个完美的乐园，最终以保守、家长意志、彻底的种族主义与充满暴力的社区结束。"③

---

① 托妮·莫里森. 天堂 [M]. 胡允桓，译. 海口：南海出版公司，2013：119.
② 托妮·莫里森. 天堂 [M]. 胡允桓，译. 海口：南海出版公司，2013：188.
③ 王玉括. 莫里森研究 [M]. 北京：人民文学出版社，2005：189.

二、压制成长，封建专制

老一辈与年轻一辈的分歧主要在于：对大炉灶的态度、配偶的选择、生活方式的差异。老一辈小心谨慎地呵护着象征鲁比镇文化传统的大炉灶，认为年轻人不够尊重传统。年轻人则认为那也是他们的历史，想让它新生，与时俱进："变成了另外一种炉子，在那儿升温的躯体正是人类本身。"[①] 老一辈固执地在九户人口的后裔中通婚，近亲繁殖最终造成了杰夫和斯维蒂生了四个残疾的孩子。尽管如此，他们拼命阻止自己的孩子与不同肤色的人通婚。罗杰因为娶了一个浅肤色的妻子被人瞧不起，受到众人的排挤。因此他的妻子难产时，邻居中没有一个人出来帮忙把她送去丹比的医院救治，她最终因为难产而死。罗杰受到镇子里的人的排挤，只能从事镇子里面其他人不愿意从事的职业：兽医、屠夫、急救员和殡葬人。他们的女儿帕特莉莎和外孙女比莉也因为继承了浅肤色而惨遭众人歧视。比莉因为在三岁的时候不懂事脱掉衬裤骑马，就被镇上人标记了"放荡"的罪名，没人相信她的童贞还在。米努斯与浅肤色女孩的婚事也受到了镇里居民的反对。无法反抗的米努斯回到镇上后因此终日借酒消愁，基本上一直处于一种醉酒状态，"从那时起就再也没有清醒过来"。老一辈坚持先辈们的生活方式：耕种、放牧和狩猎，年轻一代则认为老一辈的方式已经过时了："除去鲁比，到处都在变。"[②] 他们主张接受新

---

① 托妮•莫里森. 天堂 [M]. 胡允桓, 译. 海口：南海出版公司, 2013: 119.
② 托妮•莫里森. 天堂 [M]. 胡允桓, 译. 海口：南海出版公司, 2013: 120.

鲜事物,给旧的东西赋予新的生命,回归非洲文化传统。罗约尔认为他想给大炉灶取一个非洲式的名字。他既谴责了白人也谴责了镇上的居民:

> 似乎有一种新颖的更具阳刚气概的方式对付白人。不是布莱克霍斯或摩根的方式,而是某种非洲的东西,充满新词语、新肤色和新发型。他暗示,对付白人以智取胜是怯懦的。要面对他们讲道理,驳斥他们。因为旧有的方式是缓慢的,局限于少数人,而且软弱无力。①

老一辈奉行分离和孤立,维持着镇子里面的生活秩序,操纵着孩子们的生活。在他们看来,这是爱孩子的表现,殊不知这其实是一种对孩子的巨大伤害。深受肤色歧视的帕特莉莎悲哀地接受了鲁比镇的肤色价值观,并以此来规范女儿比莉的行为。比莉脱掉衬裤骑马后,帕特莉莎狠狠地给了她一记耳光。母女俩因为分歧经常爆发冲突,直到最后,帕特莉莎才幡然醒悟:"她手中提着电熨斗跑上楼梯去揍的,是活在八层石头心目中的小姑娘,而不是她女儿。"②米努斯被迫放弃了爱情而绝望地混日子。

老一辈形成了一种通用的行事方式:如果镇上出现了什么问题,就组织一个代表团来处理。镇上很多年没有召开过会议,作决策的就是以迪克和斯图亚特为首的老一辈。老一辈剥夺了年轻

---

① 托妮·莫里森.天堂[M].胡允桓,译.海口:南海出版公司,2013:121.
② 托妮·莫里森.天堂[M].胡允桓,译.海口:南海出版公司,2013:238.

人的话语权,他们根本不让年轻人说话,任何与他们观点相反的意见在他们看来都是"顶撞"。他们认为年轻人没有教养,说起话来声音刺耳,不尊重别人。① 对于他们的发言,老一辈认为:"没人明白他在说些什么,而听得懂的那部分又愚蠢透顶。"② 阿诺德代替女儿阿涅特决定自己的生活,并声称"我是她父亲。我会为她安排的"。③

年轻人以各种方式来反抗老一辈的专制:

> 阿涅特从学校回家后不肯下床。哈珀•朱里家的男孩米努斯自越南回来后每个周末都喝得醉醺醺。罗杰的外孙女比莉•狄利亚不见踪影。杰夫的妻子斯维蒂为没人开的玩笑笑了又笑。K.D.和住在女修道院的那姑娘一起厮混。更不消说其余一些人的顶嘴、板脸和公然挑衅了——他们想把大炉灶命名为"如此这般的地方",并已经确定上面原先的词句是什么。④

处处掣肘的年轻人纷纷离开鲁比镇去外面寻找自己想要的生活。安娜独自在外面打拼多年,因为父亲去世要继承他的财产才回到鲁比镇。比莉在丹比找了一份工作,买了一辆车,可能去更远的地方。

---

① 托妮•莫里森. 天堂 [M]. 胡允桓,译. 海口:南海出版公司,2013:95.
② 托妮•莫里森. 天堂 [M]. 胡允桓,译. 海口:南海出版公司,2013:120.
③ 托妮•莫里森. 天堂 [M]. 胡允桓,译. 海口:南海出版公司,2013:70.
④ 托妮•莫里森. 天堂 [M]. 胡允桓,译. 海口:南海出版公司,2013:94.

三、禁锢女性，血腥杀戮

鲁比镇实际是禁锢女性的牢笼，小说中的女性大多数终其一生困守在厨房和花园中。索恩每天在餐厅像囚犯似的编着线绳："每天都机械地无偿生产着远远超过实际需要的编织带。后院的园子向左面伸展开一片没有杂草的深耕土地。"① 她的生活基本上围绕丈夫迪克展开：备好早饭、摆好他上班的衣服、处理他猎回的鹌鹑。多薇每天惦记着斯图亚特的口味，总是担心她自己的烹调手艺不合丈夫的胃口。花园是她们家庭生活的延伸，她们将很大一部分时间投入在里面：

> 黑文的那些肮脏院落，经过精心洒扫，成了鲁比的草坪，最终又全部成了花圃，其原因只有一个，那就是有了时间去照看。种些不能入口的植物的乐趣和习惯蔓延开来，花圃的范围也不断扩大。交换和分享一根剪枝、一块根、一两个球茎，简直像掠夺土地般狂热。做丈夫的抱怨自己受到了冷落，而且对小萝卜收获太少或甘蓝、甜菜的菜畦太短感到失望。妇女们仍在后园里种菜，但园中的作物却一点点地像是花卉了——就是说劳作靠的是愿望而不是需求来驱动了。②

厨房象征着家庭，而家庭则是男权社会统治秩序确立的基石。

---

① 托妮·莫里森. 天堂[M]. 胡允桓，译. 海口：南海出版公司，2013：60.
② 托妮·莫里森. 天堂[M]. 胡允桓，译. 海口：南海出版公司，2013：103.

"狭小的厨房不只是个别、单纯的家务劳动空间而已,而是一个现代社会的整体缩影:它是体现各种社会力量的空间场域,也是每一个活生生的妇女每日展演的人生剧场。"[1]作为被男权主义压制的女性,她们被社会公共空间拒绝,被禁锢在密闭的小空间里。女性承担着烹饪者的重要角色,男性成为理所当然的享受者。因此,每当迪克将装满猎杀好的鹌鹑的口袋扔在她干净的地板上时,索恩都会发出这样的感慨:"得意啊。就像他给了我一件礼物。就像你们已经被剖开切碎、洗净、做熟了。"[2]

花园不仅象征男权主义社会对自然的控制和掠夺,而且喻指男性对女性的占有和压迫。女性处于失语的"他者"地位。女性的生存基本都是为了满足或迎合男性的需要,她们基本上是一种透明或隐形的存在。鲁比镇的女性们被排挤出一切严肃的事情和公共事务的空间:男人们在拆开、打包、运送和重新安装大炉灶时,妇女们只能"点头赞许",抱怨的话只能在私底下说。迪克、斯图亚特、米纳斯牧师、阿涅特的父亲和兄弟聚在一起,讨论怎样处理K.D.打阿涅特那记耳光的事件,而当事人阿涅特却被排除在外,她的意愿也无人过问。在辩论大炉灶灶口上所写词句和讨论如何处理涂在大炉灶后墙上那只带红指甲的黑拳头事件时,争论的主体都是以迪克和斯图亚特为代表的老一辈男性、以罗伊为代表的

---

[1] 吴郑重. 厨房之舞:身体与空间的日常生活地理学考察 [M]. 台北:台湾联经出版社,2010:10.

[2] 托妮·莫里森. 天堂 [M]. 胡允桓,译. 海口:南海出版公司,2013:115.

第二章　莫里森悲剧意识之二：人性的追问

年轻男性以及以米纳斯为代表的牧师，女性的身影则被抹去。

这种男尊女卑的生活状态，使女性时时刻刻承受着无处不在的压抑，约37公里外的女修道院变成了她们寻找精神支持、获取力量的源泉。女修道院向她们伸开了臂膀，给她们帮助，替她们疗伤：索恩去女修道院寻求康妮的帮助；比莉在被母亲像男人似的殴打后跑到这里寻求慰藉；阿涅特在修道院产下了非婚生子；斯维蒂走进这里寻求灵魂的解脱。

鲁比镇的男性们是父权主义的忠实捍卫者。当他们发现男性的绝对控制地位受到威胁时，他们丧失了理智与人性。强烈反对与浅肤色的人通婚的迪肯与有着"日暮般的皮肤"的康妮维持了一段私情。康妮建议将幽会地方定在修道院，因为这个地方比较隐蔽，迪克"哼着鼻子表示不快"。在最后一次性交过程中，康妮咬破了迪肯的嘴唇并舔舐了血迹。迪克大口地吸着空气，说"再也别这样"。舔舐血迹等情节表明康妮颠覆了控制性别和性行为的文化规则，拒绝将女修道院作为幽会场所则表明迪克害怕失去男性控制的焦虑。[①] 随着社会的发展和外界的诱惑增强，男性们把一切给鲁比镇造成冲击的因素归罪于女修道院里面几个不幸的女人。"然而对女人的厌恶、仇视和偏见使这些黑人男性丧失了理智与人性道德，他们驱逐射杀的不仅是白人女性，也包括自己的

---

① EACH L. Toni Morrison[M]. New York: Library of Congress Cataloging-in-Publication Data, 2000: 162.

黑人女性同胞,并为自己的暴力杀戮寻找理由:他们怀着仇恨的硬心肠驱逐对付的女人是应被扫地出门的社会'毒物'。"①

四、新生

在修道院事件之后,鲁比镇悄然发生了变化。摩根兄弟在镇上的地位慢慢降低,老一辈核心统治阶层开始分崩离析。从来没有和任何男人商量或交谈过心事的迪肯向牧师袒露了自己的心迹,并且光着脚走上了镇上的中央大街,同时他也意识到自己还有很长的路要走。敢于向牧师袒露心迹、正视自己的内心是寻求解决问题的第一步。光脚走路是模仿祖先的行为,向祖先学习、回归传统是民族发展的必经之路。意识到路长道远,清楚前进的方向,才能引导鲁比镇健康向前发展。阿涅特怀孕、理查德和安娜在修道院里找到的鸡蛋都象征着摧枯拉朽的新生命即将诞生,鲁比镇将会以全新的姿态凤凰涅槃。

历史上的暴力受害者,延续暴力方式进行着对他人的戕害。历史苦难与现实噩梦的纠缠、避免伤害他人的意愿与伤害他人行为的悖论一直在影响黑人的生活。一方面,他们对于人的尊严和理想的追求殚精竭虑;另一方面,由于现实的羁绊,人性和生命的脆弱限制了他们追求的实现。

莫里森以反讽的方式将文学经典中的暴力和暴力引发的悲剧放置到非裔美国文学里来,引发悲剧的暴力实施者不再是高贵而

---

① 托妮·莫里森. 天堂[M]. 胡允桓,译. 上海:上海译文出版社,2005:3.

理性化、典型化的主人公，而是卑微的普通非裔美国人。他们在危急时分被命运胁迫而奋起最后绝望的抗争，以自我的牺牲、尊严的牺牲和人性的牺牲为代价谱写了一曲悲怆交响乐。①

一个个看似没有任何英雄气概甚至处于社会底层的卑微的普通非裔美国人在民族、个人的生存困境中所表现出来的令人敬仰的勇气和自我牺牲、重新开始的精神，使得他们成了莫里森笔下的悲剧英雄。莫里森聚焦于这些普通人，通过书写他们在困境中的苦苦挣扎和顽强抵抗，追问他们在奋斗过程中体现的人性缺陷，探索他们脱离困境的方式和方法，挖掘和揭示了美国黑人生存命运中的悲剧意识。

---

① 朱小琳.回归与超越：托妮·莫里森小说的喻指性研究[M].北京：中国社会科学出版社，2010：107.

第三章

莫里森悲剧意识之三：
文化的执着

在莫里森的小说世界里，我们时而徜徉在小姑娘想要一双美丽的蓝眼睛的梦想里，时而跟随两位好女伴迎风奔跑在河堤边，时而装上幻想的翅膀飞到大洋彼岸的家园，时而流连忘返于加勒比海的小岛上，时而出没在鬼魂萦绕的凶宅里，时而沉迷在爵士乐的旋律中，时而困守在与世隔绝的天堂里，时而沉浸在家长里短的是非中，时而进入不同肤色的大家庭，时而被战争带来的创伤刺痛，时而为孩子的不幸唏嘘。

这些或寻常，或异常，或诡异，或离奇的人和事被莫里森编织成了一个个异彩纷呈的故事。她的故事都是以展现非裔美国人的生活为主题，书写了他们在后殖民时代的文化生存状态，引领着非裔美国人坚持不懈地寻找他们的民族身份和文化根脉。有评论家认为："她为20世纪美国文学树起了一座丰碑，也向世人宣告了黑人作家写作时代的到来。"[①]

因为历史发展原因，美国文化形成了以欧美白人文化为主导

---

① RICHARD W. Blueprint for negro writing[M]// American literary criticism, 1773-2000[M]. Ed. Hazel Arnett Ervin. New York:Twayne Publishers, 2000: 89.

的复杂多样的文化形态，各种文化相互渗透、相互影响。被边缘化的黑人传统文化，不仅是黑人民族的精神和灵魂，也是黑人的精神支柱和情感归宿。它不仅可以陶冶和熏陶黑人的灵魂，还可以锻炼黑人勤劳、善良、勇敢、坚强的品格，更重要的是可以引导他们树立正确的文化观和世界观，使他们在现代各种思潮汹涌澎湃的大海里不至于迷失方向。博恩曾在《美国黑人小说》一书中指出："美国黑人小说，一如美国黑人生活，和美国白人的小说既相同又不同。当其跟随（通常落后几步）美国小说主要历史进程的同时，又有自己另外的生活，这生活发源于一种完全不同的少数裔民族文化的土壤。"① 只有植根于自己民族的土壤，在白人文化的环境里成长的黑人才不至于被精神奴役。她的小说有着鲜明的时代特色，奴隶制时期、大迁徙时期、大萧条时期、第二次世界大战时期和民权运动时期的人和事都先后在她的小说中呈现。不同历史时期的人物和事件在向后代世人敲响警钟，拒绝和忘却民族历史是可耻的，是悲哀的，是没有发展的。坚守自己民族的文化，兼收并蓄地接受其他文化的优秀传统，才能在多元文化世界里重构本民族的文化，实现真正的双赢式发展。

---

① BONE R.The negro novel in American[M].New Haven: Yale University Press, 1966: 2.

第一节 脱离传统的悲剧——秀拉

《秀拉》是莫里森的第二部长篇小说。故事以俄亥俄州的梅德林小镇为背景,描述了从第一次世界大战结束后到黑人民权运动和女权主义运动高涨的20世纪60年代中期,小镇上黑人社区"底部"的生存境况和生活变迁。小说标题以"底部"的一个黑人姑娘秀拉命名,整个小说分为两个部分,分别以1919、1920、1922、1923、1927、1937、1939、1940、1941和1965为小说的章节标题。学者吉尔伯特(Gilbert)等指出小说"按年代描写了一位黑人女性建构其主体意识的历程"。[①] 第一部分从1919年到1927年,这一期间,秀拉成长为少女,是她的青春萌动期。秀拉成长的家庭环境、她与奈尔的友谊以及黑人社区的历史渊源及其生活现状也在这个部分有所交代。第二部分从1937年到1965年,阔别10年的秀拉重返"底部",她的放荡不羁的行为引发了黑人社区对她的敌视与仇恨。秀拉最终英年早逝。奈尔多年以后终于明白自己一直以来思念的居然是曾经的挚友秀拉。

---

① GILBERT M.Gareth Stanton and Willy Maley[M]// Postcolonial criticism. New York: Addison Wesley Longman Limited, 1997: 12.

第三章 莫里森悲剧意识之三：文化的执着

一、秀拉的成长

秀拉的出生地是被人称作"底部"的地方，这个名字来源于"一个笑话。一个关于黑鬼的笑话"：

> 一位人很好的白人农场主对他的黑奴说，要是他能干好一件难办的活计，就许给他人身自由和一块低地。黑奴干完活后，要求白人履行诺言。自由容易得很——农场主没有食言的意思。但他不想交出任何土地。于是他对黑奴说，很遗憾，要把山谷里的一片土地交给他。他原想给对方一块"底部"的土地。黑奴眨了眨眼睛，不解地说，他以为山谷的土地就是低地。主人说："不，你错了！看见那边的山了吗？那才是低地，富饶又肥沃。""可那是在高高的山顶上啊。"黑奴说。"从我们这里看是高的，"主人说，"可是当上帝往下看的时候就是低地了。所有我们才这么叫它。那是天堂之底——有着最好的土地。"①

这场指鹿为马的文字游戏一针见血地描述了黑人民众如何被玩弄于白人权威的股掌之中。继自由权之后，他们还被剥夺了话语权、选择权和平等发展权等其他人权。

第一次世界大战期间，众多黑人青年曾和白人青年一起在国外战场抛头颅洒热血，小说中的夏德拉克和李子就是他们中的代表。然而，从欧洲战场归来之后的黑人退伍士兵却没能获得他们

---

① 托妮·莫里森. 秀拉 [M]. 胡允桓，译. 海口：南海出版公司，2014：5.

为之浴血奋战的民主,他们的生活境遇也没有得到改善,依然停留在他们父辈们的阶段,他们在住房、就业、教育、交通等社会生活的方方面面都低白人一等。男人们为了混口饭吃,必须得找遍整个梅德林,或者去阿克隆和艾利湖边的钢厂寻求就业机会,而河滨公路的施工方一直不给黑人提供任何就业机会。海伦娜错入白人车厢,必须得脸上"堆满了笑"向列车员解释原因和道歉。夏德拉克受到战争的刺激,患上了严重的精神疾病,却得不到政府的救治。李子因为对社会失去信心,万念俱灰,染上毒品,试图麻痹自己,逃避现实。

秀拉的外祖母伊娃年轻的时候就被她的丈夫波依抛弃,留给她三个五岁以下的孩子,"一美元六十五美分、五个鸡蛋、三棵甜菜和一颗无所适从的心"。[①]在19世纪末期的艰苦岁月里,一个没有任何收入的黑人女性要独自抚养三个孩子的困难可想而知。伊娃曾这样愤慨地对汉娜说:

> 我刚刚打发完白天,夜晚就来了。你们三个人全都在咳嗽,我整夜守着,怕肺病带走你们。要是你们睡得安稳,我就想,天啊,他们别是死了吧,赶紧把手放到你们的嘴上看看你们还有气没有。你倒来问我爱没爱过你们。孩子,我活着下来就是为了你们,可你那糨糊脑袋想来想去就想不出来是吧,丫头?[②]

---

① 托妮·莫里森. 秀拉 [M]. 胡允桓,译. 海口:南海出版公司,2014:35.
② 托妮·莫里森. 秀拉 [M]. 胡允桓,译. 海口:南海出版公司,2014:74.

第三章 莫里森悲剧意识之三：文化的执着

为了将三个孩子拉扯长大，伊娃不得已让火车轧断了一条腿以得到高额的保险金。之后，伊娃盖起了新房子，将多余的房间租给无家可归的黑人们，并且收养了三个男孩子。就是这位坚强博爱的母亲居然忍痛亲手烧死了自己的儿子，在她看来，这个从战场上回来后就意志消沉、靠吸食毒品浑浑噩噩混日子的李子是"想重新爬回到我的子宫里去"。她觉得她已经"尽了一切努力让他离开我，像个男子汉一样走自己的路，过自己的日子，可他就是不肯。我又只能把他挡在外面，于是我就想出了一个办法，让他死得像个男子汉，而不是在我的子宫里挤成一团"。[①] 同样是这个宁为玉碎、不为瓦全的母亲看到女儿汉娜全身着火的时候，徒手打碎窗户玻璃，单脚从三楼跳下想去扑灭女儿身上的火。从这些事例可以看出伊娃既是个舐犊情深的母亲，同时也是一个性格刚烈、敢作敢为的女性。"伊娃属于那种一心为子女谋幸福的母亲，她出于母爱，甘愿忍受常人难以忍受的痛苦，甚至牺牲自己。"[②]

秀拉的母亲汉娜是个性格温婉、体贴慷慨、举止优雅、任劳任怨的美丽女性。秀拉的父亲在秀拉三岁的时候便去世了。失去了丈夫的汉娜带着秀拉搬回到伊娃的家，承担起照顾母亲、管理家务的职责。她私生活不检点，与朋友和邻居的丈夫保持情人关系，"离开了男人的关注简直就没法活"。汉娜把性当作令人愉快

[①] 托妮·莫里森. 秀拉 [M]. 胡允桓，译. 海口：南海出版公司，2014：76.
[②] 王守仁，吴新云. 性别·种族·文化 [M]. 北京：北京大学出版社，2004：53.

的家常便饭,尽管她激怒了镇上的女人们,但是受到了男人们的捍卫和保护。

秀拉从小生长在一个没有父亲关爱的家庭,缺少关爱的她与同样是独女的奈尔成为挚友,双方的家庭都对彼此形成了一种吸引力:秀拉喜欢奈尔母亲努力打造的整洁环境;奈尔则向往秀拉家熙熙攘攘的人群和粗犷的风格。"因为她们多年以前就已发现自己既不是白人也不是男人,一切自由和成功都与她们无关,她们便着手把自己创造成另一种存在。"[1] 因为在家不受母亲的重视,也得不到来自父亲的关爱,她们彼此依赖,一起成长。两人一起冒险,一起体验生活,一起感受青春的萌动,一起面对死亡,一起面对成人和婚事。为了保护奈尔,秀拉不惜以持刀割伤自己指尖的方式吓退欺负她的白人孩子。她们在七月里一起闲逛,想弄些恶作剧戏弄在河里游泳的男孩子。她们青春萌动,"感受着胸中突然涌起的野性",[2] 体验着"衣裙下的肉体在透着凉气的地面上一下子收紧了,微微颤抖着"[3] 的感觉。在河边玩耍的时候,她们碰到了一个名叫"小鸡"的小男孩,秀拉抓着他的手转圈的时候,不小心把他甩到河中淹死了。开始她们紧盯着水面,盼望着他能"再咯咯笑着浮上来"。之后秀拉便被恐惧包围,既因为"小鸡"的死而心生恐惧,又害怕被别人发现自己是罪魁祸首。她们

---

[1] 托妮•莫里森. 秀拉 [M]. 胡允桓, 译. 海口:南海出版公司, 2014: 55.
[2] 托妮•莫里森. 秀拉 [M]. 胡允桓, 译. 海口:南海出版公司, 2014: 61.
[3] 托妮•莫里森. 秀拉 [M]. 胡允桓, 译. 海口:南海出版公司, 2014: 61.

第三章　莫里森悲剧意识之三：文化的执着

俩一直恪守着这个秘密，直到最后"小鸡"被下葬，"她们慢慢地放松下来，手指只是互相交缠着，松松地牵着，就像两个在夏日里随处可见的女伴，一边沿路蹦蹦跳跳地走着，一边寻思着到了冬天蝴蝶会怎么样"。① 高中毕业后，奈尔接受了裘德的求婚，举行了盛大的婚礼，"秀拉对于这次婚礼的激动一点也不亚于奈尔本人"。② 秀拉劝奈尔的母亲尽她最大的能力操办这件婚事，秀拉自己也忙着张罗婚礼上的各个细节，找伊娃借用婚礼上盛混合甜酒要用到的杯子，做奈尔的伴娘。

二、秀拉的决裂

奈尔婚后，秀拉便离开了梅德林。十年之后，她回到自己阔别已久的故乡，正如一石激起千层浪，秀拉激起了梅德林人对她的不满。首先，她以一身"像个电影演员"的行头出现在"底部"，拉开了与"底部"人们的距离，激起了他们的嫉妒，因此"大多数人只是远远地打量着她"。③ 其次，她对待长辈傲慢和怠慢的态度引发了伊娃的不满，导致了伊娃对她的严厉批评和苦口婆心的劝告："要是那人让别人知道他人在哪儿，什么时候回来，别人会为他做好准备的。要是他不这么做——要是他突然出现、随便进来——那只能看别人脸色了……你打算什么时候结婚？你该生

---

① 托妮·莫里森. 秀拉 [M]. 胡允桓，译. 海口：南海出版公司，2014：70.
② 托妮·莫里森. 秀拉 [M]. 胡允桓，译. 海口：南海出版公司，2014：89.
③ 托妮·莫里森. 秀拉 [M]. 胡允桓，译. 海口：南海出版公司，2014：97.

个孩子了。那样你就安心了。"面对伊娃的劝告,秀拉表示:"我可不想造个什么人出来。我只想造个我自己。"① 两人大吵之后,伊娃被秀拉送到了敬老院。一个叫"茶壶"的小朋友来问秀拉要瓶子的时候摔倒了;芬雷先生嗫食鸡骨头的时候看见秀拉,结果鸡骨头卡在喉咙那里,让他断了气,邻居们因此将秀拉视作"灾星",认为谁接近她就会倒霉。她不敬畏上帝,不穿内衣参加教堂的晚餐会,不珍惜粮食,不欣赏和赞美任何东西。她会和镇上所有的男人睡觉,之后就像对待破烂一样把他们扔掉不予理睬。最为过分的是,她居然和自己最好的朋友奈尔的丈夫睡觉然后再把他抛弃。她已经年逾三十,却没有"底部"三十岁的黑人女性该有的样子:"牙齿掉落、伤痕难清",② 腰上有游泳圈,颈部有赘肉。"底部"人们视为"恶棍"的夏德拉克居然向她致敬,而看到这一幕的戴茜一只眼睛上立马长了麦粒肿。

秀拉的种种邪恶的表现刺激和改变了"底部"人们的生活:他们"开始保护和热爱彼此。他们开始珍爱各自的丈夫或妻子,保护自己的孩子,动手修理住宅,最主要的是团结起来反对他们中的那个恶魔"。③ 茶壶的妈妈立马变成了一个"头脑冷静、手脚勤快、干干净净"的人,开始关心和爱护自己的孩子。女人们开始任劳任怨地照顾上了年纪的老人,刷洗他们的痰盂。被秀拉羞

---

① 托妮•莫里森. 秀拉 [M]. 胡允桓,译. 海口:南海出版公司,2014:98.
② 托妮•莫里森. 秀拉 [M]. 胡允桓,译. 海口:南海出版公司,2014:124.
③ 托妮•莫里森. 秀拉 [M]. 胡允桓,译. 海口:南海出版公司,2014:127.

辱过的男人的女人们加倍关爱自己的丈夫,"抚慰秀拉在他们的骄傲和虚荣上留下的伤痕"。

三、秀拉的幻灭

阿贾克斯是唯一一个秀拉没有抛弃的男人,然而在这个男人心里,他最爱的是他的母亲,其次便是飞机,两者之外再无其他人。对于秀拉,他完全是出于好奇:"他早就听说过有关秀拉的种种传闻,它们引起了他的好奇,她那难以捉摸的脾性和对陈规习俗不屑一顾的作风让他想起了自己的母亲:她对于魔法的追求就像圣马太大教堂里的那些女人对救赎的执着一样坚定不移。"[①] 他觉得秀拉应该是一个像他母亲一样只为自己而活的女人,有能力掌控自己的生活,事后也不会死死地纠缠他。秀拉对他刚开始也是出于好奇,当时的她对"底部"人的陈规陋习和不满已经习以为常,正苦于没有什么地方可以去。秀拉觉得他们之间能进行真正的交流,开始对他有了一种"占有"的欲望,并且有了"为悦己者容"的冲动。阿贾克斯发现了秀拉的变化,明白她很快就会变得和他以前交往的女人一样没有了独立性,便选择了离开。之后,秀拉一直在房间里寻找他停留的痕迹,直到她发现一本驾驶执照,上面的名字是阿尔伯特·杰克斯。秀拉这才恍然大悟:"我甚至不知道他的名字。而如果我不知道他的名字,那我就什么都不知道,自始至终一无所知,因为我想知道的就是他的名字,既

---

① 托妮·莫里森. 秀拉 [M]. 胡允桓, 译. 海口: 南海出版公司, 2014: 137.

然他和一个连他名字都不知道的女人寻欢作乐,那除了离开他还能做些什么。"① 这时她意识到自己已经唱完了所有的歌,没有新歌了,等待她的只剩下死亡。

在思想性格方面,秀拉继承了伊娃的独立霸气和汉娜对性的放纵:

> 伊娃的蛮横乖涅和汉娜的自我放纵在她身上融为一体,而且因她自己幻想而又有所扭曲和发展。在她的生活中,她只会发掘自己的思想和情感,让它们支配一切。她绝不认为自己有取悦他人的义务,除非他人的快乐能取悦她。她给予他人痛苦,并甘心体验痛苦。她使别人愉快,也愿意感受愉快,她的生活是一种试验。②

她一直宣称:"我可不想造个什么人出来。我只想造个我自己。"不难看出,秀拉是一个极端自我的一个人。年少的时候,她在奈尔身上寻求自我,"以为她几乎是自己的另一半或另一个自己"。③ 在外面的十年以及在回到"底部"后,她在性事中寻找自我,"只有在那里她才能得到她所寻求的东西:不幸和体会深切痛苦的能力"。④ 正如麦克多威尔指出的,秀拉的性行为"既不属于

---

① 托妮•莫里森. 秀拉 [M]. 胡允桓,译. 海口:南海出版公司,2014:147.
② 托妮•莫里森. 秀拉 [M]. 胡允桓,译. 海口:南海出版公司,2014:128.
③ 托妮•莫里森. 秀拉 [M]. 胡允桓,译. 海口:南海出版公司,2014:129.
④ 托妮•莫里森. 秀拉 [M]. 胡允桓,译. 海口:南海出版公司,2014:132.

第三章 莫里森悲剧意识之三：文化的执着

道德的范畴，也不属于婚姻制度之内的合法行为"，它属于"感官经验的范围，是她探索自我、了解自我的手段"。① 她坚持在性行为中行使自己的权利，拒绝用身体去迎合对方。事后，她迫不及待地将别人抛开，好让自己"有机会遇见自己、迎接自己，与自己共赴无与伦比的和谐"。秀拉（Sula）的名字是苏莱曼（Sulaiman）的简称，苏莱曼别名所罗门，是伊斯兰教先知。因此，秀拉象征着20世纪初期黑人女性寻求解放运动的先知，她的生活实际上就是这种运动的试验。很明显，这种试验是不成功的。她不结婚、不做母亲的状态得到了以伊娃为首的传统女性的批评，她对待性事的态度引起了男性和他们的妻子的不满和怨恨。她的体验是孤独而又悲壮的。在女权主义兴起的早期，她选择掌握自己命运的主动权并没有唤醒当时的女性，直到1965年女性主义进入高潮，奈尔才意识到"我们是在一起的女孩"，这时以奈尔为代表的黑人女性才开始真正地理解秀拉。

在成长过程中，秀拉经历了情感的断裂。当她听到母亲汉娜说"我爱秀拉，但我不喜欢她"的时候，她就明白了世界上已经无人可以依靠。秀拉是一个生长在喧闹环境中的孤独者："家里总是因为各种杂物、居民、嘈杂的话音和甩门声而失去平衡。她只能接连几小时躲在阁楼上的一卷油毡背后，含着糖、嗅着玫瑰花

---

① MCDOEWLL D E. The self and the other: reading Toni Morrison's Sula and the black female text[M]. Ed. Harold Bloom. New York: Chelsea House Publishers, 1990: 156.

香、骑着一匹灰白相间的马在想象中驰骋。"① 外祖母伊娃从来不走出自己的房间，母亲汉娜也忙于与社区的男人们偷情，舅舅李子躲在自己的房间吸食毒品，在家里感受不到温暖和关注的秀拉只能走出家门，寻找自己的朋友。

"小鸡"被溺亡事件体现的无责任感让她对自己失去了信心，认为自己也靠不住。十三岁时，她眼睁睁看着母亲全身是火地在烈火中扑腾，却没有紧急施救而是选择了袖手旁观，并"深感有趣"②地站在后廊观看。在外面的十年，她没有透露半点行踪给伊娃，没有跟她保持联系。回家后，她出言不逊，公然顶撞伊娃，并不管不顾地揭开伊娃的旧伤疤。最后，她居然将伊娃送到条件极差的养老院，逃避照顾和赡养的义务。莫里森曾说："没有了祖先，你就没有了一切，也没有了将来和过去，只有难以忍受的现在。这种情况是很令人痛苦的，这根本不能算是生活。"③ 秀拉这种遗弃祖先的做法令社区居民瞠目结舌，引发了他们的不满和反思。

归根结底，秀拉的悲剧就在于她缺乏对黑人女性文化传统的传承，以至于"她没有一个中心，也没有一个支点可以让她围绕其生长"。正如莫里森在1983年的访谈录中所说："黑人妇女责任重大，她们既当孩子的妈妈，又当挣面包的人，既是母亲又是工

---

① 托妮•莫里森. 秀拉 [M]. 胡允桓，译. 海口：南海出版公司，2014：55.
② 托妮•莫里森. 秀拉 [M]. 胡允桓，译. 海口：南海出版公司，2014：83.
③ TAYLOR-GUTHRIE D. Conversations with Toni Morrison[M]. Jackson: University Press of Mississippi, 1994: 73.

人，既是航行中的船只，又是丈夫和孩子的避风港。"① 秀拉摒弃了黑人妇女的责任，既没有孕育孩子，也没有自己的事业。她的自我释放是建立在对别人的伤害之上的。黑人女性不仅应该掌握自己命运的主动权，更应该成为黑人传统的传承者和捍卫者。莫里森说过这番话："黑人妇女不必为受了教育而愧疚。问题是她们没能关注传统的美德——在我看来就是'船和港'。黑人妇女的历史是一些既能造一座房子又能有孩子的历史，这也根本不成问题。"② 黑人女性要寻找自我，获得自由，掌握命运的主动权，必须不能忘记自己的传统或文化之"根"。只有扎根于优良的文化传统中，并接受一定的教育，黑人妇女才能在白人和男人主导的社会中实现自我的价值。

第二节　追寻黑人文化之根
——解读托妮·莫里森的《所罗门之歌》与《宠儿》

传统文化是一个民族的人民在长期的历史实践活动中创造和

---

① TAYLOR-GUTHRIE D. Conversations with Toni Morrison[M]. Jackson: University Press of Mississippi, 1994: 47.
② TAYLOR-GUTHRIE D. Conversations with Toni Morrison[M]. Jackson: University Press of Mississippi, 1994: 135.

积累的物质文明与精神文明。非洲黑人被贩卖到美洲大陆以后,被彻底地剥夺了与非洲的文化联系和社会支撑系统,再加上殖民者的文化渗透政策,他们的民族文化遭到了毁灭性的破坏。美国的黑人文化传统在黑白两种异质文化的冲突中被逐渐削弱、淡化,甚至濒临没落。莫里森虽然也深受白人主流文化的影响,但对黑人文化传统却怀着一种深深的敬意与眷恋。她曾经深情地说道:"我热爱我的人民。我首先是作为一个黑人,是以一名黑人女性的身份在写作的。"[1]在《所罗门之歌》和《宠儿》这两部作品中,莫里森深切地表达了对美国黑人文化传统丧失的担忧,并以如泣如诉的文字向读者展现了精彩纷呈的美国黑人文化中丰富的口头传统、姓名文化和超自然现象,坚持不懈地对美国黑人文化传统的魅力与精神进行了挖掘与弘扬。在创作中,她始终坚持着自己非裔美国人的身份,以女性独特的细致与敏锐关注并思考美国黑人文化传统的走向,竭力呼唤着美国黑人在民族融合的大环境中坚守自己的文化传统,保持黑人文化传统在世界民族文化之林里常青的魅力。

一、口头传统:语言的魅力

美国黑人学者盖茨在他的论著《表意的猴子》(*The Signifying Monkey*)中指出:"要挫败欧洲中心的偏见,就应对黑人的方言土

---

[1] BUDICK E M. Blacks and Jews in literary conversation[M]. Cambridge: Cambridge University Press, 1998: 56.

语加以探讨。"① 在没有掌握书面语言以前，非洲黑人的交流主要靠口耳相传这种原始的方式。这一传统是黑人从祖先那里继承下来的珍贵文化遗产，包括黑人世代相传的民间传说、神话、故事和民歌。对于被猎奴者掳掠到美洲的黑人来说，口头表达不只是起到了日常交流的作用，而且是他们储存智慧的一种手段，同时还是他们治疗心灵创伤的一剂良药。这种口耳相传的方式也被认为是一种世代相传的口头证据。正如哈丁和马丁所说："这些活动诸如养育、讲故事和唱歌等代表的更多是愈合心理创伤和创造团结社区的一种实际努力。"② 莫里森的小说生动地呈现了黑人讲故事、唱民歌、附和、神话等传统的口头表达形式。她认为："黑人群体必须承担将神话、黑人祖先的品质、故事和想象世代相传的责任。从文化的角度来说，这些是彼此联系的，是黑人民族保持其独立性和完整性不被主流文化所消融的原因。"③

黑人被从非洲的故土贩卖到美洲为奴后，就一直梦想着有朝一日能像鸟儿一样拥有会飞的翅膀，飞回到非洲获得身体与精神的自由。莫里森在《所罗门之歌》中就将古希腊的飞翔神话与

---

① GATES H L Jr. The signifying monkey: a theory of African-American literary theory[M]. New York, Oxford: Oxford University Press, 1988: Introduction.
② WENDY H, MARTIN J. A world of difference: an inter-cultural study of Toni Morrison's novels[M]. Westport: Greenwood Press, 1994: 111.
③ TAYLOR-GUTHRIE D. Conversations with Toni Morrison[M].Jackson: University Press of Mississippi, 1994: 113.

黑人擅长的民间歌谣糅合起来，以歌谣的形式在小说中反复地演绎着这个古老的神话：在古希腊神话中，雅典建筑师德狄勒斯（Daedalus）为克里特国王迈诺斯设计并建造了一座迷宫。迷宫建成之后，国王因为害怕德狄勒斯将迷宫的秘密说出去，就将他和儿子伊尔卡斯（Icarus）囚禁在一个名叫克里特岛（Crete）的小岛上。父子俩为了逃离这个小岛，终于想出了一个办法。他们把鸟的羽毛用蜡固定在自己的臂膀上，然后像鸟一样摆动使身上的翅膀飞了起来。父亲飞得越来越远终于获得了自由，儿子却因为沉浸于飞翔的喜悦而飞得离太阳越来越近，翅膀上用来粘羽毛的蜡开始融化，最终坠海而亡。而在小说中，主人公奶人的祖先所罗门为逃离黑奴生活，想带着他最喜爱的小儿子杰克飞回到非洲。但杰克在飞行途中从天空掉到了地面，最终还是落在了美洲的土地上。莫里森认为，"飞翔神话"是黑人民歌和非洲人智慧的一部分。"黑人群体必须承担将神话、黑人祖先的品质、故事和想象世代相传的责任。从文化的角度来说，这些是彼此联系的，是黑人民族保持其独立性和完整性不被主流文化所消融的原因。"[①] 但事实上，黑人群体并没有承担起这种责任。在小说中很少有人对飞翔神话表现出兴致。除了小孩子玩游戏时唱的童谣提到过所罗门飞翔的神话外，几乎没有什么人还记得这个传说。在这样的背景

---

① TAYLOR-GUTHRIE D. Conversations with Toni Morrison[M]. Jackson: University Press of Mississippi, 1994: 113.

下,黑人文化失去了连贯性、独立性与完整性。《所罗门之歌》是《圣经》中一个重要的篇章,是一首赞扬爱的诗歌,被誉为歌中之歌。而在莫里森的小说《所罗门之歌》中,这首歌却表现了奶人的祖先对他的妻子莱娜的无情抛弃。莫里森以这两首歌在内容与情感上的明显对立烘托了小说主人公对爱的抛弃这一主题,深刻而生动地表现了美国黑人女性生活的悲苦。

非洲黑人擅长于讲故事,在没有书面语言之时,他们用口口相传的方式传播着关于祖先的故事。在讲述故事之前,他们一般还要举行隆重的祷告仪式,祈祷他们的祖先庇佑他们真实无误地使用言语。正是通过这些世代相传的故事,黑人后代强化了自身与祖先们的联系。在听故事的过程中,孩子们必须学会认真倾听。口头转述和倾听的能力是他们在这个世界生存所要掌握的最基本的学习方法,也是他们赖以生存的本领。在小说中,莫里森呼吁读者关注非洲口头传统的丧失,认为黑人后代已经丧失了这种口头转述和倾听的能力。其中一个例子就是奶人最初缺乏这种倾听的能力。他记不住沙里玛尔地区小孩子玩游戏时唱的那首歌,必须依赖笔和纸才能将那首童谣记下来。后来为了知晓自己家族的历史,他一改以前对周围事物漠不关心的态度,学会了认真地去倾听那些他曾经听而弗闻的人的谈话。而学会了倾听的奶人终于从姑姑彼拉多的口中获知了自己的祖父及其曾经经营的"林肯天堂"农场的情况;从表亲苏珊·伯德那里知道了祖父母的真实名字;从百岁老人瑟斯那儿了解了祖父母、父亲和姑姑的往事;从祖父的南方朋友的讲述中了解到了家族更多的历史。正是因为重新获得了倾听的能力，奶人才得以了解自己家族的历史，寻找到自己的文化之根。从儿童心理学的角度而言，听故事、讲故事的行为对小孩的成长来说至关重要。莫里森回忆她自己的成长过程时就一直伴随着这一传统。"我的祖父母、父母之间有着不是婚姻般的关系，而是同志般的关系。讲故事是他们乐于共同参与的活动。爷爷、奶奶、爸爸、妈妈，还有叔叔、婶婶们无一例外，都加入讲故事的行列中。在这样的氛围中没有男女高低之分，而现在男女之别已成为一种时尚。我父母从未为了谁应该做什么而争吵，他们会共同面对危机。"[①] 在小说中，戴德家族的精神生活是一片空白。除了在一起吃饭和外出炫耀之外，家庭就不再有任何形式的聚会。家长只顾谈论自己的私事；两个女儿成天做着假玫瑰花；而儿子则忙着帮父亲收佃户的房租。从小说的表现方式上，莫里森也在提醒读者，黑人群体已经丧失了完整地讲述故事的能力。在《所罗门之歌》中，故事被拆分得支离破碎地放在不同的章节中。因为故事叙述者的不同，看问题的角度通常也会有所不同，所以露斯和梅肯对父亲的死、自己的婚姻状况以及彼此的行为就有着截然不同的说法。而在另一部小说《宠儿》中，其故事情节也是通过由赛丝向丹芙、赛丝向宠儿、丹芙向宠儿等讲述的

---

① MCKAY N Y. "An interview with Toni Morrison" in Conversation with Toni Morrison[M]. Boston: G. K. Hall & Co., 1988: 141.

第三章 莫里森悲剧意识之三：文化的执着

一个个的故事来充实和完善的。

　　黑人天性喜爱唱歌，歌声是他们生命中不可或缺的一部分。音乐具有明显的心理疗伤和静化心灵等功效。在《所罗门之歌》中，彼拉多在心爱的孙女哈加尔的葬礼上唱起了忧伤的民歌，以安抚死者的亡灵，同时也减轻生者的痛苦。就连铁石心肠的梅肯在路过彼拉多的简陋住处时，因为听到了她们祖孙三代人的歌声而忍不住停下他那追名逐利的脚步，并深受感动。在《宠儿》中，赛丝逃到俄亥俄河边的时候遇到了白人女孩爱弥，那时的赛丝已经伤痕累累，精疲力竭，肚子里的小生命也在不停地闹腾。是爱弥的歌声让小生命停止了踢打，赛丝也因而忘记了自己的伤痛。在小说的结尾处，是艾拉领头带领黑人妇女集体歌唱和祈祷驱逐了鬼魂，拯救了赛丝的生命，使她从自我抛弃和自我封闭中勇敢地走出来，开始了新的生活。莫里森同时也在哀叹民歌的丧失。她将民歌丧失的原因归结为政治、经济、娱乐潮流以及时尚元素的影响，并认为黑人不再拥有以前的音乐传统。[①] 她通过小说提醒读者不要忘记黑人民歌的存在。正如她所说："民间音乐让我们充满生机，但是现在已经太少了。"[②] 在《所罗门之歌》中，只有彼拉多一家还有唱歌的爱好。而小说中"所罗门（Solomon）之歌"

---

① TAYLOR-GUTHRIE D. Conversations with Toni Morrison[M]. Jackson: University Press of Mississippi, 1994: 113.

② TAYLOR-GUTHRIE D. Conversations with Toni Morrison[M]. Jackson: University Press of Mississippi, 1994: 112.

被讹传为"甜大哥(Sugarman)之歌"是因为黑人民歌在传唱中发生了变异,是现实境遇对黑人原生态文化扭曲的真实反映。

从历史和文化的角度看,美国黑人群体在一定程度上担负着传承自己民族文化的重大使命。由于黑人长期被剥夺了接受教育和享受文化的权利,无法用书面语言表达自己的意愿与情感,传承历史和文化的载体往往只能是黑人家族中口耳相传的神话、故事、传说和民歌。因为这种历史和文化的载体比较简单和原始,所以,扭曲原生态文化的本来面目已经成为一种必然。相对于美国白人强势的主流文化而言,黑人原生态文化正经受着严峻的考验。而保持黑人民族文化的独立性与完整性,呼唤美国黑人民族文化意识的自觉,就成为莫里森小说创作一贯的主题。

二、姓名文化:祖先的联系

在非洲黑人的传统意识里,重视祖先、认同祖先是十分重要的。他们认为,"如果一个人不能清楚地追溯自己的家谱,就如同没有身份证一样"。[1] 非洲黑人普遍认为,名字是自我身份的象征,是自己与祖先取得联系的重要渠道。因此姓名文化成为非裔美国文化中的一个非常重要的组成部分。赫斯科维茨(Melville Herskovits)认为:"名字在西非文化中非常重要。……这是为什么在非洲,人的名字总是随着时间的变化在改变。新的命名一般与他生活中某些突出的事件相关,或者与他正经历的一个新阶段的

---

[1] 宁骚. 非洲黑人文化[M]. 杭州:浙江人民出版社,1993.

某个纪念仪式相关。"① 在传统的非洲文化里，名字被认为是自我身份的象征，非洲黑人普遍认为一个人只有在特定的生活阶段被赋予了恰当的名字之后，才能获得真正的自我。恰到好处的名字具有超凡的魅力，能影响一个人一生的命运。

婴儿命名仪式是非洲最重要的仪式之一。在命名之日，婴儿由年长妇女抱起沐浴，沐浴之水从天花板上往下倒。婴儿的名字一般由德高望重的年长者赐予，或者以神的名字命名以示纪念。一般来说，名字由三部分组成：第一部分与他所出生的环境有关；第二部分是父母亲戚对他出生的态度；第三部分则是父母对他的期待。② 在两部小说中，既没有人关注名字的重要性，也没有人关注命名仪式的严肃性。没有一个名字的取得是遵循这一传统的。在《所罗门之歌》中，杰克·梅肯·戴德的名字是被一个喝醉了酒的白人警察误写而成的：他把杰克的出生地"梅肯"误写为杰克的名字，把杰克父亲去世时的状况误写作杰克的姓；马达琳和科林斯·戴德的名字是他们的父亲从《圣经》里面随意挑选出来的。而梅肯·戴德三世则始终没有名字，一生只有一个昵称——奶人。在《宠儿》中，贝比·萨格斯在售卖她的标签上的名字是"珍妮·

---

① WILENTZ G. Civilization underneath: African heritage as cultural discourse in Toni Morrison's song of Solomon[M]//Toni Morrison's fiction: contemporary criticism. Ed. by David L. Middleton. New York and London: Garland Publishing, Inc., 2000: 120.

② 宁骚. 非洲黑人文化[M]. 杭州：浙江人民出版社，1993：80.

惠特娄",是她先前的奴隶主送给她的一个称呼,而贝比·萨格斯一直拒绝使用这个名字。保罗·A、保罗·D、保罗·F也是由奴隶主随意命名的。小说以这样的命名方式表明,在黑暗的奴隶制下,美国黑人就连给自己命名的权力都被无情地剥夺了。

生活中如果没有祖先的影响,非洲黑人会觉得他们的生活没有意义。祖先崇拜成为非洲黑人一种典型的灵魂崇拜。祖先崇拜对部落乃至国家的统一与和谐都非常有益,因为祖先能保佑子孙后代平安幸福。[①]非洲黑人认为,与祖先保持联系应当主要依靠沿袭祖姓,保护自己的名字是保护个人的身份并保持与祖先联系的一种重要方式。在《所罗门之歌》中,杰克被喝醉了酒的白人警察胡乱给了一个名字,导致他和他的子孙们无法与祖先取得密切的联系。因此杰克总是不停地敦促女儿彼拉多记住母亲的名字——"辛"(Sing)。而在小说的结尾,彼拉多被吉他误杀后,象征着她母亲灵魂的鸟飞来衔走了一个盒子——里面装有刻着彼拉多名字的金属耳坠。这种描写是莫里森蓄意安排的:它寓意着一直用耳坠珍藏自己名字的彼拉多在死后终于与祖先取得了联系。

莫里森认为,黑人首先必须拥有自己真正意义上的名字,才能与自己的祖先取得联系,并进而继承自己的文化传统。因此她在《所罗门之歌》的序言中深情地写道:"献给爹爹,让父亲们得以飞升,孩子们得以知道他们的姓名。"在小说中,莫里森时刻提

---

① 艾周昌.非洲黑人文明[M].北京:中国社会科学出版社,1999:261.

醒读者注意黑人生活中命名仪式的重要性:"这名字不是个玩笑,也不是一个假名,更不是给奴隶打上的烙印标记。"① 它是一个人身份的象征。在非洲传统文化里,名字是连接生者与死者的纽带,没有名字就没有自己的根。莫里森认为,黑人离开非洲就已经失去了自己的名字,因此在他们死去之后已无法与他们的祖先取得联系。美国奴隶制已经给他们留下了巨大的心灵创伤。

三、超自然传统:精神的皈依

如前所述,莫里森认为在非洲传统文化中,超自然力量与文化之根同等重要。她在文章《根:祖先即根基》(*Rootedness:The Ancestor as Foundation*)中这样说过:"我可能在现实世界里将对超自然的接受和深厚的根混在一起,同时没有指出哪个在先。对超自然的接受是黑人的宇宙学范畴,即他们看世界的方式。我们都是非常实际的人。……在这种实际性中我们一样认为这是一种迷信和魔法,但这是了解事物的另一种方式。"② 莫里森总是在告诫读者不要忘记非洲文化中的超自然传统。

在《所罗门之歌》中,主人公彼拉多是黑人文化传统的守护

---

① 托妮·莫里森.所罗门之歌[M].舒逊,译.北京:中国文学出版社,1996:19.
② WILENTZ G. Civilization underneath: African heritage as cultural discourse in Toni Morrison's song of Solomon[M]//Toni Morrison's fiction: contemporary criticism. Ed. David L. Middleton. New York and London: Garland Publishing, Inc., 2000: 121.

神,她始终保持着这种超自然的力量。在成功地帮助露斯怀孕后,为了让那个还在露斯身体里面的小孩免遭梅肯的毒手,彼拉多在梅肯的椅子上放置了一个玩偶。这个玩偶是"一个布娃娃,在它的胯间系了一根尖尖的鸡头骨,肚子上画了一个红色的圆圈"。①但梅肯一拳将它打倒在地上,用一根码尺把它推到了洗手间,然后淋上酒精把它给烧了。因为焚毁玩偶的过程使梅肯花费了不少的时间与精力,后来梅肯也就再也没有碰触、伤害露斯。借助超自然的神秘力量,彼拉多终于保护了自己黑人传统的继承者——奶人免遭夭折的厄运。通过从父亲的鬼魂那里获得的指示和支持,彼拉多给她的黑人同胞们树立了坚守传统的榜样,同时引导着奶人完成了对非洲文化传统中超自然力量的态度的转变:由最初的完全不相信到最终的完全接受,从而完成了对黑人文化传统的认知与回归。

在非洲传统文化中,生与死没有截然的分界。相信超自然力量的非洲黑人认为,人在死后鬼魂即会出现,祖先的鬼魂能庇荫子孙后世,活着的人也可以向死去的祖先求助。黑人信仰的是一种往复循环的时间观念,认为"现在"是"过去"的延续。在《所罗门之歌》中,彼拉多父亲的鬼魂在小说中一再出现,彼拉多一直坚持着与死去的父亲对话交流。在小说的另外一个场景中,历经几代人的生死,百岁老人瑟斯的神奇存在也表示了"现在"

---

① 托妮•莫里森.所罗门之歌[M].舒逊,译.北京:中国文学出版社,1996:151.

第三章 莫里森悲剧意识之三：文化的执着

是"过去"的延续。而最后奶人也寻找到了祖先，找到了自己的"根"。故事寓意着他将失落的"现在"与"过去"重新连接了起来。

在非洲黑人的传统意识里，死去的人还可以投胎转世或转魂还生。莫里森的创作充分借助了非洲传统文化中这些超自然的元素。在《所罗门之歌》中，因为母亲难产而死，彼拉多是自己从母亲的子宫里面爬出来的——彼拉多无疑是她母亲死后的投胎转世。在奶人降生之时，史密斯从楼上纵然跃下，自杀身亡。他的跳楼仪式同时也是迎接奶人降生的仪式——奶人因而继承了史密斯的发现："只有飞鸟和飞机才会飞。"[1] 在《宠儿》中，宠儿于18年前惨遭黑奴母亲赛丝的杀害，她的鬼魂一直萦绕在124号农舍。她后来变化成一个20岁的姑娘从水中走来，与赛丝住在一起，毫无节制地向她索取被剥夺的母爱。鬼魂回到人间，撬开了尘封在赛丝心头的记忆，重现了美国黑人被奴役的惨痛的百年历史。作为见证美国三百年奴隶制的一座丰碑，《宠儿》让人们直面美国黑奴悲惨的遭遇，感受到奴隶制及其余毒对黑人心理的影响甚至超过了苦难本身，对美国白人主流文化的强势入侵以及对黑人心灵的无穷戕害进行了无情的鞭挞。

坚持不懈地对非裔美国黑人文化传统的挖掘与弘扬是莫里森创作的历史使命，丰富的口头传统、姓名文化和超自然现象都是她极力弘扬的黑人文化的主要内容。正如美国评论家麦凯（Nellie

---

[1] 托妮·莫里森.所罗门之歌[M].舒逊，译.北京：中国文学出版社，1996：10.

Mckay)所言:"《所罗门之歌》是关于遗产及其传承的一段美丽的叙述。"[1] 瑞典文学院评价她"富有洞察力和诗情画意的小说,将美国现实的一个极为重要的方面写活了"。在《所罗门之歌》和《宠儿》这两部小说中,莫里森以如泣如诉、如诗如画的文字向读者展现了一幅精彩纷呈的美国黑人文化的历史画卷。"她可能是唯一一个完成了解密主流文化而不被其同化,同时创造并激励着自己文化的一个美国作者。"[2] 文化是一个族群的根,一个人精神世界的根。美国历史学家格尔达·勒内曾经指出:"没有历史,任何国家(也包括民族)都不可能享有合法的地位或唤起爱国热诚……被剥夺了历史的各种群体,其自我意识往往会遭到扭曲……"[3] 莫里森的创作表达了对逐步边缘化的美国黑人文化传统的深切关注,指出了丧失文化之根的危险。在莫里森看来,黑人生存与发展问题的解决,必须借助于黑人群体在文化传统方面的自觉。只有秉承自己的文化传统,在以白人文化为主流的美国多元文化中找到自己的文化归属,才能拥有心灵的自由和平等,才能摆脱美国白人主流文化在精神上对黑人的奴役。

---

[1] MCKAY N Y. Critical essays on Toni Morrison[M]. New York: Library of Congress Cataloging-in-Publication Data, 1988: 113.

[2] WENDY H, MARTIN J. A world of difference: an inter-cultural study of Toni Morrison's novels[M]. Westport: Greenwood Press, 1994: 171.

[3] 中国美国史研究会,江西美国史研究中心. 奴役与自由:美国的悖论——美国历史学家组织主席演讲集[C]. 贵阳:贵州人民出版社,1993.

第三节 黑人传统与白人现代价值的抗争
——《柏油娃娃》中的森与丹雅

在《柏油娃娃》这部小说中，莫里森继承了黑人文学的隐喻性传统，选取兔子、柏油娃娃和农夫三者构成了故事的语义三角。故事场景设定在远离美国加勒比海的一个名叫骑士岛的小岛上。故事男主人公森、故事女主人公吉德和吉德的资助人瓦莱里安分别代表寓言故事里的兔子、柏油娃娃和农夫。

在莫里森笔下，森是一个象征着过去的传统黑人，他肤色极其黝黑，从小生长在美国落后闭塞的南部乡村——佛罗里达州的埃罗，是黑人传统文化的坚定守护者。他散发着黑人原始的魅力，有着大自然的气息，具备原生态的、笨拙的、粗鲁的和不自觉的欢乐。"空地、山峦、无树平原——这一切全都在他的额头和眼睛里"。他有着"森林般"的嗓音，"他的微笑总是突如其来，如同一阵旋风吹过他脸上的草原"。[①] 他象征着寓言故事里躲躲闪闪的"兔子"，生活在社会的边缘，一直在躲藏和逃亡："在八年之中他登记过七个身份，以前还有些没登记过的，所以他几乎想不起他原本的真名实姓了。"[②]

[①] 托妮·莫里森. 柏油娃娃[M]. 胡允恒, 译. 海口: 南海出版公司, 2014: 188.
[②] 托妮·莫里森. 柏油娃娃[M]. 胡允恒, 译. 海口: 南海出版公司, 2014: 143.

他躲在自己的孤独之中,在风中摇摆飘荡。他曾经参加过越南战争。因为误杀了出轨的妻子,他颠沛流离于美国各地,8年更换了7个不同的身份。他是一个没有接受过人类仪式的人:没经过洗礼,没经过割礼,没经过青春仪式或正式的成人礼。他没结过婚也没离过婚。他没参加过葬礼,没在教堂举行过婚礼,也没抚养过一男半女。他没有财产,没有家。他寻求,但不追随。①

小说从森跳下大海的瞬间拉开序幕。他在海里先是挣扎了一番,而后随波逐流了一段时间,之后爬上一艘小船,跟着它闯入了"农夫"瓦莱里安的骑士岛并潜入他的府邸。最开始,他躲在暗处,靠偷吃仓库和厨房的巧克力、鸡腿和矿泉水维持生命。最后,他躲在玛格丽特的壁橱里,直到被她发现。在岛上,他被吉德深深地吸引了。正如特蕾丝所说:"他是个骑士,来这儿是为了抢走她。他在这周围东躲西藏的,就是在等机会。"②

他对她的欲望如此巨大,已经失去了焦点,从而扩展到他的眼中、他衬衫里的橘子、窗帘和月色上,扩展到她周围的一切地方的一切东西上,而不去管她。他每晚都要花些时间与她在一起。这栋房子在某种程度上成了他自己的房子。他在夜间拥有它,还有一个睡美人做伴。③

---

① 托妮·莫里森.柏油娃娃[M].胡允恒,译.海口:南海出版公司,2014:171.
② 托妮·莫里森.柏油娃娃[M].胡允恒,译.海口:南海出版公司,2014:111.
③ 托妮·莫里森.柏油娃娃[M].胡允恒,译.海口:南海出版公司,2014:111-112.

第三章 莫里森悲剧意识之三：文化的执着

吉德是一个浅肤色的孤儿，她12岁失去双亲，成为孤儿。她从小被叔叔西德尼（瓦莱里安的管家）和婶婶昂丁（瓦莱里安的厨娘）抚养长大，并在他们服侍的主人瓦莱里安的资助下从巴黎索邦大学毕业，获得艺术史学位并成为一个小有名气的模特，经常奔波于纽约、巴黎、费城和巴尔的摩等大城市。在这样的环境下，受瓦莱里安的影响，吉德被铸造成一个和他一样具有白人思维的"柏油娃娃"。她处处维护瓦莱里安的利益，成为他的喉舌。在西德尼和昂丁与瓦莱里安出现矛盾时，她竭力压制西德尼和昂丁的情绪，千方百计地迎合瓦莱里安。

在骑士岛上，森被吉德深深地吸引住，义无反顾地爱上了她。圣诞节后，他们先后从骑士岛出发，约好在纽约碰面。两人在那里度过了四个多月，之后又一起到了森的故乡埃罗。再次回到纽约后不久，吉德不辞而别。森追回到骑士岛试图寻找到吉德。被"柏油娃娃"吉德粘住的"兔子"森最终与吉德分开的主要原因在于两者意识形态的冲突，森代表的黑人传统文化和以"农夫"瓦莱里安为代表的白人价值观的对峙。

森来自美国南方的小镇，那里民风淳朴，闭塞落后。北方时髦的衣服和发型只会让人被围观，暴露身体会被视为下流之举，未婚同居会招致非议，女性像男性一样从事着繁重的体力劳动。因此，久居南方的他觉得与白人文化主导的纽约格格不入。他在哪儿也找不到黑人孩子，找不到特蕾丝和吉迪昂们。所有的黑人姑娘都在哭泣或饿死，到处充斥着伪装的黑人男人。他觉得纽约的日子是阴沉的，吉德的女性朋友比吉德少了点什么，男性朋友也比他自己少了点什么，"大家在他们看来都那么滑稽可笑、那么伤痕累累或者郁郁寡欢"。[①] 他在整个城市里都找不到他能做的成人应该做的长期工作，只能做些十几岁孩子的活计，再打点零工。

相反，吉德从小生活在北方城市费城，在白人圈里长大成人，遵从白人的游戏规则，是"一个新型的资本主义美国黑人"。[②]"她从小生活在白人世界里，接受白人的教育机制，远离黑人的民族文化根基。……她的自我意识建立在否定民族文化传统而认同不属于她的种族文化的基础之上。"[③] 她的世界观和意识形态已经完全"白人化"，城市生活已经成为她不可或缺的一部分：

> 纽约让她觉得想笑，她真高兴又回到了那个牙齿有裂缝、有狐臭的酒鬼的怀抱。纽约给她的关节上了油，她走起来就如同被上了油。在这里，她的腿显得更长了，她的颈项当真连接着她的身躯和头部。经过两个月与无刺蜜蜂、蝴蝶和鳄梨树为伍的生活，第五十三街上漂亮而细长的树使她精神焕发。这些树都齐人高，修剪整齐，建筑物也不像那岛上的群山那样咄咄逼人，因为这里到处是人，他们的关节也和她的一样上了油。她怀着一种孤儿的喜悦想着，

---

① 托妮·莫里森. 柏油娃娃[M]. 胡允恒，译. 海口：南海出版公司，2014：234.

② TAYLOR-GUTHRIE D. Conversations with Toni Morrison[M]. Jackson: University Press of Mississippi, 1994: 105.

③ 章汝雯. 托妮莫里森研究[M]. 北京：外语教学与研究出版社，2006：166.

第三章 莫里森悲剧意识之三：文化的执着

这里是家，不是巴黎，不是巴尔的摩，不是费城。这里才是她的家。①

吉德第一次见到森时，她对他的感觉就是恐惧、厌恶和耻辱："和他在一起，她如同身处陌生的水域。"②她骂他是"无知的不要脸的东西""猩猩""黑鬼""光脚的丑狒狒""畜生"，全然不顾她自己跟他一样也是黑人。她管一个年龄足以做她父亲的老黑人叫"杂工"，管那些女黑人杂工叫"玛丽"，从不屑于费神打听他们的名字。在埃罗，吉德听不懂森跟当地人谈话所用的语言，不理解他们的行为处事方式："森在路上因为照相机让她下不来台；罗莎让她觉得自己是个荡妇；而此时士兵又让她觉得自己像是在争风吃醋的处女。"③她觉得埃罗"腐朽"，"让人生厌"，是一个被"烧光的地方。那里没有生命。或许有过去，但绝没有未来，而且说到底，了无情趣"。④她觉得埃罗人是"旧石器时代的老古董"，⑤是一群"尼安德特人"，认为他们"愚蠢"。晚上她梦见所有的黑人女性都在向她展示她们的乳房，提醒她女性的生殖能力和繁衍后代的义务。"这些黑人妇女一起向简汀（吉德）展示哺育者的力量，

---

① 托妮·莫里森.柏油娃娃[M].胡允恒，译.海口：南海出版公司，2014：232.
② 托妮·莫里森.柏油娃娃[M].胡允恒，译.海口：南海出版公司，2014：131.
③ 托妮·莫里森.柏油娃娃[M].胡允恒，译.海口：南海出版公司，2014：268.
④ 托妮·莫里森.柏油娃娃[M].胡允恒，译.海口：南海出版公司，2014：274.
⑤ 托妮·莫里森.柏油娃娃[M].胡允恒，译.海口：南海出版公司，2014：271.

她们似乎下定决心要消除简汀(吉德)身上的白人成分",①而吉德却吓得精神紧张,最终落荒而逃。

森与吉德的意识形态的冲突在他们从埃罗回到纽约后达到了白热化的程度,他们开始吵架和打斗。吉德开始不满于森的现状,要求森像她一样取得学位,找一份工作,并创办他们自己的生意。森则直接抨击她所受的白人教育,批评她不应该接受瓦莱里安的教育资助,不懂自己的爸妈,不理解西德尼和昂丁。这样的教育在森看来一钱不值、毫无意义:

> 实话就是,不管你在那些大学里学了什么,只要跟我无关都是狗屎!他们教给你我的什么事了?他们怎么测验你?他们教过你我像什么吗?他们教过你我脑袋里有什么吗?他们向你描述过我吗?他们教过你我心里想什么了吗?如果他们没有教过你那些,那他们就什么都没有教给你,因为如果你不了解我,就一点也不了解你自己。你什么都不懂,一点也不懂你的孩子,一点也不懂你妈和你爸。你来看着我啊,你这个受教育的白痴!……没有把吉迪昂、老人和我教给你的教育算什么教育!没有把我教给你!②

吉德觉得她是在与埃罗的传统女性意识做斗争。传统女性对森百般迁就,希望他继续待在摇篮里感受优越感,希望她"尽

---

① 章汝雯.托妮·莫里森研究[M].北京:外语教学与研究出版社,2006:167.
② 托妮·莫里森.柏油娃娃[M].胡允恒,译.海口:南海出版公司,2014:280.

第三章 莫里森悲剧意识之三：文化的执着

妻子之能而非无所不能，想让她生养子女而非发挥创意、建立事业"。① 而森则认为"他在从瓦莱里安手中解救了她，瓦莱里安代表的是他们，一伙外人，他们在三百年内扼杀了一个有着数百年历史的世界"。② 正如莫里森所说，"他们的问题根源不是男女角色的矛盾，而是文化差异"。③ 吉德是一个具有黑人的外在形象，内心却认同主流社会游戏规则的"白人化"的非裔美国人。她代表着美国现代白人文化，而森代表着美国黑人传统文化。双方都试图改变彼此，却又拒绝被彼此改变。因此，当两者矛盾白热化后，吉德选择了继续隔离美国黑人的传统文化，融入白人世界继续追求自己的事业。而森则发现，自己坚守的传统文化也有"土里土气"和"毫无生气"的缺点。

森和吉德分别代表了一种极端，正如莫里森指出的："柏油娃娃是黑人女性。兔子代表了黑人男性，它是一个聪明但没有权力的动物，只能智取它的主人。即便森可以跟吉德舒适惬意、安全自在地生活在一起，他也决意生活在自己熟悉适应的那片石楠地

---

① 托妮·莫里森. 柏油娃娃[M]. 胡允恒, 译. 海口：南海出版公司，2014：284-285.
② 托妮·莫里森. 柏油娃娃[M]. 胡允恒, 译. 海口：南海出版公司，2014：285.
③ TAYLOR-GUTHRIE D. Conversations with Toni Morrison. Jackson: University Press of Mississippi, 1994: 174.

里，不会去触及生活的底线。"① 森死守黑人传统不放，认为黑人的文化优于一切，从心底里看不起白人和白人文化。他仇视和抵制白人和白人文化，认为白人和黑人的利益是对立的。他声称："白人和黑人不该坐在一起共同进餐"；"有时他们可以一起工作，可他们不该一起吃，一起住，一起睡。不能一起做生活中那些私人的事"。② 他把白人的法律和黑人的法律对立起来，认为"我不想了解他们的法律，我只想懂得我的法律"。③ 在他看来，白人喜欢黑人的顺从，且一直在黑人头上拉屎。他不习惯城市的生活，不想接受白人的资助，不愿意接受白人主导的教育。森代表的是传统黑人世代保持的观念。在白人主流的社会里，他们没有存在感和归属感。一方面，他们拒绝接受白人文化；另一方面，他们拒绝被白人文化同化，因此最终沦落为社会的边缘人，在白人的世界里找不到情感和观念上的认同感，最终只能回到自己的生活圈子里。

吉德隔离了黑人文化传统，全盘接受了白人文化。她的孤儿身份也象征着她是精神层面的"孤儿"。西德尼和昂丁将她抚养长大，但把教育的权利拱手让给了白人，没有给吉德上好黑人传统文化的课程，最终造成了吉德没有家庭责任感和文化归属感，切

---

① TAYLOR-GUTHRIE D. Conversations with Toni Morrison[M]. Jackson: University Press of Mississippi, 1994: 47.
② 托妮•莫里森. 柏油娃娃[M]. 胡允恒, 译. 海口：南海出版公司, 2014: 220.
③ 托妮•莫里森. 柏油娃娃[M]. 胡允恒, 译. 海口：南海出版公司, 2014: 278.

第三章 莫里森悲剧意识之三：文化的执着

断了与自己黑人祖先的联系。她不会做女儿，不懂反哺和感恩，不敢生孩子。正如昂丁所说的："一个女孩先要学会做女儿。她得懂这个道理。要是她从来没学会怎么做女儿，也就永远不会怎么做女人。我指的是真正的女人：一个优秀到足以养育小孩的女人，优秀到足以照料男人的女人——优秀到足以在其他女人中间立足的女人。……你需要的就是对比你年长的人抱有一种感情，一种关怀之情。"① 因为非洲祖先文化在她身上的缺失，她招致了巴黎超市里丰腴的黄衣女人对她的唾弃、埃罗梦境里众女性的乳房示威以及沼泽女精灵们的敌对。吉德代表被"漂白"的一代黑人。他们认为，黑人应该充分利用一切可以利用的条件，充分享受在主流社会受教育的权利，改善自己的生活，跟上时代发展的步伐，实现自己的成功和财富积累。

森和吉德分别代表的白人文化对非裔美国文化的同化和非裔美国文化抗拒同化的两种极端经常会同时出现在现代黑人的身上，即杜波伊斯曾评述过的美国黑人的"双重意识"：

> 一个人总能感觉到他身上的双重性——自己既是美国人又是黑人，感觉到两个灵魂、两种思维、两种不可调和的努力在一个黑人身躯里有两种相互较量的理想，凭借着黑人顽强的力量避免了这种理想被撕裂开来。美国黑人的历史便是这种斗争的历史——渴望获得自觉的人格，渴望

---
① 托妮•莫里森.柏油娃娃 [M].胡允恒，译.海口：南海出版公司，2014：297.

把自己的双重自我合并成一个更美好、更真实的自我。在这个合并过程中，他不希望原来的任何一个自我丢掉。他不会使美国非洲化，因为美国拥有太多对世界和非洲有益的东西。他也不会崇尚在美国的流行大潮中漂白自己的黑人灵魂，因为他明白，黑人的血液里含有传给世界的信息。他只希望同时做一个黑人和一个美国人，而不至于受到同胞的诅咒和唾弃，也不至于被机会拒之门外。①

莫里森塑造吉德这个形象旨在提醒黑人在接受白人先进文化的同时，别遗忘了黑人民族的传统。如若抛弃原有的文化传统，则会丢失黑人民族的传统本质，进而无法承载本民族文化，更无法实现黑人民族真正意义上的进步和发展。通过森这一形象，莫里森告诫美国黑人：要建构起自己的文化，首先，必须把握政治上的优势，为黑人民族的文化发展创造良好的外部环境；其次，黑人要努力学习先进的文化知识，这样才能获得与白人竞争的能力，给黑人民族的文化发展保驾护航。正如莫里森在被采访时指出的一样："在《柏油娃娃》中，如果你同意吉德的非常现代的价值取向，你必定会失去些什么。另外，如果你像森那样只追寻历史，不能接受任何现代的东西，你也会失去些什么。最满意的解

---

① DUBOIS W E B. The soul of black folk[M]. New York: Dover Publication Inc., 1994: 2-3.

第三章 莫里森悲剧意识之三：文化的执着

决办法是寻求某种平衡。"[1]莫里森清楚地意识到在社会飞速发展的今天，像森那样固守黑人世代相传的传统文化，对社会的进步和发展熟视无睹，眷恋过去那种闭塞、贫穷、落后的生活，只会阻碍黑人民族文化的继承和发展。而像吉德那样抛弃本民族传统，一味"漂白"，全盘接受白人文化传统，则会戕害黑人文化的传统，使黑人变成无根的流浪者。因此莫里森察觉到了现代美国黑人具有"双重自我"的特质，他们既是受到白人文化价值影响的美国人，又是具有黑人民族特征和民族心态的非裔人。通过设计儿子最终追寻吉德的情节，莫里森巧妙地将黑人的双重自我合二为一。这是一个很难得的思想飞跃，既立足于本民族，但又跳出了狭隘的民族圈子来看待问题。这是一个弱势民族在西方白人主流社会构建本民族现代文化的尝试，也反映了一种很好的民族忧患意识：既强调弱势文化的传统性，又抓住时机发展弱势民族文化，与此同时加强与其他民族的交流和对话，最终携手并进，走上民族间趋于融合的道路。

[1] JONES B W. An interview with Toni Morrison[M]//The world of Toni Morrison explorations in literary criticism. Ed. Bessie W. Jones and Andrey L. Vinson. Iowa: Kendall/Hunt Publishing Company, 1985: 86.

第四章

莫里森悲剧意识的艺术表现形式

对于一个曾经被剥夺了话语权的少数族裔而言，能使其凤凰涅槃并从发展的困境中被解救出来的途径莫过于寻觅到一种既富含民族特色又别具一格的艺术表现形式。莫里森的边缘性叙事方式借鉴了其黑人传统艺术形式，超越了西方主流文学的规范叙事模式和叙述话语，形成了不拘一格的叙述风格。她的小说表现了黑人民族文化特质，表达了她作为非裔美国黑人女作家的独特文学体验，开拓了新的写作领域，为后来者提供了超越传统文本的写作范例。

莫里森的小说彻底抛弃了传统写作手法，不遵循事情发展的先后顺序，不遵循事情的因果逻辑关系，转而采用一种时进时退、跳跃式的叙述方法。莫里森的小说呈现给读者的并不是传统的阅读体验，即从历时的线性发展中，在小说主人公矛盾冲突的最终和解中获得愉悦感。她在同一时间带给读者情节发展的各个片段，让读者在同一时间感受不同叙述片段带来的艺术冲击力。"这种文学见解与传统小说观念相悖，它体现为一种巴赫金所谓的'复调性'，即将传统小说所偏爱的历时语境改造为共时语境。它不重时间流程，而将这种有历史纵深感的过程投射到共时的平面上。"①同时，她借鉴了现代电影的表现手法，用蒙太奇、拼贴的方法将零散的片段组织起来，形成了一种迷宫式的情节框架。各个片段相互交织在一起，一起解构故事的发展。按照女性主义批评家雷切尔·迪普莱西的观点，这种纯粹的"女性写作"是没有等级差异的，"它要打破等级制度，把所有的材料组成多个中心，使个中因素均匀地展示出来而无突出的位置或时刻"。②她将多个叙述者召集在一起，像合唱的多声部，发出不同的音高，构成了一部又一部不同声调的协奏曲。

在她的一系列小说中，莫里森在创作中借鉴了西方文学的哥特式写作传统，运用了带有黑人民间性质的"百纳被"美学意象，并尝试将黑人音乐比如爵士乐应用到文学创作之中。莫里森像个魔术师，时而带领我们进入"中世纪"的城堡，感受阴森、恐怖的氛围；时而化身为技艺高超的裁缝，为我们编制五彩斑斓的故事之被；时而像个指挥家，指挥着布鲁斯、灵歌、爵士乐等不同音乐形式组成的交响篇章。她的边缘化叙述策略体现了非裔文化的多样性和生命力，向世界展示了受歧视、受压迫的非裔黑人们的声音、存在、自信和未来。

---

① 王建刚. 狂欢诗学——巴赫金文学思想研究 [M]. 上海：学林出版社，2001：53.
② 程锡麟，王晓路. 当代美国小说理论 [M]. 北京：外语教学与研究出版社，2001：169.

第一节　女性哥特式特征在《宠儿》中的表达

"哥特式"一词源于古代日耳曼的一个部族——哥特人部族。在意大利文艺复兴时期，这个词被用来指称中世纪那种弓形尖顶的建筑。到18世纪下半期，它被借用来概括一种类型的小说。这类小说通常以暴力、恐怖、魔法、神怪、乱伦、强奸等作为主题，其叙事情节又常常以一个哥特式的城堡为背景。阴森、恐怖的场景，悬念感或神秘感、征兆、凶兆、想象，处于焦虑中的女人，高度甚至过度紧张的感情等等，都是哥特式小说竭力表现的元素。西方第一部哥特式小说是霍雷斯·瓦尔波尔（Horace Walpole）创作的《奥特朗托堡》（*The Castle of Otranto*，1764）。到18世纪90年代，哥特式小说的创作盛极一时，成为当时英国最流行的小说题材。直到19世纪中叶以后，随着现实主义表现手法的悄然兴起，哥特式小说逐渐由盛而衰，但其表现手法依然能融入其他小说的创作中，并且一直被延续下来。[①]

"女性哥特式小说"这一概念最初于1974年由美国女作家埃伦·莫尔斯（Ellen Mores）在其发表的《女文人》（*Literary Women*）

[①] 张云军. 英国文学中的哥特式因素与哥特式小说[J]. 长春工业大学学报（社会科学版），2003(3)：64-68.

中提出。埃伦·莫尔斯将这一概念解释为"女作家用文学形式书写的自十八世纪以来被称为哥特式的作品"。她将这种作品分为两种类型：以拉德·克利夫（Rad Cliffe）的《尤道弗的奥秘》为代表作的恐怖型女性哥特式小说和以玛丽·雪莱（Mary Shelly）的《弗兰肯斯坦》为代表作的女性恐惧型哥特式小说。女性哥特式小说基本上沿袭了传统哥特式小说的表现手法，致力描写神秘、诡异、阴森、暴力之事件，营造恐怖、令人沮丧的氛围，达到令人毛骨悚然的艺术效果。埃伦·莫尔斯认为，女性哥特式小说表现了女性内心的恐惧及其对生活的幻想，表达了她们内心深处对世俗的抗争。[①]

在《宠儿》中，莫里森运用了女性哥特式小说的表现手法，在哀怨恶毒的哥特式氛围中，围绕着一个愤怒喧闹的婴儿鬼魂，再现了美国历史上黑奴的苦难历程。在这部小说中，莫里森把目光聚集于黑人女性，书写着她们的体验，关注着她们主体意识的觉醒、精神枷锁的摆脱与独立人格的获得。

一、血腥的背景：黑奴母亲的暴力杀婴

《宠儿》的故事发生在辛辛那提郊外蓝石街124号。从《解放黑奴宣言》生效的1863年到《宠儿》发表的1987年，中间正好相隔124年的历史。作者以124号血腥与诡异的农舍作为故事背景，寓意着美国黑人并没有消失的苦难。小说开篇就这样交代：

---

① 徐颖果. 女性哥特式：美国的女权主义文类 [J]. 外国文学，2006(5)：48-53.

124号被恶意充斥,充斥着一个婴儿的怨毒。房子里的女人们清楚,孩子们也清楚。多年以来,每个人都以各自的方式忍受着这些恶意,可是到了1873年,赛丝和女儿丹芙成了它仅存的受害者。祖母贝比·萨格斯已经去世。两个儿子,霍华德和巴格勒,在他们十三岁那年离家出走了——镜子一照就碎(那是让巴格勒逃跑的信号);蛋糕里出现了两个小手印(这个则马上把霍华德逼出了家门)。两个男孩谁也没有等着往下看:又有一锅鹰嘴豆堆在地板上冒烟儿;苏打饼干被捻成碎末,沿门槛撒成一道线。……门外,一个车夫把马抽打得飞跑起来了——当地居民路过124号都觉得有这个必要。①

124号农舍形似于18世纪末流行的哥特式小说中的古堡。女主人赛丝和女儿丹芙在这里过着孤绝封闭的生活,邻居们都小心翼翼地与她们保持着距离。随着过去与赛丝同在"甜蜜之家"为奴的黑奴保罗·D的到来,尘封的过去也被一并带来:赛丝因为不堪奴役生活的苦痛,十八年前她从"甜蜜之家"逃走并与之前就托人送走的孩子们会合。然而,在仅仅度过了28天温馨而又幸福的日子后,跟踪而来的奴隶主试图将赛丝及其孩子们抓回。情急之下,赛丝杀死了其中一个不到两岁的小女儿。被杀死的女儿幻化成鬼魂萦绕在124号农舍,让赛丝片刻都得不到安宁。

血腥与暴力是哥特式小说的一个重要特征。赛丝的杀婴行为

---

① 托妮·莫里森.宠儿[M].潘岳,雷格,译.北京:中国文学出版社,1996:3-5.

无疑是血腥、暴力的。她的行为引起了黑人邻居的强烈不满，也得不到爱人保罗•D的理解。他说："你有两只脚，赛丝，不是四只。"在保罗•D的眼里，赛丝的行为与禽兽无异。无论是白人还是黑人，都认为"赛丝杀死女儿宠儿的行为背离了人类最基本的伦理道德，违背了自然法则与社会伦理规范，是人性伦理的败退堕落，理当受到道德、良心的谴责和法律的惩罚"。① 然而，在当时的残酷情境下，赛丝的初衷只不过是"把我的宝贝儿们带到了安全的地方"②，杀婴是她"浓浓"的母爱的体现。在那样的时代，在黑人的生存条件和起码的人权都得不到任何保障的时代，只有上帝那儿才是最安全的地方，赛丝只能选择用极端的手段来反抗奴隶制带给黑人的残忍与不公的命运。赛丝剥夺孩子生命的做法虽不可取，但是对于一个没有任何自由与权利，没有接受过任何文明熏陶的奴隶来说，这样的行为也具有其悲壮的一面。比起古希腊神话中美狄亚报复性杀婴的悲壮性来说，这是有过之而无不及的。

除了赛丝亲手杀死自己女儿的故事之外，小说中的艾拉和赛丝的母亲也都有过这样的行为。艾拉"生下了一个毛茸茸的白东西，却拒绝给它喂奶，它的爸爸是'迄今最下贱的人'。它活了五

---

① 张甫全，刘夫然. 挣扎在人性伦理与奴隶制的炼狱中——论《宠儿》中赛丝的杀子悲剧 [J]. 外国文学研究，2008(8)：106-109.

② 托妮•莫里森. 宠儿 [M]. 潘岳，雷格，译. 北京：中国文学出版社，1996：195.

天,从未吭过一声"。[①]赛丝的母亲"把他们全扔了,只留下你。有个跟水手生的被她丢在了岛上。其他许多跟白人生的她也扔了。没起名字就给扔了"。[②]在美国黑暗的蓄奴制时期,女奴通常被沦为奴隶主发泄性欲的工具或者成为奴隶主繁殖劳动力的机器,因此她们往往选择将自己刚生出来的白人后代杀死。这也成为当时被压迫的女奴竭力反抗践踏她们尊严的奴隶制度的一种方式。

在《宠儿》这部小说描述的一系列暴力杀婴事件中,都是女性充当了弑婴恶魔的形象。它取代了传统哥特式小说中的男性恶魔形象。"女性哥特式小说意在瓦解社会、宗教和道德的传统观念,因此其颠覆性是不言而喻的。"[③]"虎毒不食子",在小说所表现的主题中,黑人母亲亲手将有着自己一半血缘的孩子杀死这一行为体现的不仅仅是残忍,更多的是一种悲壮与无奈。这一系列血腥行为所折射的是女黑奴对被迫充当男性白人玩偶的现实的激烈反抗,也是对美国奴隶制剥夺黑人人权与尊严的激烈反抗。

二、悬念感:魂兮归来

"女性哥特式故事中的女疯子或女幽灵,都是在失常或者死后获得超乎寻常的力量,这无疑构成了对残酷的现实社会的控

[①] 托妮·莫里森. 宠儿 [M]. 潘岳, 雷格, 译. 北京:中国文学出版社, 1996:309.
[②] 托妮·莫里森. 宠儿 [M]. 潘岳, 雷格, 译. 北京:中国文学出版社, 1996:74.
[③] 徐颖果. 女性哥特式:美国的女权主义文类 [J]. 外国文学, 2006(5):48.

第四章 莫里森悲剧意识的艺术表现形式

诉，也颠覆了世人对疯子和幽灵的负面的刻板印象。"① 宠儿虽然只是个婴儿的鬼魂，但它却拥有巨大的能量。它一直萦绕在124号农舍，不时地向赛丝提醒着自己的存在，让赛丝一直生活在对往事的痛苦回忆之中。宠儿以这种残忍的方式来表达对母亲剥夺自己生命的不满以及对造成这种后果的蓄奴制的控诉。而保罗·D的到来，又让它感受到了母亲即将被这个男人占有的危机。因此，它现出"一片颤动的红光"，② 移动碗橱，震动房子，想吓走保罗·D：

> 这栋房子整个地在颠簸。赛丝滑倒在地，挣扎着穿衣服。她四脚着地，好像要把她的房子按在地上。丹芙从起居室里冲出来，满眼恐怖，嘴唇上却挂着一丝隐约的微笑。"该死的！住嘴！"保罗·D一面吼着，一面跌跌撞撞地去抓扶手。"别在这儿捣蛋！滚出去！"一张桌子向他扑来，他抓住了桌脚，勉强站成了一个角度，举起桌子四处乱砸一气，毁坏着每一样东西，冲着[震动的]房子尖叫。"想打架吗？来吧！妈的！没有你[时]她已经够受的了。她受够了！"③

经过与保罗·D的搏斗，听到他"雄性的怒吼"之后，鬼魂

---

① TAYLOR-GUTHRIE D. Conversations with Toni Morrison[M]. Jackson: University Press of Mississippi, 1994: 257.
② 托妮·莫里森. 宠儿[M]. 潘岳，雷格，译. 北京：中国文学出版社，1996：10.
③ 托妮·莫里森. 宠儿[M]. 潘岳，雷格，译. 北京：中国文学出版社，1996：22.

暂时安静了下来。然而，等到他们三人从黑人狂欢节上回来时，鬼魂却变化成了一个二十岁出头的妙龄女子，一个从水中走出来的、穿戴齐整的、皮肤是新的、没有皱纹、连手上的指节都同样光滑的女子。"她的皮肤上没什么瑕疵，只在脑门上有三道竖的精致而纤细的划痕，乍看上去就像头发，婴儿的头发。"① 她的"又大又黑的眼睛深处根本没有表情"。② 她（因为是由婴儿的鬼魂变化而来）"被葡萄干噎住了。她向后倒去，[被]摔出[了]椅子，掐着[自己]的脖子翻来滚去"。③ 从小说中对她的描述，读者不难看出这个走进124号农舍的女子具备了很多婴儿的特征，正好符合宠儿被杀时还只是个吃奶娃娃的特点。"作为哥特式显著特点的幽灵故事频频出现在后现代时期女作家的笔下。幽灵能够转变成活人而介入活人的现实生活。"④ 非裔美国黑人中流传的民间传说认为，人死后，他的灵魂可以继续存活，甚至可以借助别人的肉体复活。莫里森借助哥特式的表现手法，艺术地再现了这些非洲元素。

自从这个婴儿的鬼魂来到124号农舍后，"赛丝始终被宠儿的眼睛舔着，尝着，咀嚼着"。⑤ 她每天迎接赛丝下班，纠缠着赛

---

① 托妮·莫里森. 宠儿[M]. 潘岳, 雷格, 译. 北京: 中国文学出版社, 1996: 61-62.
② 托妮·莫里森. 宠儿[M]. 潘岳, 雷格, 译. 北京: 中国文学出版社, 1996: 66.
③ 托妮·莫里森. 宠儿[M]. 潘岳, 雷格, 译. 北京: 中国文学出版社, 1996: 78.
④ 徐颖果. 女性哥特式: 美国的女权主义文类[J]. 外国文学, 2006(5): 53.
⑤ 托妮·莫里森. 宠儿[M]. 潘岳, 雷格, 译. 北京: 中国文学出版社, 1996: 68.

丝讲故事。她具有无形的魔力，不但开启了赛丝尘封了十八年的记忆，连保罗·D 藏掖于胸口的锈死了的烟草罐的盖子也被她拧得松动了，血淋淋的过去就像"森林"一样横亘在了保罗·D 和赛丝的中间。当赛丝打算与这个男人开始新的生活的计划被打破后，保罗·D 选择了离开，而赛丝更加沉溺于宠儿无休止的母爱索取中不能自拔，羸弱不堪。

面对着被记忆梳理的过去，女儿丹芙终于了解到母亲赛丝"过去的做法是对的，因为它发自真挚的爱"。① 她也意识到到了她承担起照顾和保护母亲重任的时候了。在祖母贝比·萨格斯遗言的鼓励下，她勇敢地从孤寂的124号农舍迈了出去。在黑人社区的合力祈祷下，鬼魂神秘地消失了。

鬼魂的出现引发了赛丝对杀婴事件始末的回忆，宠儿变化成活人归来是为了报复赛丝对她生命的剥夺，试图讨回她被欠下的母爱。而鬼魂意识流的自述从宠儿自身对母亲的控诉跳跃到了受难黑奴群体对美国蓄奴制度的控诉，从个体意识上升到了集体意识，从而再现了一段"小说中人物所不愿回忆、我本人不愿回忆、黑人不愿回忆、白人也不愿回忆的"② 惨绝人寰的历史。我们可以发现，在《宠儿》这部小说中，莫里森始终怀抱着一种浓厚的忧患意识，真实地反映1855—1873年美国蓄奴时期尤其美国南方重

---

① 托妮·莫里森.宠儿[M].潘岳,雷格,译.北京:中国文学出版社,1996:300.
② 蒋欣欣.黑人民族意识的重建——解读托妮·莫里森的小说世界[J].湘潭大学学报(哲学社会科学版),2004(1):106.

建时期的历史，为非裔美国黑人乃至所有美国人"记忆"、反思那段沉重的历史提供了思考的平台。

三、焦虑感：压抑中的黑人女性

《宠儿》中的女性几乎全都生活在闭塞、压抑的环境中，身体和心理都承受着巨大的创伤。赛丝从小在奴隶主的庄园中长大，这是一个被限制了自由的狭小空间。作为奴隶，她没有任何自主权，只是属于奴隶主的私有财产，可以被自由买卖。于是少年时代的她被卖到了"甜蜜之家"。在"甜蜜之家"新主人"学校教师"（奴隶主）的眼里，她只具备着动物的属性。在"学校教师"的眼皮子底下，他的两个侄子将她强行按倒在地吸走了她哺乳婴儿的奶水。因为向加纳太太告发他们的兽行，大腹便便的赛丝又遭到了"学校教师"侄子们的毒打，背上留下了"苦樱桃树"一般的疤痕。在赛丝成功地从"甜蜜之家"脱逃后，"学校教师"又带人赶到辛辛那提试图将她和孩子们抓回，因为她还身强体壮，可以继续为他们繁衍劳动力，而孩子们则是他们未来的劳动力或者可以卖掉的资产。当他们看到她暴力杀婴的举动后，认为她"疯了"，放弃了抓她回去的打算。之后，赛丝就住在这个闹鬼的124号的封闭空间里，与外界断绝了来往。因为愧疚于对宠儿的爱，她将自己封闭起来。当鲍德温来接丹芙上班时，她惧怕自己的孩子被"没皮的男人"（白人男性）带走，又将手中的冰锥砸向了他。

赛丝的悲剧是在种族主义和男权主义的双重重压下铸就的。

第四章 莫里森悲剧意识的艺术表现形式

一方面，因为不希望自己的孩子被沦为奴隶而被迫杀婴，她因此一直生活在弑子的悲痛、愧疚和无奈中；另一方面，她又被两个男人无情地抛弃。第一次是她的丈夫黑尔，他在目睹赛丝被白人强行吸奶的时候，不是奋起反抗、阻止，而是选择了自我崩溃。是赛丝独自承担起了将孩子送走的重任，让他们获得自由，并承担起了养育他们的责任。第二次是保罗·D，在赛丝满怀希望准备与他开始新的生活的时候，保罗·D选择了离开她，借口是他不能理解赛丝的杀婴行为。在这两重重压下，赛丝只能歇斯底里地、拼命地去保护属于她的"最珍贵的东西"——自己的孩子。

与赛丝的愿望相反，宠儿死后并没有去往天堂，去往上帝那儿。宠儿对丹芙说，在阴间她的名字就叫宠儿，那里一片漆黑，她是侧身躺下蜷成一团的。那个地方滚热，那个地方让人没法呼吸，空间极小。局促的、压抑的空间更加促使她变本加厉地索取本应该属于她的东西。

丹芙一直在封闭的124号农舍成长，与邻里互不往来，家里一片死寂。她的哥哥们因为惧怕鬼魂而选择了逃离，祖母在耗尽了对生活的希望和厌倦了寂寥后离世，母亲在早出晚归的工作之余便神情恍惚地回忆过去。丹芙是孤独的，用她自己的话说就是："我不能住在这儿了。我也不知道去哪儿、干什么，可我不能再在这儿住了。没有人跟我们说话。没有人来。男孩子不喜欢我。

女孩子也不喜欢我。"① 她最喜欢去的地方就是屋后的那片树林里，由几丛灌木交错形成的被她视为"祖母绿的房子"。这是她的游戏室、避难所和目的地，在这里她能隔绝受伤的心灵与世俗的伤害，在"它的遮蔽和保护下，她感到成熟、清醒"。② 当小朋友们问及母亲杀婴的故事时，她却莫名其妙地失聪了。这是丹芙在潜意识地拒绝接受事实的真相。在伴随着鬼魂成长的十几年的岁月里，丹芙的生活始终是提心吊胆的，她惧怕母亲有朝一日也将锯子锯向自己的喉管。

赛丝的焦虑源自蓄奴制和男权制对其精神的双重迫害，她血腥地保护自己孩子的行为则是应对这种迫害的本能反应，而这种行为又直接导致了女儿丹芙的焦虑和恐惧。这种恐惧感和焦虑感使得124号农舍失去了往日的热闹、欢笑与温馨，从此变得诡异而陌生，从过去黑人的精神家园变成了女性禁锢自我的牢笼。但是，"女性哥特式中的女主人公所遭受的痛苦，成为她们战胜逆境的精神力量"。③ 通过与母亲的交流，在了解了赛丝杀婴的真相后，丹芙终于理解了母亲。她最终走出了自己的小天地，向邻居们求助，从而融入了真实的现实社会，勇敢地承担起了保护母亲、照顾家庭的责任。她已经从一个懵懂、孤僻、脆弱的小女孩成长为一个聪颖、善解人意、富有责任感的黑人女性。在小说中，摆脱

---

① 托妮·莫里森. 宠儿[M]. 潘岳，雷格，译. 北京：中国文学出版社，1996：18.
② 托妮·莫里森. 宠儿[M]. 潘岳，雷格，译. 北京：中国文学出版社，1996：35.
③ 林斌. 西方女性哥特研究[J]. 外国语，2005(2)：70.

了精神的枷锁、终于成长了起来的丹芙承载着莫里森一以贯之的迫切期待：黑人同胞应当直面历史，审视现在，把握未来。

四、罪恶之源：美国白人的"白色恐怖"

美国黑人的历史是惨痛的，白人奴役和压迫他们的罪行罄竹难书，这也是莫里森在小说中始终营造一种充斥着野蛮、暴力、凶杀、强奸、恐怖氛围的历史与思想根源。在美国贩卖黑奴的历史上，白人给黑人制造了惨绝人寰的人道主义灾难，让他们始终生活在白人的"白色恐怖"之中。在漂洋过海到达美洲的艰苦航程中，许多黑人因为疾病、饥饿、自然灾害、虐待等天灾人祸而丧失性命。而逃此一劫踏上美洲土地的黑人却又从此踏入了万劫不复的恐怖的深渊，遭受着白人奴隶主非人的折磨，终其一生过着生不如死的生活。正如小说中女主人公贝比·萨格斯所说的："在这个国家里，没有哪座房子不是从地板到房梁都塞满了黑人死鬼的悲伤"，[1] "这世界除了白人 [的恐怖] 没有别的不幸"。[2]

在蓄奴制下，美国黑奴被剥夺了一切权利，没有生存权和自由权，可以被自由买卖。用贝比·萨格斯的话说就是："他们淹死了我们多少的人啊，比起他们从开天辟地到现在总共活过的人数还多呢。"黑奴的生命一文不值，可以被奴隶主任意处置：赛丝的母亲被活活吊死；西克索被奴隶主残忍地烧成焦炭。他们的人格

---

[1] 托妮·莫里森. 宠儿 [M]. 潘岳, 雷格, 译. 北京：中国文学出版社, 1996：6.
[2] 托妮·莫里森. 宠儿 [M]. 潘岳, 雷格, 译. 北京：中国文学出版社, 1996：124.

尊严被奴隶主任意践踏：保罗•D被戴上马嚼子；"没有皮的男人"给他们喝晨尿；女奴被强奸，被当作白人满足性欲的工具和繁殖劳动力的机器。

黑人奴隶的话语权完全掌控在奴隶主手里。在偷吃猪崽被"学校教师"发现后，西克索试图用自己的智慧为自己辩解："西克索种黑麦来提高生活水平。西克索拿东西喂土地，给您收获更多的庄稼。西克索拿东西喂西克索，给您干更多的活儿。"① 虽然西克索聪明善辩，想用自己的话语为自己的偷窃行为开脱，可是"学校老师"还是狠狠地揍了他一顿，因为"定义属于下定义的人——而不是被定义的人"。② 赛丝在回忆自己童年悲惨命运的时候，已经不记得自己的母亲是谁，不记得大人们说过的话，只记得他们曾经在唱歌，在跳羚羊舞。不难看出，"殖民者的文化暴力策略造成了黑人奴隶对有关非洲本土语言和传统文化的'习惯性遗忘'"。③

奴隶制的废除，只是标志着一个合法的奴役黑人的体制被清除，但其奴役黑人的思想与意识形态并没有随之而消失。废奴之后的黑人生活并没有得到本质的改善。小说中的一段文字表现了废奴后的黑人生存状态：

---

① 托妮•莫里森.宠儿[M].潘岳，雷格，译.北京：中国文学出版社，1996：227.
② 托妮•莫里森.宠儿[M].潘岳，雷格，译.北京：中国文学出版社，1996：227.
③ 蒋欣欣.黑人民族意识的重建——解读托妮•莫里森的小说世界[J].湘潭大学学报（哲学社会科学版），2004(1)：111.

第四章 莫里森悲剧意识的艺术表现形式

到了1874年，白人依然无法无天。[他们]整城整城地在清除黑人；仅在肯塔基，一年就有八十七人被私刑处死；四所黑人学校被焚毁；成人像孩子一样挨打；孩子像成人一样挨打；黑人妇女被轮奸；财物被掠走；脖子被折断。他闻得见人皮味，人皮和热血的气味。人皮是一回事，可人血在私刑的火焰里煎熬又完全是另一回事。恶臭弥漫着。①

历史是残酷的，而回忆历史的目的并不只是在于记住它，而是从中吸取教训，把握未来。"美国黑人如果不愿接受历史，[那么]无论他们走到哪里，走到哪块大陆都不会有未来。接受自己的过去——自己的历史——并不等于要沉溺其中，而是要学会从中受益。"②蓄奴制那沉重的一页已经被历史拂过，美国黑人女性作为一个弱势群体，在蓄奴制、种族歧视和男权主义压迫的特殊时代的奋争经历也被莫里森以如诗如画、如泣如诉的文学语言载入史册。正如瑞典皇家文学院在授予托妮·莫里森诺贝尔文学奖时，其颁奖词所高度评价的："在她富有洞察力和诗情画意的小说作品中，将美国现实的一个极为重要的方面写活了。"

在西方文学创作史上，女性哥特式写作"强调的是给女性个体带来焦虑和恐惧的'幽灵'。[这]不是非人的神秘力量也非家

---

① 托妮·莫里森. 宠儿[M]. 潘岳, 雷格, 译. 北京: 中国文学出版社, 1996: 214.
② BALDWIN J. The fire next time[M]. New York: Dell Publishing Co., Inc., 1969: 111.

族的罪恶史，而是来自[于]现实生活"。① 在莫里森的写作生涯中，她始终拒绝人为地划分"虚构"与"历史"，认为艺术家是"最真实的历史学家"。基于一种深深的忧患意识与高度的民族责任感，托妮·莫里森以其深厚的文化积淀和对美国黑人生活的独特感悟，坚持以悲剧性的视角体察着美国黑人的生活。《宠儿》以其包容、前瞻的艺术思维，就长达三百年的奴隶制给美国黑人带来的身体与心灵的无穷戕害，展开了一次与美国文化历史的精彩对话。通过《宠儿》这部小说我们可以发现，残忍的蓄奴制、极端的种族歧视、根深蒂固的性别弱势让女性黑奴的命运成为一种暗无天日的必然。莫里森巧妙地运用了女性哥特式神秘、恐怖的氛围，糅合了强烈的人性与道德拷问，激励着美国黑人女性记住自己的历史，走向她们应该有的未来。

第二节　碎片的消融
——《宠儿》的"百衲被"审美研究

莫里森不仅是一名手法高超的故事叙述者，而且是一名技艺精湛的设计大师。《宠儿》的叙述艺术就完美呈现了其出神入化的技艺。在创作手法上，莫里森对过去故事片段的兴趣不只是谴责

---

① 林斌. 西方女性哥特研究[J]. 外国语，2005（2）：75.

美国白人奴役黑人的罪恶，而更多的是希望揭开黑人破碎的过去，将之缝进非裔美国人以及美国人自己的"文化之被"。这部小说的创作技巧与黑人民间传统的百纳被缝制有着异曲同工之妙，在"百纳被"的表现形式下蕴涵着深刻的"百纳被"的美学意义。莫里森独特的题材选择、多重的叙事视角、非线性的叙述手法以及多变的叙事话语蕴藏着多样化的艺术表现形式、融洽的整体与局部关系，从而使小说具备了"百纳被"的美学效果。正如非洲祖先们用不同颜色和尺寸的布料缝制百衲被一样，莫里森运用零散的、破碎的知识，以多层次、多样化的艺术技巧缝合了自己多彩的"百衲被"。她将整个故事分解成零散的碎片，将其分布在小说的各个章节，再通过人物的历史重忆将其完整地呈现在读者面前，表现了在碎片中求完整、在断裂中求弥合的"百纳被"特质，达到了唯美的艺术效果，在过去、现在和未来的时空交错中，彰显着美国黑人的血泪与情仇，奋斗和希望。

  缝制"百纳被"的民间传统源自英国和非洲，后来流行于北美殖民地。这是一种将不同颜色、不同形状、不同材质的碎布拼制成被子的手工工艺。当时的女性一般将旧衣服或其他废旧布料剪成碎片，然后根据自己的喜好设计好图案，再将这些碎片一块一块地缝制到一起。由于当时物资匮乏，所有的女孩子从小就学习缝制百纳被。缝制百衲被一般是社区的妇女们聚在一起集体完成。这种活动融洽了妇女间的情意，成为她们彼此学习、交流思想的重要渠道。在历史上，百纳被的缝制在美国社会、家庭和文化传统中都占据着重要的地位。它既有实用性也具有审美意义。在让人获得保暖效果的同时,百衲被还是当时妇女传递信息与情感、延续民族文化传统的重要载体。"百衲被是叙述的而非抽象的,它们直接源自他们用来传递文化、保存历史的讲故事的口头传统。"[1] 由于整个百纳被的制作过程与文学创作过程有相似之处,"缝制百纳被"也就被女性主义批评家们视为美国女性主义写作实践的一个重要隐喻。它的美学意义在于打破了中心与边缘的对立,因为任何一块碎片都是整条被子中不可或缺的组成部分。

一、碎片的选择——精挑细拣

"(莫里森)用无处不在的物体碎片、身体碎片、精神碎片、家庭碎片以及社区碎片展示了美国社会种族、文化的断裂。"[2]《宠儿》这部小说安排了很多碎片的意象。赛丝的身体因为受到鞭挞、强奸、被人强行吸掉奶水等暴行而失去其完整性。她的背上留下了一棵像结满了肉瘤的树的烙印;她在"甜蜜之家"被"学校老师"(奴隶主)用皮鞭抽打得皮开肉绽;她被奴隶主的侄儿无聊地吸走她哺乳婴儿的奶水,疯狂地践踏她作为一个女人最神圣的母

---

[1] HILLARD V E. Census, consensus, and the commodification of form: the names project quilt[M]//Quilt culture: tracing the pattern. Columbia and London: University of Missouri Press, 1994: 114.

[2] 焦小婷. 多元的梦想——"百衲被"审美与托妮·莫里森的艺术诉求 [M]. 开封:河南大学出版社,2008.

性；鬼魂总是在向她提醒过去的伤痛，使她的灵魂得不到片刻的宁静；母爱、悲伤与内疚在她的内心深处纠结着，使她的精神饱受煎熬，无法过上正常人的生活。赛丝的家也是破碎的：丈夫在发疯后神秘地消失了；两个儿子因为不堪鬼魂的骚扰而离家出走；大女儿宠儿被母亲割喉而死；婆婆萨格斯已经去世。赛丝和黑人社区之间的联系也是破碎的：人们抵制萨格斯的宴请和林中布道；邻居们的冷漠使得"学校老师"带人来抓捕她的时候没有一个人来与之通风报信。她和女儿丹芙住在人迹罕至的124号，由于闹鬼，周围的邻居都对她们家疏而远之。通过这一系列的意象，莫里森不只是在揭露奴隶制与种族压迫给黑人带来的伤痛，更多的是在表现个人与不公正的社会制度的冲突，以及白人与黑人之间存在的不可逾越的鸿沟。

莫里森在《宠儿》的扉页上写下了"献给六千万甚至更多"，以纪念在科学和民主光环笼罩下的美利坚的黑奴亡魂，以历史回顾的方式抨击了100多年前被废除但阴魂不散的奴隶制。正如莫里森自己所说："这是黑人不愿意回忆的，白人也不想回忆……这是国家的记忆缺失症。"[①] 这部美国百年历史的画面就如同百纳被，莫里森将这段历史分成了不同的碎片，每一块碎片都讲述了不同的故事。瑟曼（Judith Thurman）曾指出：莫里森如同将灾难性事

---

① ANGELO B. The pain of being black:an interview with Toni Morrison[M]. Jackson: University Press of Mississippi, 1994: 257.

件的场面画到一块黑色玻璃上,"她把这些玻璃打碎,然后以互不相连、令人迷惑的现代形式将其重新组合"。[①] 从小说一开始,莫里森就叙述了一系列发生在不同时间段的故事,这些故事的片段就像百衲被的碎片一样被拼接在了一起。这里有萨格斯临终前的情形,有赛丝为了给宠儿碑上刻字而不得已与刻字工人以出卖肉体为代价进行交易的无奈,有保罗·D来124号找赛丝的情形,有赛丝回忆她跟黑尔结婚的甜蜜,有塞斯如何在逃亡的途中在白人女孩的帮助下生下丹芙的艰辛,有赛丝和保罗·D、丹芙一起参加狂欢节的情形,有赛丝、黑尔、保罗·D他们在昔日的农场"甜蜜之家"遭受的种种磨难,有回忆贩奴船的片段,有赛丝逃到辛辛那提后与萨格斯相聚的幸福,有"学校老师"追来要抓走赛丝和她的孩子们时赛丝情急之下将宠儿杀死的惨状,有赛丝带着丹芙坐牢的痛苦,有杀婴事件发生后124号的闹鬼。这些过去的事件与现实的事件交织在一起,使得故事在拼接碎片的过程中显得扑朔迷离。"(莫里森)用叙述片段为她的人民求声音、求存在、求在场;用历史片段为他们求自尊、求自信、求未来。"[②] "过去"是之于非洲传统、美国南方、奴隶制、"甜蜜之家"以及不可言说的伤痛的"过去"。隐瞒任何一段"过去"都意味着历史的残缺,而所有"过去"的集合将谱写成一部非洲裔美国黑人的史诗。

[①] 王守仁,吴新云.性别·种族·文化[M].北京:北京大学出版社,2004:135.
[②] 焦小婷.多元的梦想——"百衲被"审美与托妮·莫里森的艺术诉求[M].开封:河南大学出版社,2008:ix.

二、碎片的拼接——精湛的技艺

"叙述充当的是将故事碎片缝进大文本的缝纫行为。"[1] 在《宠儿》这部小说中，莫里森并没有遵从传统小说的写作方式按照事件发生的先后顺序来讲述故事。故事的情节简单，不具有明显的开头、高潮和结局，而是将过去与现在纷繁地交织在一起。小说中1873年的现状与18年前的弑婴惨剧交织起来，又不时地闪回到遥远的过去：贩卖奴隶的时代，昔日"甜蜜之家"劳作的时代，"学校教师"对奴隶残酷迫害的年代，赛丝逃亡的历程，丹芙的出生经历，儿子出走的情景，萨格斯的去世等等。

小说正是这样穿梭于时空之间，时而回到过去，时而又讲述现在。作者的用意在于突出相对独立的故事片段。这种错乱颠倒的时间顺序突出、深化了主题：过去没有消失，也不能被遗忘，现在源自过去；人们要想发现和形成完整的自我，就不能割断与过去的联系；应当重新整理和审视历史而不是沉迷于过去的成功或失败，喜悦或痛苦，应在历史中确认自我，从而在现在的生活中重新塑造和把握自我。"同样，只有健康的社会才能面对历史、正视历史。不管历史曾经多么黑暗，只有真正面对过去，才能拥有未来。"[2]

---

[1] ELSLEY J. The color purple and the poetics of fragmentaion[M]//Quilt culture: tracing the pattern. Columbia and London: University of Missouri Press, 1994: 82.

[2] 王守仁，吴新云．性别·种族·文化 [M]．北京：北京大学出版社，2004：146.

托妮·莫里森的这种故事叙述模式挑战了西方文学理论关于线性时间的概念，而这种非线性时间的概念更贴切地表现了美国的历史及其黑奴生活。这使得读者不仅能感知到奴隶制对奴隶身体的严重戕害，还能感受到奴隶制给奴隶带来的严重的心灵创伤。这种非线性的时间顺序也造就了最复杂难缝的"百纳被"，只有技术高超的缝补者才能够缝合出这样一条复杂多变的"百纳被"，而这种高超的叙事手法正是《宠儿》这部小说的独特魅力之所在。

　　在尼采看来，"对于世界的诠释没有限定的方式"。[①] 现实依赖于不同的感知者的再现，多重叙述角度比单一的叙述角度更富于表现力。莫里森采用多变的叙述视角，颠覆了传统的一元叙述视角的模式。《宠儿》之所以成为经典，与小说中多变的叙述视角有着重要的关系。多重叙述视角提高了叙述的自由度，因而能全方位、多角度地叙述故事，拓展了小说的叙述功能，也使得小说展现出碎片的模式，蕴含了"百纳被"的美学意义。《宠儿》中许多重要事件都是通过多重视角来表现的。小说中赛丝杀死婴儿以及丹芙的出生等这样的故事都是由多人从不同的角度讲述的：在"学校老师"的眼里这些故事是血淋淋的、毫无人性的，"里面，两个男孩在一个女黑鬼脚下的锯末和尘土里流血，女黑鬼用一只手将一个血淋淋的孩子搂在胸前，另一只手抓着一个婴儿的脚跟。

---

① TAYLOR-GUTHRIE D. Conversations with Toni Morrison[M]. Jackson: University Press of Mississippi, 1994: 436.

第四章 莫里森悲剧意识的艺术表现形式

她根本看不见他们,只顾着把婴儿摔向墙板,没撞着,又在做第二次尝试"。① 赛丝对于这一情节的回忆基本上都是一闪而过,她认为"我把我的宝贝儿们带到了安全的地方"。② 保罗·D 则认为赛丝的"爱太浓了"。③ 赛丝背上的伤疤也是通过多角度的描述一次又一次地呈现在读者面前的:保罗·D 认为赛丝背上的伤疤"简直就像一个铁匠爱得不愿示人的工艺品"④ 或 "一堆令人作呕的伤疤"⑤。对于白人姑娘爱弥来说,伤疤"是棵树,一棵苦樱桃树。看啦,这是树干——通红通红的,朝外翻开,尽是汁儿。从这儿分杈。你有好多好多的树枝。好像还有树叶,还有这些,要不是花才怪呢。小小的樱桃花,真白。你背上有一整棵树。正开花呢"。⑥ 祖母贝比则认为那伤疤是"鲜血的玫瑰"。⑦

莫里森用多重视角讲述故事这一方式填补了黑人尤其黑人妇女缺失了的话语权,淡化了白人主流话语对黑人历史的干预。比如在对杀婴故事的叙述中,读者首先被迫接受白人奴隶主的话语,在这个话语中,塞斯表现出疯狂的动物般的特征,其行为似乎背

---

① 托妮·莫里森. 宠儿 [M]. 潘岳,雷格,译. 北京:中国文学出版社,1996:178.
② 托妮·莫里森. 宠儿 [M]. 潘岳,雷格,译. 北京:中国文学出版社,1996:195.
③ 托妮·莫里森. 宠儿 [M]. 潘岳,雷格,译. 北京:中国文学出版社,1996:196.
④ 托妮·莫里森. 宠儿 [M]. 潘岳,雷格,译. 北京:中国文学出版社,1996:21.
⑤ 托妮·莫里森. 宠儿 [M]. 潘岳,雷格,译. 北京:中国文学出版社,1996:26.
⑥ 托妮·莫里森. 宠儿 [M]. 潘岳,雷格,译. 北京:中国文学出版社,1996:93.
⑦ 托妮·莫里森. 宠儿 [M]. 潘岳,雷格,译. 北京:中国文学出版社,1996:111.

离了正常的母性。实际上,这个带有种族偏见的话语在明显地否定和歪曲黑人的价值体系。然而,长期以来,黑人的历史总是通过这种话语被歪曲地再现。只有当赛丝打破失语症似的沉默,直面惨痛的过去,参与叙述时,这个故事才获得了完整的叙述,它的深层意蕴才显现出来。黑人女性的话语体现了黑人女性这个特殊群体的特殊心理,也使得小说更加丰满和完整,深刻反映了美国社会不同种族、不同阶级间迥异的、复杂的个体心理。如同用不同质地和不同颜色的碎布缝合的百纳被,小说也更加彰显出其层次性与丰富性。

在小说中,莫里森采用了灵活多变的叙事话语——叙述性话语、间接形式的转述话语和意识流。在得知是赛丝亲手将自己的婴儿杀死的时候,保罗·D这样说:

> "你的爱太浓了,"他说道,心想,那条母狗在看着我;她正在我的头顶上穿透地板俯视着我。
> "太浓了?"她回答道,又想起了"林间空地",贝尔·萨格斯的号令在那里震落了七叶树的荚果。"要么是爱,要么不是。淡的爱根本就不是爱。"
> "对。它不管用,对不对?它管用了吗?"他问。
> "它管用了。"她说。[①]

这种叙述性话语扩张了读者与人物对话的时间与空间,让读

[①] 托妮·莫里森. 宠儿[M]. 潘岳,雷格,译. 北京:中国文学出版社,1996:196.

第四章 莫里森悲剧意识的艺术表现形式

者能更加客观地把握人物不同的价值取向。

当保罗•D感受到塞斯在袒护丹芙时表现出来的强烈的母爱的时候:"危险,保罗•D想,太危险了。一个做过奴隶的女人,这样强烈地去爱什么是危险的,尤其当她爱的是自己的孩子。最好的办法,他知道,是只爱一点点;对于一切,都只爱一点点,这样,当他们折断脊梁,或者被胡乱塞进收尸袋的时候,那么,也许你还会有一点爱留给下一个。"① 在这里,间接叙述话语有利于把保罗•D的心理活动展现在读者眼前。这段间接叙述话语直接指出了奴隶制体系下一个黑人妇女浓厚的母爱所产生的危机。在奴隶制下,奴隶主夺取了黑人的一切,包括财产、象征身份的名字、婚姻,以及爱——父母子女之间的爱。而赛丝正是在和这种黑暗的奴隶制度进行着不屈的抗争。作为这种残酷制度的见证人与受害者,保罗•D深知强烈的爱潜在的危机,对他心理的描写也成为不同碎片联结的丝线,为故事的发展进行了恰当的铺垫。"语言的活力在于描述讲述者、读者和作者现实的、想象的以及可能的生活。"莫里森在1993年接受诺贝尔文学奖时的感言很好地诠释了自己的写作实践。

《宠儿》也有较多的典型的意识流成分。由于人物回忆过去的内心独白都立足于现在,使得历史与现在紧密地融合在一起。在小说的第二章,赛丝、丹芙和宠儿先后进行了内心独白。赛丝

---

① 托妮•莫里森.宠儿[M].潘岳,雷格,译.北京:中国文学出版社,1996:54.

的独白洋溢着对宠儿的母爱，表达了对女儿归来的喜悦，夹杂着自己童年缺乏母爱的痛楚以及在"甜蜜之家"的辛酸。丹芙的独白则充满了对拥有姐姐做伴的渴望，对从未谋面的父亲的思念，糅杂着对母亲杀死姐姐的恐惧。而宠儿的内心独白形式则别具一格，是由大段的文字堆砌的，中间没有一个标点符号，纷杂的意象混合在一起。前半部分描述了黑人从前在非洲摘花的幸福的田园生活，后半部分则是黑奴被贩卖、挤在贩奴船舱里的惨绝人寰的遭遇。最后，宠儿、赛丝和丹芙的独白和对话那一段诗歌般的文字，变成了不同的心灵的交汇。它既是生活在奴隶制阴影下的黑人女性共同感受的横向交流，也分别代表过去、现在、未来的黑人女性心灵的纵向体验。

三、"百衲被"的完成——走向融合

莫里森用高超的技艺将故事碎片缝合成了一条多彩的"百衲被"，在被子里面被缝进去的不仅有故事，更有她的梦想和期待：将断裂的过去与现在乃至将来缝合成了一个整体，期待黑人族群与美利坚民族的历史、文化和未来的理解与融合。

> 你是说我从没给你讲过卡罗来纳？没讲过你爸爸？你一点儿不记得了，我的腿脚怎么变成了这副样子？不记得你妈妈的脚，更甭提她的后背了？……记住它，然后走出院子。走吧。[1]

---

[1] 托妮·莫里森. 宠儿[M]. 潘岳，雷格，译. 北京：中国文学出版社，1996：291.

第四章 莫里森悲剧意识的艺术表现形式

这个来自过去的萨格斯的声音鼓励和指引着丹芙走出自己的家、走到外面向邻居们寻求帮助。邻居们给了她善意的关怀，也讲述了更多过去的故事。在他们的帮助下，鬼魂被驱散了。最终丹芙不但获知了赛丝的过去，还了解了整个黑人社区的过去，接着在黑人的历史中发现了自我，在黑人这个群体中找到了自己的位置。这使她满怀勇气、信心和希望去面对现在和未来的生活。

作为"甜蜜之家"最后的一名男子，保罗·D 与赛丝的重逢与结合是偶然中的必然。故事在保罗·D 与赛丝的重逢中拉开序幕，他实际上是来帮助赛丝重现回忆的。只有等他们清理好记忆的残片，将所有的故事连成一个整体之时，赛丝沉重的记忆之门才被缓缓打开：人性、屈辱、心灵的扭曲、爱与暴力的错位——各种复杂交错的心理在沉默、回忆、停顿、诉说中得以深刻展现。

百年前美国奴隶制的废除并未能彻底解除黑人民众的苦痛，也未能使他们在这个自诩"民主、自由、博爱"的国家中免于灾难。莫里森无时不在地向人们提醒奴隶制残留下来的对黑人的压制与迫害：残酷的私刑，嗜血的三K党，靠出卖肉体来维持生计的黑人姑娘，处于社会底层被剥夺了政治和教育权利而只能忍辱偷生的黑人大众……莫里森竭力肩负起拯救黑人同胞的责任，并在小说这一艺术形式中探索着他们的救赎之道：黑人应该像萨格斯林中布道所宣扬的那样，"黑人应该自爱、爱自己、爱自己的肉体"，做到自爱、爱自己的身体、爱自己的社区、爱自己的历史、爱自己的文化、爱自己的民族；黑人只有像保罗·D 和宠儿唤起赛丝对于过去的痛苦的回忆一样，正视历史，才能超越时空，找到真正的自我；整个黑人民族要像丹芙勇敢地走出来寻求邻居的帮助一样，只有团结友爱才能找到出路；黑人和白人要像爱弥那样的白人及时地伸出援助之手一样，才能凭借超越民族、肤色界限的最崇高的爱告别过去，面向未来。通过富有张力的艺术表现与对救赎之道的不懈探寻，《宠儿》这部小说达到了一个崭新的艺术高度与思想深度，并因此被喻为美国黑人历史的一座纪念丰碑。

第三节 爵士乐的叙述

《爵士乐》这部长篇小说于1991年出版，莫里森因之被《世界》杂志评论为"吟唱布鲁斯的莎士比亚———蔚为璀璨"。《芝加哥太阳报》评价《爵士乐》"激情四溢，充满诱惑"，是"现代小说中最迷人的篇章"。《纽约时报》评价莫里森创作《爵士乐》的技巧"无懈可击"。《爵士乐》被认为是莫里森"最具实验性创作手法的小说"。美国著名的期刊《柯卡思评论》(Kirkus Review)认为，它是莫里森叙事内容最丰富的一部小说。

对于小说情节的创作，莫里森本人曾这样评述："姑娘认为情人复仇是合法的，但她甘冒生命危险来拖延时间的想法，实在是太幼稚、太愚蠢、太沉溺于凄美爱情所要求的牺牲了。在我看

第四章 莫里森悲剧意识的艺术表现形式

来,这里弥漫着蓝调音乐所散发的芬芳,同时,也燃烧着爵士乐那不可遏制的激情——它因而成为一颗生发故事情节和线索的种子。"[1] 莫里森将黑人音乐元素蓝调和爵士乐运用到了小说的叙述中,以即兴演奏的方式推动着故事情节的发展,解构着悲剧的形成,使莫里森对"不曾诉诸文字"的历史的探讨成为可能。小说批评家亨利·路易斯·盖茨指出:"在莫里森之前,还没有人把爵士乐作为整部小说的建构原则。"[2]

爵士乐于20世纪初诞生于美国南部路易斯安那州的新奥尔良市,植根于美国黑人和非洲人的混合音乐传统,涵盖了西部非洲的音乐特色、黑人在美洲大陆上创作的音乐形式以及欧洲18世纪、19世纪的流行音乐和轻古典音乐的特点。爵士乐是在蓝调基础上发展起来的一种音乐形式,是蓝调精神的城市版本,被认为是非裔美国文化"审美陈述的最好形式"。[3] 爵士乐是黑人音乐的主要表现形式,它的表现形式主要有独奏、自我表现、即兴演奏、倾听周围乐手演奏、合奏和重复等。

莫里森在与阿伦·莱斯的访谈中曾说:"黑人艺术的要旨正如爵士乐的演奏所表现的,看似粗糙、随意、不着痕迹,而爵士乐

---

[1] 托妮·莫里森. 爵士乐[M]. 潘岳,雷格,译. 海口:南海出版公司,2006:II.

[2] GATES H L Jr., APPIAH K A. Toni Morrison: critical perspectives past and present[M]. New York: Amistad Press, 1993: 52.

[3] FONER E. A short history of reconstruction, 1863-1877[M]. New York: Perennial Library Harper & Row, 1988: 231.

手们可谓经典老道,我是指长时间的练习,以至于你与音乐水乳交融,甚至可以在台上即兴奏出。"爵士乐演奏方式非常灵活,演奏者可以随意地按照自己的喜好进行即兴演奏。即便是演奏同一首曲调,不同的演奏者也会采用不同的演奏方式演奏出不同的效果。在小说里,莫里森借鉴了爵士乐这一即兴演奏的特点,使得小说的叙事方式呈现出多变性特征。

《爵士乐》全书分为篇幅长短不一的十章,章与章之间没有数字标序,只用一页空白隔开。每章随意地由空行隔开分为若干小节。如第一章由三节构成,第二、三章都由两节构成,第四章没有分节,第五、六、七、八、九章分别为三节、四节、七节、六节和三节,最后一章分为七节。不同的小节构成恰似爵士乐演奏中的缓冲与停顿。

爵士乐具有兼收并蓄、博采众长的特点,它保留了非洲音乐的多节奏特点,借鉴和吸收了其他音乐的和声。莫里森也将这些特点应用到了《爵士乐》的创作中。小说一开篇,各种节奏纷至沓来,时而舒缓时而扣人心弦,时而轻快时而忧伤:

> 喊,我认识那个女人。她就住在莱诺克斯大道上,曾经养过一群鸟。也认识她丈夫。他迷上了一个十八岁的姑娘,被那么一种深不可测、鬼使神差的爱情闹得又是幸福又是悲伤,结果,他为了维持那种感情,朝姑娘开了一枪。那个女人名叫维奥莱特,她到葬礼上去看那姑娘,还拿刀子去划死者的脸,结果大家把她摔倒在地,然后扔出了教

第四章 莫里森悲剧意识的艺术表现形式

堂。之后,她在漫天大雪中跑掉了,回到家里,把鸟都从笼子里掏出来拿到外面,随它们冻死或是飞走,包括那只会说"我爱你"的鹦鹉在内。①

小说以乔、维奥莱特和多卡丝的三角恋为主旋律,向读者展示了乔追踪杀害多卡丝时令人全身紧张的节奏,维奥莱特企图伤害多卡丝遗体时歇斯底里的节奏,乔多次追寻母亲时令人焦急的节奏,乔和维奥莱特怀着美好憧憬奔赴大都会时手舞足蹈的节奏,乔和多卡丝心灵交汇时舒缓的节奏……各种节奏组合在一起,形成了在爵士乐的音乐感召下的小说之美。围绕主旋律展开的各种故事,比如爱丽丝丈夫出轨的故事、费莉丝父母的故事、戈尔登寻父的故事等都形成了伴奏主旋律的和声,突出了主旋律的音高,让主旋律余音绕梁、回味无穷。

《爵士乐》就像由歌词、音符与意象汇成的乐章,交织弹奏出着几代非洲裔美国黑人的命运。叙事者凌乱散落的足音在时间的隧道中任意穿梭,徘徊于南方与北方、城市与乡村之间。主旋律看似在乔、维奥莉特与多卡斯的三人世界中蔓延,却不时旁逸斜出,涉及他们的朋友和亲戚们,这些经纬交错的故事像一段段独奏被凌乱地弹奏着。小说中,乔和维奥莉特相遇相识相恋的故事,乔的身世和寻母的故事,维奥莉特的成长故事,多卡斯的童年故事,戈尔登的寻父故事,费莉丝父母的故事,爱丽丝丈夫的故事,

---

① 托妮·莫里森. 爵士乐[M]. 潘岳,雷格,译. 海口:南海出版公司,2006:1.

特鲁·贝尔和薇拉·路易斯的故事，玛尔芬的故事等，都构成了一个又一个的独奏，分散在小说不同的章节里，补充、说明和推动着小说的情节。

各章之间的开头和结尾彼此呼应，形成了爵士乐的呼唤—应答模式：第一章以"我爱你"结尾；第二章开头为"起码从前如此"，结尾为"从冰冷到酷热再到凉爽"；第三章开头为"就像七月里的那一天"，结尾为"戴着帽子的女人听得一样真切"；第四章开头为"那顶从额头上往后推去的帽子"，结尾为"春天来到了大都会"；第五章开头为"当春天来到了大都会"，结尾为"那何止是一种精神状态呢"；第六章开头为"我得说，这很冒险，要是你想弄清楚任何人的精神状态的话"，结尾为"就等那双鹿眼睁开了"；第七章开头为"那样一种东西是可以伤害你的"，结尾为"但是她在哪儿？"；第八章开头为"她在那儿"，结尾为"我不知道那唱歌的女儿是谁"；第九章开头为"心肝儿"，结尾为"这能让痛苦减轻些"；第十章开头为"痛苦"。这是不同乐章之间的呼唤—应答模式，一呼一答、一唱一和的这种模式让各章首尾照应，形成了一个紧密相连的整体。类似这样的呼唤—应答模式小说里面很多。如第二章第一节中，乔曾描述道："在那样的光线里，他几乎连自己的膝盖从裤子的破洞里露出来都看不见，又怎么可能看见她的手呢，就算她真的决定了从树丛中伸出手来，最后一次向他证实她千真万确就是他的母亲？"[1] 直到第六章第一节才慢慢

---

[1] 托妮·莫里森.爵士乐[M].潘岳，雷格，译.海口：南海出版公司，2006：37.

第四章 莫里森悲剧意识的艺术表现形式

交代乔的母亲身世,这是叙述者在和声部分与人物独奏之间的呼唤应答。第三章中,当维奥莱特质问爱丽丝:"你不会吗?你不会为了你的男人去斗吗?"①小说的叙述立马转变成了爱丽丝的视角,她回忆起了当年在斯普林菲尔德时她对丈夫以及他情妇的恨,这是小说和声对主旋律的呼唤—应答回应。第四章第一节中提到了特鲁·贝尔和她的十枚鹰币:"罗丝的母亲特鲁·贝尔听说这事以后就来了。丢下了她在巴尔的摩的清闲工作,把十枚鹰币分开来缝进了自己的裙子里好让它们不出声,回到魏斯伯尔县一个名叫罗马的小地方来当家。"②直到第六章第一节,才把这十枚鹰币的来源交代清楚:"所以到了一八八八年,有了薇拉小姐内战一结束就开始发给她的二十二年的工资(不过暂时寄存在她那里,除非她的仆人有了什么打算),特鲁·贝尔让自己和她的女主人相信她已来日不多了,拿到了钱——十枚鹰币——并得以应罗丝蒂尔的请求回到魏斯伯尔,给她从未见过面的孙女们带来了巴尔的摩的故事。"③这种对应叙述是人物独奏与独奏之间的呼唤应答。

美国著名黑人批评家亨利·路易斯·盖茨在评论《爵士乐》时指出:"这部小说引人入胜之处不只是情节的安排,还在于故事的叙述。"④初读《爵士乐》会感到吃力,因为莫里森习惯性地不按事

---

① 托妮·莫里森. 爵士乐[M]. 潘岳,雷格,译. 海口:南海出版公司,2006:90.
② 托妮·莫里森. 爵士乐[M]. 潘岳,雷格,译. 海口:南海出版公司,2006:103.
③ 托妮·莫里森. 爵士乐[M]. 潘岳,雷格,译. 海口:南海出版公司,2006:150.
④ GATES H L Jr., APPIAH K A. Toni Morrison: critical perspectives past and present[M]. New York: Amistad Press, 1993: 53.

件发生顺序来讲述故事，叙述时间交错，叙事过程呈非线性。第一章分为三节，第一节中的"我"交代了多卡丝被乔枪杀，维奥莱特拿着刀子去划死者的脸。乔整日以泪洗面。维奥莱特想找个情人以此来报复和惩罚乔，结果发现这样让她更痛苦，于是她决定去了解多卡丝。维奥莱特从多卡丝姨妈爱丽丝那里拿来了她的遗照，她和乔迷惘地望着照片。第二节中"我"描述了1926年的"大都会"。在第三节中，维奥莱特和乔经常整宿整宿不睡觉地凝视照片，"我"又追述了之前维奥莱特曾特别想要孩子，以至于偷偷地抱走了别人家的孩子。第二章分为两节，前一节从乔难以摆脱对多卡丝的记忆，转而回忆了1906年乔和维奥莱特从弗吉尼亚的维斯波尔县城的泰勒尔火车站坐火车前往纽约。二十年后他们俩已经失去了当初的感觉，变得无话可说。乔思念母亲，找到了一个可以倾诉的对象多卡丝，并向玛尔芳租房和多卡丝幽会。后一节又重现了乔向玛尔芳租房的情景。第三章分为两节，第一节中爱丽丝回忆了1917年圣路易斯东区发生的暴乱中被打死的姐夫和火灾中死去的姐姐，多卡丝被爱丽丝收养并带到了纽约。乔在爱丽丝家第一次见到了多卡丝。第二节中维奥莱特几次三番来找爱丽丝试图了解多卡丝。第四章没有分节，维奥莱特坐在杂货店吸着奶昔，感觉自己分裂成了两个不同的维奥莱特。她回忆起了她的母亲罗丝当年假装喝着东西；她的家被别人搬空；父亲不知去向；外祖母特鲁·贝尔从巴尔的摩回来照顾她们；罗丝投井自尽。维奥莱特长大后出去挣钱，在巴勒斯坦碰到了乔，与他相

第四章 莫里森悲剧意识的艺术表现形式

爱结婚并决定不要孩子。在放弃孩子之后,维奥莱特一直被母性的饥渴折磨。她突然觉得多卡丝就像自己的女儿一样。第五章分为三节,第一节讲述了满脸泪流的乔其实就是一个十六岁左右就内心停止长大的男人,多卡丝就是他的糖果。第二节讲述了乔的身世和他的七次改变。第三节讲述了乔像当年追逐他的母亲一样追踪多卡丝。第六章分为四节,第一节讲述了特鲁·贝尔被薇拉·路易斯带到巴尔的摩居住,一起抚养薇拉·路易斯与黑人的私生子——戈尔登·格雷;长大成人的戈尔登独自出门去寻找自己的父亲,途中救下了即将分娩的黑人疯女人并将她带到他父亲的房子,黑人疯女人也就是乔的生母。第二节描述了戈尔登见到了帮他父亲照看房子的小男孩。第三节是对戈尔登的心理描述。第四节讲述了小男孩照顾昏迷的疯女人。第七章分为七节,第一节提到戈尔登的生父亨利先生回家,乔的母亲产下乔。第二节中乔两次试图找到母亲。第三节将乔持枪去找多卡丝和第三次去找母亲这两件事交织在一起叙述。第四节中乔认为多卡丝会一个人独处。第五节讲述了乔第三次寻母的经历。第六节中乔幻想他找到多卡丝的情景。第七节描述了乔第三次寻母未果。第八章分为六节,第一节中多卡丝和阿克顿搂在一起跳舞。第二节中,多卡丝向乔提出分手,她感觉乔会来找她。第三节提到世界上什么东西都比不上音乐的节奏。在第四节中,多卡丝预感乔就要来找她了。第五节描述了舞会场景。第六节中,多卡丝看到乔,乔将她枪杀。第九章分为三节,在第一节中,维奥莱特去找费莉丝。第二节中，费莉丝讲述她的家庭，母亲送给她的戒指，她和多卡丝的交往，她对多卡丝和乔的关系的看法，她对多卡丝死亡以及她对乔和维奥莱特相处的看法；她接受了维奥莱特的邀请到她家坐客，告诉乔和维奥莱特一些事情。第三节中费莉丝打算把戒指的真相告诉妈妈。第十章分为七节，第一节是"我"的独白。第二节中爱丽丝搬回到斯普林菲尔德。第三节讲述了费莉丝依然去买唱片和肉。第四节中，乔重新找了工作，他们重新买了鸟。第五节描述了1906年去纽约前的维奥莱特和乔的和谐关系。第六节又是"我"的独白。第七节描述了被单下的人即夫妻应有的关系。

《爵士乐》看似随意、多变的叙述视角实际上借鉴了爵士乐演奏方式的即兴变化特点，叙述声音呈现出多元化特色。小说由以叙述者叙述的故事以及以维奥莱特、烫发顾客、乔、玛尔芳、爱丽丝、戈尔登·格雷、昂纳尔、多卡丝、费莉丝的个人型叙述声音构建的背后故事共同构成。其中，主体故事以乔、维奥莱特和多卡丝的三角恋恩怨为主要脉络，加入了无数个回忆片段，这些片段由各个叙述者从不同的角度叙述。比如小说的第四章，开始莫里森以一种全知全能型角度讲述被分裂成不同人格的维奥莱特，中间不时地夹杂着维奥莱特的个人意识流：

> 我也很冷，可没有人早早地爬上床为我焐热一块地方，或者绕过我的肩膀把被子拉上来披到我的脖子下面，甚至披到我的耳朵下面，因为有的时候天气是那么冷；也许就是因为那个，那把刀才在她耳垂旁边的领口上卡住的。就

是因为那个。就是因为那个，才要费那么大力气把我摔倒，把我按住，让我离开那个棺材，棺材里面躺的就是她，那个小母牛，抢走了属于我的东西，那可是我挑的、选的、决定拥有和抓住的，不成！①

小说的叙述不断向叙事层次的纵深扩展，充满了来自叙述者与书中人物视角更迭交错的客观叙述、全知全能叙述、主观评议、对话、意识流与内心独白，由表4-1可以略见一斑。

表4-1 《爵士乐》中的叙述者和叙述方式

叙述段落	叙述者	叙述方式
第一章	叙述者、维奥莱特、烫发顾客	客观叙述、对话
第二章	叙述者、乔、玛尔芳	客观叙述、主观评议、对话
第三章	叙述者、爱丽丝、维奥莱特	客观叙述、对话
第四章	维奥莱特、叙述者、乔、爱丽丝	全知全能叙述、意识流、客观叙述、对话
第五章	乔、叙述者	内心独白、客观叙述、主观评议
第六章	叙述者、戈尔登·格雷、昂纳尔	客观叙述、全知全能叙述、对话
第七章	叙述者、戈尔登·格雷、亨利、维克托利、乔	客观叙述、全知全能叙述、对话、内心独白
第八章	叙述者、多卡丝	客观叙述、内心独白
第九章	叙述者、费莉丝	客观叙述、内心独白
第十章	叙述者	客观叙述、内心独白

① 托妮·莫里森.爵士乐[M].潘岳,雷格,译.海口：南海出版公司,2006：99.

对主旋律的重复演奏是爵士乐的一大特征。小说也参照了这一表现方式，对核心事件进行了重复叙述。多卡丝之死就被重复叙述了四次，分别从叙述者、乔、多卡丝自己和费莉丝的角度来叙述。在第一章中，叙述者曾提到："他为了维持那种感情，朝姑娘开了一枪。"① 乔在第五章自述道："我想留在那儿。就在枪'砰'地响过之后。那儿除了我没人听见，所以人群没有像一群红翼歌鸫一样（他们本来就像歌鸫）散开，仍旧紧紧地挤在一起，被他们跳舞的劲头和那音乐声锁定，不能够分开。我就想待在那儿。在她倒下、摔伤之前接住她。"② 多卡丝弥留之际也有这样的自白："我要倒了吗？我怎么要倒了呢？阿克顿搂着我，可我还是要倒了。大家的脑袋都转过来看着我倒下。"③ 而在好朋友费莉丝的眼里："'多卡丝是自己要死的。子弹打进了她的肩膀，从这里。'我指着自己的肩膀。'她不让任何人动她；她说她想睡觉，还说她会好的。她说她早晨会去医院的。'"④ 情节重复更反映了莫里森熟练高超的叙事技巧，在貌似重复的讲述背后，同一事情的各个方面得以清晰地呈现在读者面前。同中见异、同而不同，才

---

① 托妮·莫里森. 爵士乐[M]. 潘岳, 雷格, 译. 海口：南海出版公司, 2006：1.
② 托妮·莫里森. 爵士乐[M]. 潘岳, 雷格, 译. 海口：南海出版公司, 2006：137.
③ 托妮·莫里森. 爵士乐[M]. 潘岳, 雷格, 译. 海口：南海出版公司, 2006：202-203.
④ 托妮·莫里森. 爵士乐[M]. 潘岳, 雷格, 译. 海口：南海出版公司, 2006：222-223.

第四章 莫里森悲剧意识的艺术表现形式

是莫里森最终要营造的美学效果。

除了对主旋律——故事核心事件进行重复叙述外,在主旋律基础上变奏出来的旋律——其他故事也被多次重复叙述。在小说中,乔寻母的故事首先在第二章的第 37 页到第 38 页进行了叙述,之后又在第七章的第 184 页到第 195 页进行了重复叙述。第二章里面,乔向多卡丝讲述了从未向他妻子维奥莱特提到过的寻母故事,两人彼此坦陈关于母亲的故事,进行心与心的交流。在第七章,从乔的视角详细地记述他三次寻母的经过,寻母不得使得他情感的饥渴无法得以消除、内心没有归属感。

美国解构主义批评家 J. 希利斯·米勒认为:"在一部小说中,两次或更多次提到的东西也许并不真实,但读者完全可以心安理得地假定它是有意义的。任何一部小说都是重复现象的复合组织,都是重复中的重复,或者是与其他重复形成链形联系的重复的复合组织。在各种情形下,都有这样一些重复,它们组成了作品的内在结构,同时这些重复还决定了作品与外部因素多样化的关系。"[①] 同样的情节经由不同的叙述者的叙述,夹杂着各自的不同情感和感受,从不同侧面还原、丰富和完善了事情的本来面目。同样的情节在不同章节的重复,就像音乐的副歌部分,烘托了作者试图表达的情绪。

[①] J. 希利斯·米勒. 小说与重复——七部英国小说 [M]. 王宏图, 译. 天津:天津人民出版社, 2008: 3.

在访谈中,她这样评述爵士乐的魅力:"当你听到黑人音乐——爵士乐的前奏时,你意识到黑人们在谈论别的事情,他们在谈论爱,谈论失落。但在那些抒情曲里却有着崇高和满足。黑人们从来没有幸福过,而总是面临离别,以及失去爱情、感情和性爱的危机,最终还是失去了一切。但这所有的一切并不重要,因为这是他们的选择。选择你爱的人才是大事。爵士乐强化了这样的一个主题——爱的空间是用自由置换的。"[1]在《爵士乐》这部小说中,莫里森试图聚焦两性关系,在这一关系背后展现了黑人个体的父亲创伤、母亲创伤、子女创伤和夫妻创伤。在将伤疤一个个揭开的过程中,小说的人物慢慢开始理解彼此。随着爵士乐的推进,小说中怨恨与误解的杂音慢慢地弱化、消逝,爱与宽恕的最强音逐渐凸显、高昂。在小说的结尾,乔与维奥莱特安全渡过危机,达成和解,重拾信心,共同经营婚姻生活。这不仅代表了个体自我救赎行为的成功,更为作品中反复出现的爵士乐续写了一段充满希望的乐章。在莫里森看来,处于弱势地位的美国黑人,只有彼此理解和宽容,心怀大爱,才能解决民族内部的争端与矛盾,也只有博爱才能使黑人同性之间、两性之间、群体内部的人与人之间走向和谐。

在接受耐莉•麦凯的采访时,莫里森评论说:"古典音乐赏心

---

[1] SCHAPPELL E. Interview with Toni Morrison[M]//Women writers at work: the Paris review interviews. Ed. Plimpton G. New York: Modern Library, 1998: 365.

悦目，听完就结束了。黑人音乐却不。爵士乐总是让你紧张不安，没有结束和弦。这使人痛苦不堪……我想我的作品也起到同样的效果。"[1]莫里森的这一席话透露了她采用爵士乐般叙述方式的目的。《爵士乐》这部作品超越了单纯的善与恶的探讨，广泛触及黑人灵魂深处的东西，直面他们的别离和失去，随时提醒黑人群体充满警惕、保持博爱的胸怀。

---

[1] 李美芹. 用文字谱写乐章：论黑人音乐对莫里森小说的影响 [M]. 杭州：浙江大学出版社，2010：34.

结语

在1993年12月18日的诺贝尔文学奖颁奖仪式上，莫里森作了以掌中之鸟为主题的演讲。她将"掌中之鸟"比作语言，将老女盲人比作作家，讲述了她对语言使用现状的担忧以及对其未来发展寄予的希望。她提醒每一个创造和使用语言的人都要对它负责任，语言应该用来传递意义、提供指引和表达爱意，我们应该让它丰富多彩、充满生命力，而不应该让它沦为少数人控制他人的工具：

> 她确信当语言由于人的疏忽、废弃、不敬、冷漠死掉了，或是给明令扼杀了，不仅她自己，而且语言的所有使用者和创造者都要对它的死负责。在她的国家里，孩子们已咬断他们的舌头，用子弹取而代之，让子弹发出无词的声音，发出那已经丧失能力或正在丧失能力的语言的声音，发出那成人们业已完全放弃、不再将其作为抓住意义、提供指引或表达爱意之工具的语言的声音。但她知道语言的自杀不仅是孩子们的选择。这在幼稚的国家首脑和从事权力交易的商人中间也普遍存在，他们空洞的语言使自己没有途径可以触及剩余的人性本能，因为他们只对那些服从

的人说话，或者是为了强迫人服从而说话。①

在她倾心所做的每一部小说里，莫里森以奇丽变幻的语言形式给读者树立了学习的标杆。莫里森可谓是一个优秀的语言大师，她将看似浅显却含义隽永的语言镶进匠心独运的叙述框架里，传递给读者或震撼、或忧伤、或愤怒、或警醒的情感体验。莫里森也可谓是一位优秀的灵魂大师，在她诗意的文字表述背后，她总是在提醒着读者记住他们传承文化传统的责任，指引他们弘扬民族文化、用博爱的精神求同存异、拥抱未来的美好。莫里森更是一位悲剧大师，她笔下的悲剧人物尽管渺小，但在悲剧冲突中表现了激昂的悲剧精神，激起了读者的心灵共鸣，使他们的灵魂得以净化。

第一节 爱的缺失

爱的缺失与扭曲是导致人类痛苦深渊的一种毁灭性力量。莫里森的作品表现的主要是迷失的、扭曲的甚至是暴力的爱。莫里森曾经这样评述了现代人对于爱的困惑："如果你爱上帝的话，他们会认为你落后；如果你爱母亲的话，他们会认为你有弗洛伊德情结。……如果你爱一个朋友的话，他们可能会认为你是同性恋

---

① 王守仁，吴新云.性别•种族•文化[M].北京：北京大学出版社，2004：269.

者。那么还剩下什么呢？这样的话就只剩下对小孩的爱以及异性之间的爱了。……爱人的人往往对他所爱的人期望值过高。……似乎不是去追问这种不顾一切爱一个人背后的原因。这再也不是过去的同志关系，而是一种浪漫的、永恒的爱。"[1] 从她的感受中我们不难看出，现代人将广义的爱缩小到了对孩子、对异性的爱，同时又往往对他们所爱的人倾注了过高的期望。与此同时，她认为人们在爱的包装下做出了一些有害的事情："在爱的名义或者伪装下，人们做着各种各样的事。暴力也许就是我们想要做的事情的一种扭曲。"[2]

在作品中，莫里森主要从个人、两性和家庭层面描述了爱的缺失或扭曲带来的恶。自爱的缺失表现为对自我生存状态的不满、厌恶甚至全盘否定，并失去了自我的完整性、独立性以及存在性。在《最蓝的眼睛》中，莫里森表现了佩科拉在"白就是美的，黑就是丑的"这一美学理念下的困惑和错乱，幻想着上帝能赐予她漂亮的蓝眼睛。《秀拉》中的海伦娜每天都耐心地用手挤按奈尔扁平的鼻子，期望女儿的鼻子"能够稍稍有点改观"。《所罗门之歌》中的哈加尔和露斯则放弃了自我，将对男人的依赖作为存世的意义与证明。

---

[1] TAYLOR-GUTHRIE D. Conversations with Toni Morrison[M]. Jackson: University Press of Mississippi, 1994: 73.

[2] TAYLOR-GUTHRIE D. Conversations with Toni Morrison[M]. Jackson: University Press of Mississippi, 1994: 41.

结 语

在莫里森的作品中，夫妻、恋人之间的感情大都是残缺或扭曲的:《最蓝的眼睛》中的波琳和乔利总是在争吵厮打;《秀拉》中，秀拉俩母女基本没有固定的男友，性生活开放程度令人咋舌;《所罗门之歌》中的梅肯·戴德和露斯·福斯特之间毫无爱意可言;《柏油娃娃》中的瓦莱里安和妻子玛格丽特一直处于同屋分居状态;《宠儿》中的赛丝一直找不到丈夫的下落;《爵士乐》中的乔和维奥莱特基本上没有任何沟通和交流;《天堂》中修道院中的五个女人都有着不堪回首的两性关系，鲁比镇的很多居民也是如此;《爱》中的柯西更是强娶孙女的好朋友为妻，引发了伦理危机;《恩惠》中的弗洛伦丝卑微地向铁匠乞求爱情;《孩子的愤怒》中的布莱德母亲遭到了丈夫的抛弃。

家庭的不完整性主要由父爱、母爱的缺失或者这两种爱的扭曲所造成。非洲宗教传统认为:"人的身体来自母亲，精神来自父亲。"[①]纵观莫里森的小说，父亲的形象大都是缺席的，而父爱更是缺失的。仅有的几个父亲形象如《最蓝的眼睛》中的乔利、《所罗门之歌》中的麦肯，都是些丧失精神家园而找不到自我精神归宿的人物。他们扭曲了灵魂，自己的道德、人情和亲情沦丧，根本不可能有情感去拂照自己的子女。同时，小说中的母爱也扭曲得常常与暴力同在。佩科拉的悲剧即母爱扭曲的悲剧，波琳将自

---

① 塞缪尔·亨廷顿，等.文化的重要作用[M].程克雄,译.北京:新华出版社, 2002: 313.

己的母爱全都给予了白人女孩，对自己的女儿只表现出厌恶。《秀拉》中的伊娃出于母爱，曾从三层楼上跳下来救助女儿汉娜免遭火焚，但无法忍受唯一的儿子李子退伍后的沉沦和对毒品的依赖，于是纵火烧死了他，想把他从精神的死亡中解脱。《宠儿》中的赛丝为了让自己的骨肉不再沦为奴隶，亲手用锯子割断了自己不到两岁的女儿的喉管。

莫里森在接受采访时说："我感兴趣的是性爱与其他形式的爱能够暴露自己的本性。人们本来竭力想保护的东西，为什么人们最后却毁了它们？"莫里森带领读者穿梭在现实与过去的时空中，直面一个个十分糟糕、甚至恐怖的无爱的表象，体验到的却是心灵的净化。极端的、扭曲的爱对人的伤害毋庸置疑，爱与邪恶并肩而存，一旦被扭曲的爱获得足够恰当的刺激与滋润，它极有可能恢复原本纯洁的本色。

第二节 人性的分裂

莫里森关注得更多的是人的存在价值，向往着关怀人性的理想境界。她痛心疾首地感受到，社会在用各种方式剥夺着人的个性，人越来越被社会所异化，越来越失去自我，成为被泯灭了内在品质的社会附庸品。她的小说中充斥着对相互憎恨的两性关

结　语

系、被漠视的手足关系、猜忌的朋友关系、仇恨的种族关系、疏离的贫富关系的描述。这种悲剧性关系产生的渊源即人性的异化：对物质的过度奢望，个人消费的虚荣，精神世界的荒芜，爱的能力的丧失与扭曲等。

在莫里森的作品中，我们常常可以发现，在充满种族歧视的美国社会中，黑人的成功常常建立在对社区、对同胞的背离上，因而成功了的黑人多会成为被孤立的个体。孤立是人与社会疏离开来的一种不健康的生活方式。《所罗门之歌》中福斯特医生拥有一幢大房子，上好的红木桌子上摆放着鲜花，保持着一种高雅的生活模式，以示自己不同于周边的黑人。梅肯将自己与黑人社会隔离开来。他对黑人毫无同情心可言，周围的黑人也将他视之如瘟疫而唯恐避之不及。奶人也是一个被孤立了的人。他发现自己根本就不可能融入黑人社会中。他们试图摒弃自己的黑人属性，从而与黑人社区格格不入。最终他们摆脱不了隔离感，而将自己置于孤立无援的状态之中。像他们这种白人主流文化的追随者在得到所谓的优越感的同时也失去了生存的本义。[①] 隔离感源自缺乏相互的支持与理解，这对一个人完整人格的形成是有害的。福斯特医生和梅肯因为非常憎恨他们的黑人社会而被孤立出来；被自己的社会所孤立使得奶人更加自私、自闭、对他人漠不关心。

缺乏相互帮助和理解导致了人的孤立，也进一步加深了社

[①] 王守仁，吴新云. 性别·种族·文化 [M]. 北京：北京大学出版社，2004：35.

区中的冷漠和种族仇恨。在《宠儿》中,赛丝的行为表现出一种排他性。在邻居的眼里,她显得太孤傲。结果,她与黑人社区格格不入:人们抵制赛格斯的宴请和林中布道;邻居们的冷漠使得"学校老师"带人来抓捕她的时候却没有一个人来与之通风报信。此外,黑人和白人之间的意识形态却又持续冲突,黑人和白人相互报复、谋杀不断。按照《所罗门之歌》中吉他的理解,"人人都想索要一个黑人的命。所有的人。白人要我们死或别出声——这也等于死"。"也许这就是人类一切关系的缩影:你想救我的命吗?或:你想要我的命吗?"在热爱自己同胞的幌子下,极端主义分子给黑人同胞们带来了无穷无尽的伤害与苦难,也被黑人同胞们疏远。一方面,报复白人的疯狂行动导致了更多无辜黑人的死亡;另一方面,他们的秘密行动又让他们远离社区,不能像正常人那样恋爱、结婚,享受人世间的天伦之乐。

第三节 文化的断根

文化是一个人的精神家园,是一个族群得以延续的精神根基。坚持不懈地对非裔美国黑人自我身份与文化之根的追寻,是莫里森小说创作的故事主线。莫里森在其作品中表达了对被逐渐边缘化的非洲文化传统的深切关注,指出了丧失文化之根的危险。在

结 语

莫里森看来，黑人生存与发展问题的解决，必须借助黑人群体在文化传统方面的自觉。只有秉承自己的文化传统，在以白人文化为主流的美国多元文化中找到自己的文化归属，才能拥有心灵的自由和平等，才能摆脱西方白人主流文化在精神上对黑人的奴役。

在《最蓝的眼睛》中，佩科拉抛弃黑人传统，全盘接受白人文化，最终失去自我，被黑人族群和白人社会同时抛弃。在《秀拉》中，秀拉抛弃族群和族群所代表的文化价值取向，一味张扬个性和个体主义，最终也走向了毁灭。在《宠儿》中，黑人社区居民接受了白人的价值观，孤立赛丝和萨格斯，却失去了黑人社区固有的相互帮助的淳朴之风。在《柏油娃娃》中，吉德完全接受了白人主流文化，和儿子的价值观截然相反。《孩子的愤怒》中的布莱德和佩科拉有着同样的童年创伤，但是前者并没有被白人文化异化，最终才成长成一个独立自信的黑人女性。

为阐明自己对黑人文化传统的担忧，莫里森在小说中采用了说神话、讲故事、唱民歌等口头传统方式来唤醒读者。她认为，"神话"是黑人民歌和非洲人智慧的一部分，黑人群体必须承担将神话、故事、想象和黑人祖先的品质世代相传的责任。从文化的角度来说，这些因素是彼此相联系的，是黑人民族保持其独立性和完整性不被主流文化所消融的原因。[1]但事实上，黑人群体并

---

[1] TAYLOR-GUTHRIE D. Conversations with Toni Morrison[M]. Jackson: University Press of Mississippi, 1994: 114.

没有承担起这种责任。在《所罗门之歌》中，除了小孩子玩游戏时唱的童谣提到过所罗门飞翔的神话外，几乎没有什么人还记得这个传说。在这样的背景下，黑人文化失去了连贯性、独立性与完整性。为了唤醒黑人的民族记忆，莫里森独具匠心地将各种神话、寓言、故事和民歌内置在小说结构中，这种化有形为无形的方式令读者耳目一新。

祖先文化也是莫里森强调的重点之一，在小说中，祖先或以肉身的方式返回人间，像宠儿一般；或承载在某一实物里，引导后人去发现祖先的传统，像彼拉多的耳环中的秘密引领着奶人找到自己的祖先文化，又如鲁比镇的大灶炉，值得几代人去传承；或以灵魂般的形式存在，在关键的时候，引领鲁比镇的子孙后代找到栖身立命之所。

姓名文化是莫里森关注的另一个重要方面，姓名是联系个人与家庭、传统和历史的纽带，姓名的缺失势必会引发身份危机和归属危机。黑人被人为地剥夺姓名之后，他与祖先的联系纽带自然分崩离析。

莫里森和其他具有悲剧意识的作家一样，有着孤独、悲悯、哀怨、忧伤和激愤等悲剧性的情感体验。她的伟大之处在于能从多重苦难中超脱出来，凭借对人生苦难的悲剧意识感悟，以自我生命的体验为底蕴，向我们展示了美国黑人这一特殊群体在白人主流文化的夹缝中生存的残酷的社会现实、多舛的人生命运和苦苦抗争的精神。她通过对人类苦难的描绘，试图觉醒受难的黑人

结 语

对苦难的感知,并为他们指出救赎的途径。她的作品更多的是弘扬美国黑人在"有价值的东西毁灭"后的悲壮,激发黑人对自己民族命运、文化传统和生命意义的终极追问。

悲剧往往以疑问和探求告终。悲剧承认神秘事物的存在。我们如果对它进行严格的逻辑分析,就会发现它充满了矛盾。它始终渗透着深刻的命运感,然而从不畏缩和颓丧;它赞扬艰苦的努力和英勇的反抗。它在描绘人的渺小无力的同时,恰恰表现了人的伟大和崇高。悲剧毫无疑问带有悲观和犹豫的色彩,然而它又以深刻的真理、壮丽的诗情和英雄的格调使我们深受鼓舞。它从刺丛之中为我们摘取美丽的玫瑰。[①]

莫里森的小说就好比这些"刺丛"中的"玫瑰":奇丽芬芳而又犀利深刻。从她创作的小说来看,她的悲剧意识在逐渐变得深沉厚重:从最开始的关注女性寻找自我的视角拓展到了关注男性乃至整个集体寻找自我的视角,从对个人命运的思考上升到对整个民族命运的思考,从聚焦人类的生存状况发散到关注整个民族文化的传承。

莫里森的小说基本上都是开放式结尾,往往以"疑问和探求"结尾:佩克拉不可能得到梦想中的蓝眼睛,她的命运最终会怎样,

[①] 朱光潜.悲剧心理学——各种悲剧快感理论的批判研究[M].张隆溪,译.南京:江苏文艺出版社,2009:230.

读者不得而知；奈尔最终意识到秀拉才是自己想念的人；奶人和吉他"谁会把他的灵魂交付给他的哥们儿的凶杀臂膀之中是无关紧要的"；儿子最终消失在海岛茫茫大雾之中；迪克意识到自己还有很长的路要走；雅各布的农场里的那几个女人不知所踪……

莫里森的小说基本上都表现了制约黑人发展的背后神秘力量——长达几百年的奴隶制以及种族主义思想。小说中的非裔美国人基本上都受到了这两种神秘力量的戕害，他们的苦难罄竹难书。他们或被任意买卖成为奴隶，被剥夺了人的尊严，沦为白人的生产工具；或被白人意识形态所影响"被漂白"，变成了白人意识形态的帮凶和喉舌；或被狭隘民族主义所毒害，成为"睚眦必报"的刽子手或是故步自封的"大家长"。在小说里，她刻画了一系列英勇反抗、不畏牺牲的悲剧人物，有以身体为代价挑战父权制的秀拉，有成功逃离奴隶生活、牺牲孩子的生命捍卫尊严的赛丝，有不顾生命遭到威胁执着寻找文化之根的奶人……

莫里森的小说总是"如此忧郁和悲伤"，一般采用悲剧的模式叙述，但是带给读者不是悲凉的阅读体验；相反，她总能带领读者去思考、去积极面对、去承担起责任。在她的引领下，读者得以进入每个人的精神世界，一起去感受他们的心灵创伤，一起回忆和审视他们的历史，一起思考他们在困境下的抉择。莫里森使得人物内心的阴暗见光，把人的欲望和贪念予以展现，让冲突和矛盾明朗，用象征和隐喻的方式带领读者寻求答案。

责任意识是莫里森带给读者的答案之一。由于历史发展的客

结语

观原因，非裔美国人祖先从他们成长的土地上被掠走，黑人文化传统经历了被剥离、被压制等过程并逐渐被边缘化，处于一种即将被主流欧美白人文化同化的尴尬处境。从奶人的个人寻根之旅到黑人群体携手创建小镇，群体意识逐渐被唤醒。当一个群体充分认识到他们身上的责任，他们会积极面对民族文化所面临的窘境，唤起群体对民族文化的珍视之情，采取积极措施去发掘、保护和传承民族文化。责任意识是传承民族文化行为的重要内驱力，只有调动和激励这种内在动力，才能更好地发掘、保护和传承民族文化。

宽恕和爱是莫里森给出的另一个答案。正如耶稣说："怜恤人的人有福了，因为他们必蒙怜恤。"（《圣经·马太福音》: 57）《圣经》教导世人不仅要宽恕，而且还要主动地爱自己的仇敌，以怜悯的心去宽恕一个仇敌，不计较他犯下的错误、造成的伤害。毫无疑问，莫里森在小说中将这种精神发扬到了极致。奈尔对秀儿的理解，彼拉特对奶人的包容，维奥莱特与丈夫的和解，留心和克里斯廷的化干戈为玉帛等等，都是这一精神最好的例证。莫里森在合适的时候给陷入人性异化、文化断裂和信仰危机的深渊的人们指出一个精神路标，引导着人们去对抗人性的痼疾，瓦解故步自封的"乌托邦"，消解唯我独尊的男权宗法，走出被虐待的集体阴影。

建立深厚的兄弟姐妹情谊，用博爱宽容的心灵气质和负责任的文化态度正视历史、关注现在、放眼未来，重构民族自信，是莫里森一直笔耕不息的追求。在文化狂欢的今天，她的作品犹如一记警示棒，时刻提醒读者关爱身边的人和事，关心文化的发展，关注民族的未来。她的作品就是文学中的常青树，必将受到世人的关注和解读。

附录

Nobel Lecture[1]

Toni Morrison

Once upon a time there was an old woman. Blind but wise. Or was it an old man? A guru, perhaps. Or a griot soothing restless children. I have heard this story, or one exactly like it, in the lore of several cultures.

"Once upon a time there was an old woman. Blind. Wise."

In the version I know the woman is the daughter of slaves, black, American, and lives alone in a small house outside of town. Her reputation for wisdom is without peer and without question. Among her people she is both the law and its transgression. The honor she is paid and the awe in which she is held reach beyond her neighborhood to places far away; to the city where the intelligence of rural prophets is the source of much amusement.

One day the woman is visited by some young people who seem

---

[1] https://www.nobelprize.org/prizes/literature/1993/morrison/facts/.

to be bent on disproving her clairvoyance and showing her up for the fraud they believe she is. Their plan is simple: they enter her house and ask the one question the answer to which rides solely on her difference from them, a difference they regard as a profound disability: her blindness. They stand before her, and one of them says, "Old woman, I hold in my hand a bird. Tell me whether it is living or dead."

She does not answer, and the question is repeated. "Is the bird I am holding living or dead?"

Still she doesn't answer. She is blind and cannot see her visitors, let alone what is in their hands. She does not know their color, gender or homeland. She only knows their motive.

The old woman's silence is so long, the young people have trouble holding their laughter.

Finally she speaks and her voice is soft but stern. "I don't know", she says. "I don't know whether the bird you are holding is dead or alive, but what I do know is that it is in your hands. It is in your hands."

Her answer can be taken to mean: if it is dead, you have either found it that way or you have killed it. If it is alive, you can still kill it. Whether it is to stay alive, it is your decision. Whatever the case, it is your responsibility.

For parading their power and her helplessness, the young visitors are reprimanded, told they are responsible not only for the act of mockery but also for the small bundle of life sacrificed to achieve its aims. The blind woman shifts attention away from assertions of power to the instrument through which that power is exercised.

　　Speculation on what (other than its own frail body) that bird-in-the-hand might signify has always been attractive to me, but especially so now thinking, as I have been, about the work I do that has brought me to this company. So I choose to read the bird as language and the woman as a practiced writer. She is worried about how the language she dreams in, given to her at birth, is handled, put into service, even withheld from her for certain nefarious purposes. Being a writer she thinks of language partly as a system, partly as a living thing over which one has control, but mostly as agency—as an act with consequences. So the question the children put to her: "Is it living or dead?" is not unreal because she thinks of language as susceptible to death, erasure; certainly imperiled and salvageable only by an effort of the will. She believes that if the bird in the hands of her visitors is dead the custodians are responsible for the corpse. For her a dead language is not only one no longer spoken or written, it is unyielding language content to admire its own paralysis. Like statist language, censored and censoring. Ruthless in its policing duties, it has no desire or purpose other than maintaining the free range of its own narcotic narcissism, its own exclusivity and dominance. However moribund, it is not without effect for it actively thwarts the intellect, stalls conscience, suppresses human potential. Unreceptive to interrogation, it cannot form or tolerate new ideas, shape other thoughts, tell another story, fill baffling silences. Official language smitheryed to sanction ignorance and preserve privilege is a suit of armor polished to shocking glitter, a husk from which the knight departed long ago. Yet there it is: dumb, predatory, sentimental. Exciting reverence in schoolchildren, providing shelter for despots, summoning false memories of stability, harmony among the public.

She is convinced that when language dies, out of carelessness, disuse, indifference and absence of esteem, or killed by fiat, not only she herself, but all users and makers are accountable for its demise. In her country children have bitten their tongues off and use bullets instead to iterate the voice of speechlessness, of disabled and disabling language, of language adults have abandoned altogether as a device for grappling with meaning, providing guidance, or expressing love. But she knows tongue-suicide is not only the choice of children. It is common among the infantile heads of state and power merchants whose evacuated language leaves them with no access to what is left of their human instincts for they speak only to those who obey, or in order to force obedience.

The systematic looting of language can be recognized by the tendency of its users to forgo its nuanced, complex, mid-wifery properties for menace and subjugation. Oppressive language does more than represent violence; it is violence; does more than represent the limits of knowledge; it limits knowledge. Whether it is obscuring state language or the faux-language of mindless media; whether it is the proud but calcified language of the academy or the commodity driven language of science; whether it is the malign language of law-without-ethics, or language designed for the estrangement of minorities, hiding its racist plunder in its literary cheek—it must be rejected, altered and exposed. It is the language that drinks blood, laps vulnerabilities, tucks its fascist boots under crinolines of respectability and patriotism as it moves relentlessly toward the bottom line and the bottomed-out mind. Sexist language, racist language, theistic language—all are typical of the policing languages of mastery, and cannot, do not permit new knowledge or encourage the mutual exchange of ideas.

The old woman is keenly aware that no intellectual mercenary, nor insatiable dictator, no paid-for politician or demagogue; no counterfeit journalist would be persuaded by her thoughts. There is and will be rousing language to keep citizens armed and arming; slaughtered and slaughtering in the malls, courthouses, post offices, playgrounds, bedrooms and boulevards; stirring, memorializing language to mask the pity and waste of needless death. There will be more diplomatic language to countenance rape, torture, assassination. There is and will be more seductive, mutant language designed to throttle women, to pack their throats like paté-producing geese with their own unsayable, transgressive words; there will be more of the language of surveillance disguised as research; of politics and history calculated to render the suffering of millions mute; language glamorized to thrill the dissatisfied and bereft into assaulting their neighbors; arrogant pseudo-empirical language crafted to lock creative people into cages of inferiority and hopelessness.

Underneath the eloquence, the glamor, the scholarly associations, however stirring or seductive, the heart of such language is languishing, or perhaps not beating at all—if the bird is already dead.

She has thought about what could have been the intellectual history of any discipline if it had not insisted upon, or been forced into, the waste of time and life that rationalizations for and representations of dominance required—lethal discourses of exclusion blocking access to cognition for both the excluder and the excluded.

The conventional wisdom of the Tower of Babel story is that the collapse was a misfortune. That it was the distraction, or the weight of many languages that precipitated the tower's failed architecture. That one monolithic language would have expedited the building and heaven would have been reached. Whose heaven, she wonders? And what kind? Perhaps the achievement of Paradise was premature, a little hasty if no one could take the time to understand other languages, other views, other narratives period. Had they, the heaven they imagined might have been found at their feet. Complicated, demanding, yes, but a view of heaven as life; not heaven as post-life.

She would not want to leave her young visitors with the impression that language should be forced to stay alive merely to be. The vitality of language lies in its ability to limn the actual, imagined and possible lives of its speakers, readers, writers. Although its poise is sometimes in displacing experience it is not a substitute for it. It arcs toward the place where meaning may lie. When a President of the United States thought about the graveyard his country had become, and said, "The world will little note nor long remember what we say here. But it will never forget what they did here," his simple words are exhilarating in their life-sustaining properties because they refused to encapsulate the reality of 600, 000 dead men in a cataclysmic race war. Refusing to monumentalize, disdaining the "final word", the precise "summing up", acknowledging their "poor power to add or detract", his words signal deference to the uncapturability of the life it mourns. It is the deference that moves her, that recognition that language can never live up to life once and for all. Nor should it. Language can never "pin down" slavery, genocide, war. Nor should it yearn for the arrogance to be able to do so. Its force, its felicity is in its reach toward the ineffable.

Be it grand or slender, burrowing, blasting, or refusing to sanctify; whether it laughs out loud or is a cry without an alphabet, the choice word, the chosen silence, unmolested language surges toward knowledge, not its destruction. But who does not know of literature banned because it is interrogative; discredited because it is critical; erased because alternate? And how many are outraged by the thought of a self-ravaged tongue?

Word-work is sublime, she thinks, because it is generative; it makes meaning that secures our difference, our human difference—the way in which we are like no other life.

We die. That may be the meaning of life. But we do language. That may be the measure of our lives.

"Once upon a time …" visitors ask an old woman a question. Who are they, these children? What did they make of that encounter? What did they hear in those final words: "The bird is in your hands"? A sentence that gestures towards possibility or one that drops a latch? Perhaps what the children heard was "It's not my problem. I am old, female, black, blind. What wisdom I have now is in knowing I cannot help you. The future of language is yours."

They stand there. Suppose nothing was in their hands? Suppose the visit was only a ruse, a trick to get to be spoken to, taken seriously as they have not been before? A chance to interrupt, to violate the adult world, its miasma of discourse about them, for them, but never to them? Urgent questions are at stake, including the one they have asked: "Is the bird we hold living or dead?" Perhaps the question meant: "Could someone tell us what is life? What is death?" No trick at all; no silliness. A straightforward question worthy of the attention of a wise one. An old one. And if the old and wise who have lived life and faced death cannot describe either, who can?

But she does not; she keeps her secret; her good opinion of herself; her gnomic pronouncements; her art without commitment. She keeps her distance, enforces it and retreats into the singularity of isolation, in sophisticated, privileged space.

Nothing, no word follows her declaration of transfer. That silence is deep, deeper than the meaning available in the words she has spoken. It shivers, this silence, and the children, annoyed, fill it with language invented on the spot.

"Is there no speech," they ask her, "no words you can give us that helps us break through your dossier of failures? Through the education you have just given us that is no education at all because we are paying close attention to what you have done as well as to what you have said? To the barrier you have erected between generosity and wisdom?

"We have no bird in our hands, living or dead. We have only you and our important question. Is the nothing in our hands something you could not bear to contemplate, to even guess? Don't you remember being young when language was magic without meaning? When what you could say, could not mean? When the invisible was what imagination strove to see? When questions and demands for answers burned so brightly you trembled with fury at not knowing?

"Do we have to begin consciousness with a battle heroines and heroes like you have already fought and lost leaving us with nothing in our hands except what you have imagined is there? Your answer is artful, but its artfulness embarrasses us and ought to embarrass you. Your answer is indecent in its self-congratulation. A made-for-television script that makes no sense if there is nothing in our hands.

"Why didn't you reach out, touch us with your soft fingers, delay the sound bite, the lesson, until you knew who we were? Did you so despise our trick, our modus operandi you could not see that we were baffled about how to get your attention? We are young. Unripe. We have heard all our short lives that we have to be responsible. What could that possibly mean in the catastrophe this world has become; where, as a poet said, 'nothing needs to be exposed since it is already barefaced.' Our inheritance is an affront. You want us to have your old, blank eyes and see only cruelty and mediocrity. Do you think we are stupid enough to perjure ourselves again and again with the fiction of nationhood? How dare you talk to us of duty when we stand waist deep in the toxin of your past?

"You trivialize us and trivialize the bird that is not in our hands. Is there no context for our lives? No song, no literature, no poem full of vitamins, no history connected to experience that you can pass along to help us start strong? You are an adult. The old one, the wise one. Stop thinking about saving your face. Think of our lives and tell us your particularized world. Make up a story. Narrative is radical, creating us at the very moment it is being created. We will not blame you if your reach exceeds your grasp; if love so ignites your words they go down in flames and nothing is left but their scald. Or if, with the reticence of a surgeon's hands, your words suture only the places where blood might flow. We know you can never do it properly—once and for all. Passion is never enough; neither is skill. But try. For our sake and yours forget your name in the street; tell us what the world has been to you in the dark places and in the light. Don't tell us what to believe, what to fear. Show us belief's wide skirt and the stitch that unravels fear's caul. You, old woman, blessed with blindness, can speak the language that tells us what only language can: how to see without pictures. Language alone protects us from the scariness of things with no names. Language alone is meditation.

"Tell us what it is to be a woman so that we may know what it is to be a man. What moves at the margin. What it is to have no home in this place. To be set adrift from the one you knew. What it is to live at the edge of towns that cannot bear your company.

"Tell us about ships turned away from shorelines at Easter, placenta in a field. Tell us about a wagonload of slaves, how they sang so softly their breath was indistinguishable from the falling snow. How they knew from the hunch of the nearest shoulder that the next stop would be their last. How, with hands prayered in their sex, they thought of heat, then sun. Lifting their faces as though it was there for the taking. Turning as though there for the taking. They stop at an inn. The driver and his mate go in with the lamp leaving them humming in the dark. The horse's void steams into the snow beneath its hooves and its hiss and melt are the envy of the freezing slaves.

"The inn door opens: a girl and a boy step away from its light. They climb into the wagon bed. The boy will have a gun in three years, but now he carries a lamp and a jug of warm cider. They pass it from mouth to mouth. The girl offers bread, pieces of meat and something more: a glance into the eyes of the one she serves. One helping for each man, two for each woman. And a look. They look back. The next stop will be their last. But not this one. This one is warmed."

It's quiet again when the children finish speaking, until the woman breaks into the silence.

"Finally", she says, "I trust you now. I trust you with the bird that is not in your hands because you have truly caught it. Look. How lovely it is, this thing we have done—together."

参考文献

J. 希利斯·米勒, 2008. 小说与重复——七部英国小说 [M]. 王宏图, 译. 天津: 天津人民出版社.

艾周昌, 1999. 非洲黑人文明 [M]. 北京: 中国社会科学出版社.

曾梅, 2000. 歌中之歌——评莫里森小说中的隐喻 [J]. 山东师大外国学院学报, 2: 59-63.

曾梅, 2010. 托妮·莫里森作品的文化定位 [M]. 济南: 山东人民出版社.

曾梅, 2014a. 非洲口头传统及其民间故事 [J]. 山东省民俗学会会议论文集, 12: 204-207.

曾梅, 2014b. 非洲史诗的历史与美学特征 [J]. 外国文学研究, 3: 132-139.

曾梅, 2015. 托妮·莫里森作品中非洲史诗的历史与美学元素 [J]. 英美文学研究论丛, 2: 171-179.

曾艳钰, 1999a. "兔子"回家了?——解读莫里森的《柏油孩子》[J]. 外国文学, 5: 79-82.

曾艳钰, 1999b. 论托妮·莫里森对黑人文学传统的继承与发展 [J]. 湘潭师范学院学报（社会科学版）, 1: 47-50.

曾艳钰, 2000. 莫里森《柏油孩子》的神话隐喻模式 [J]. 英美文学研究论丛: 279-289.

参考文献

曾艳钰, 2001.《所罗门之歌》中的现代主义神话倾向 [J]. 厦门大学学报（哲学社会科学版）, 1：131-135.

曾艳钰, 2004. 论美国黑人美学思想的发展 [J]. 当代外国文学, 2：67-74.

曾艳钰, 2008. 记忆不能承受之重——《考瑞基多拉》及《乐园》中的母亲、记忆与历史 [J]. 当代外国文学, 4：106-113.

陈法春, 2003. 于迂回中言"惨不堪言"之事——《娇女》叙事手法的心理意义 [J]. 国外文学, 3：79-84.

陈法春, 2004.《乐园》对美国主流社会种族主义的讽刺性模仿 [J]. 国外文学, 3：79-80.

陈法春, 2005. 西方莫里森研究的几个焦点 [J]. 外国文学动态, 5：24-28.

陈晓菊, 芮渝萍, 2007. 论《宠儿》中"创伤"、"爱"和"社群"的双重性 [J]. 宁波大学学报（人文科学版）, 7：35-40.

程锡麟, 王晓路, 2001. 当代美国小说理论 [M]. 北京：外语教学与研究出版社.

仇春霖, 1987. 简明美学原理 [M]. 北京：高等教育出版社.

杜志卿, 2002. 爱与死的悖谬——试析《爵士乐》中乔·特雷斯的悲剧及其心理意义 [J]. 四川外语学院学报, 1：48-51.

杜志卿, 2003.《秀拉》的死亡主题 [J]. 外国文学评论, 3：34-43.

杜志卿, 2004.《秀拉》的后现代叙事特征探析 [J]. 外国文学, 5：80-86.

杜志卿, 2007. 托妮·莫里森研究在中国 [J]. 当代外国文学, 5：122-129.

杜志卿, 2012.《宠儿》研究在中国 [J]. 华侨大学学报（哲学社会科学版）, 2：96-104.

杜志卿，张燕，1998."轻"与"重":《所罗门之歌》中父与子的精神困境及托妮·莫里森的人文思考 [J]. 四川外语学院学报，33：35-39.

范革新，1995. 又一次黑色浪潮——托妮·莫里森、爱丽丝·沃克及其作品初探 [J]. 外国文学评论，3：69-74.

高继海，1997. 英国的哥特式小说 [J]. 河南师范大学学报，2：75-78.

高继海，2001. 佩科拉悲剧探源——评托妮·莫里森《最蓝的眼睛》[J]. 河南大学学报，3：79-81，109.

高继海，2002. 托妮·莫里森小说的叙述特色 [J]. 解放军外国语学院学报，1：67-71.

侯维瑞，1985. 现代英国小说史 [M]. 上海：上海外语教育出版社.

胡俊，2007. 托妮·莫里森小说中的姐妹情谊 [J]. 当代外国文学，3：74-79.

胡笑瑛，2004. 不能忘记的故事——托妮·莫里森《宠儿》的艺术世界 [M]. 银川：宁夏人民出版社.

胡笑瑛，2006. 托妮·莫里森《宠儿》的诗化小说特点 [J]. 河北经贸大学学报（综合版），6：59-62.

胡笑瑛，2007a. 托妮·莫里森《宠儿》中的非洲文化特色 [J]. 宁夏师范学院学报，2：57-60.

胡笑瑛，2007b. 托妮·莫里森《宠儿》中的后现代主义文学特征 [J]. 西华师范大学学报（哲学社会科学版），5：37-40.

黄裕生，2007. 论爱与自由——兼论基督教的普遍之爱 [J]. 浙江学刊，4：24-33.

蒋欣欣, 2002. 黑人女性主体的建构——解读托妮·莫里森的《宠儿》[J]. 文艺理论与批评, 7: 91-97.

蒋欣欣, 2004. 黑人民族意识的重建——解读托妮·莫里森的小说世界 [J]. 湘潭大学学报（哲学社会科学版）, 1: 106-111.

蒋欣欣, 2009. 爱: 托妮·莫里森小说的基本主题 [J]. 湘潭大学学报（哲学社会科学版）, 5: 115-118.

蒋云珍, 2003. 传统的回归——读托妮·莫里森的《所罗门之歌》[J]. 北京第二外国语学院学报, 6: 100-103.

焦小婷, 2002. 文本的召唤性——小说《宠儿》写作艺术初探 [J]. 河南大学学报（社会科学版）, 6: 36-39.

焦小婷, 2004a.《爵士乐》的后现代现实主义叙述阐释 [J]. 四川外语学院学报, 12: 25-28.

焦小婷, 2004b. 寻找精神的栖息地——托妮·莫里森小说女性人物精神生态困境阐释 [J]. 山东外语教学, 1: 102-105.

焦小婷, 2005a. 身体的残缺与文化断裂 [J]. 天津外国语学院学报, 9: 51-55.

焦小婷, 2005b. 小说文本里的读者——评《最蓝的眼睛》的召唤结构 [J]. 四川外语学院学报, 1: 21-24.

焦小婷, 2006a. 话语权力之突围——托妮·莫里森《爵士乐》中的语言偏离现象阐释 [J]. 天津外国语大学学报, 6: 65-70.

焦小婷, 2006b. 托妮·莫里森小说中的柏油女人 [J]. 阜阳师范学院学报（社会科学版）, 1: 42-46.

焦小婷, 2009a. 托妮·莫里森小说中"诗"与"真"[J]. 外国语文, 4: 71-76.

焦小婷, 2009b. 托妮·莫里森小说中的传记特质阐释[J]. 荆楚理工学院学报, 2: 49-54.

焦晓婷, 2003a.《所罗门之歌》场景描写与悲剧精神阐释[J]. 商丘师范学院学报, 12: 46-47.

焦晓婷, 2003b. 悲剧命运的叩问[J]. 天津外国语学院学报, 5: 59-64.

焦晓婷, 2003c. 夹缝中求生存边缘上求自尊——再论托妮·莫里森小说中的悲剧精神[J]. 华北水利水电大学学报(社会科学版), 7: 80-83.

焦晓婷, 2008. 多元的梦想——"百纳被"审美与托妮·莫里森的艺术诉求[M]. 开封: 河南大学出版社.

金莉, 秦亚清, 1999. 美国文学[M]. 北京: 外语教学与研究出版社.

李美芹, 2010. 用文字谱写乐章: 论黑人音乐对莫里森小说的影响[M]. 杭州: 浙江大学出版社.

李维屏, 1998. 英美现代主义文学概观[M]. 上海: 上海外语教育出版社.

林斌, 2005. 西方女性哥特研究[J]. 外国语, 2: 70-75.

刘炅, 2004.《所罗门之歌》: 歌声的分裂[J]. 外国文学评论, 3: 91-97.

刘建军, 2006. 托妮·莫里森和"记忆中的现场"——第四届托妮·莫里森学术研讨会综述[J]. 外国文学动态, 1: 40-41.

罗选民, 1993. 荒诞的理性和理性的荒诞——评托妮·莫里森《心爱的》小说的批判意识[J]. 外国文学评论, 1: 60-65.

马丽荣, 2002. 托妮·莫里森小说《柏油孩》的双重意识[J]. 四川外语学院学报,6:46-49.

毛信德,2006. 美国黑人文学的巨星——托妮·莫里森小说创作论 [M]. 杭州:浙江大学出版社.

缪肖雨,2007. 奴隶制下的压迫与爱——托妮·莫里森《宠儿》的主题分析 [J]. 湖北教育学院学报,1:29-30.

尼采,1986. 悲剧的诞生 [M]. 北京:生活·读书·新知三联书店.

宁骚,1993. 非洲黑人文化 [M]. 杭州:浙江人民出版社.

祁玉龙,2008. 解读《宠儿》中的美国黑人女性主义历史观 [J]. 黑龙江教育学院学报,4:108-110.

钱满素,1987. 美国当代小说家论 [M]. 北京:中国社会科学出版社.

钱满素,2001. 美国文明 [M]. 北京:中国社会科学出版社.

钱中文,2007. 文学原理——发展论 [M]. 北京:社会科学文献出版社.

乔雪瑛,2007. 托妮·莫里森作品中家庭演变之女性主义透视 [J]. 四川外语学院学报,1:67-70.

邱紫华,2000. 悲剧精神与民族意识 [M]. 武汉:华中师范大学出版社.

任生名,1998. 西方现代悲剧论稿 [M]. 上海:上海外语教育出版社.

塞缪尔·亨廷顿,等.2002. 文化的重要作用 [M]. 程克雄,译. 北京:新华出版社.

孙艳芳,2012. 托妮·莫里森小说的修辞艺术 [M]. 昆明:云南大学出版社.

唐红梅,2004.《所罗门之歌》的歌谣分析 [J]. 外国文学研究,1:109-114.

唐红梅, 2006a. 鬼魂形象与身体铭刻政治：论莫里森《蒙爱的人》中复活的鬼魂形象 [J]. 外国文学研究, 1：119-126.

唐红梅, 2006b. 性别·种族与身份认同：美国黑人女作家艾丽丝·沃克、托妮·莫里森小说创作研究 [M]. 北京：民族出版社.

唐红梅, 2007. 托妮·莫里森《爱》中的历史反思与黑人女性主体意识 [J]. 当代外国文学, 1：33-40.

唐陶华, 1980. 美国历史上的黑人奴隶制 [M]. 上海：上海人民出版社.

田亚曼, 2009. 母爱与成长：托妮·莫里森小说 [M]. 北京：中国社会科学出版社.

田亚曼, 2012. 拼贴起来的黑玻璃——弗洛伊德精神分析视阈下的莫里森小说研究 [M]. 上海：复旦大学出版社.

托妮·莫里森, 2005. 天堂 [M]. 胡允桓, 译. 上海：上海译文出版社.

托妮·莫里森, 2014. 秀拉 [M]. 胡允桓, 译. 海口：南海出版公司.

托妮·莫里森, 2005. 最蓝的眼睛 [M]. 陈苏东, 胡允恒, 译. 海口：南海出版社.

托妮·莫里森, 1996a. 宠儿 [M]. 潘岳, 雷格, 译. 北京：中国文学出版社.

托妮·莫里森, 1996b. 所罗门之歌 [M]. 舒逊, 译. 北京：中国文学出版社.

托妮·莫里森, 2006. 爵士乐 [M]. 潘岳, 雷格, 译. 海口：南海出版公司.

托妮·莫里森, 2014. 柏油娃娃 [M]. 胡允恒, 译. 海口：南海出版公司.

王富仁, 2001. 悲剧意识与悲剧精神 [J]. 江苏社会科学, 2：114-125.

王海燕, 1998. 人性的丧失与回归——读托妮·莫里森《心爱的人》[J]. 四川师范大学学报, 1：71-76.

王家湘，1988. 黑人女作家托妮·莫里森作品初探 [J]. 外国文学，4：76-86.

王家湘，1994. 喜闻莫里森获得诺贝尔文学奖有感 [J]. 外国文学，1：3-10.

王建刚，2001. 狂欢诗学——巴赫金文学思想研究 [M]. 上海：学林出版社.

王江松，1994. 悲剧人性与悲剧人生 [M]. 北京：中国社会科学出版社.

王晋平，2000. 心狱中的藩篱——《最蓝的眼睛》中的象征意义 [J]. 外国文学研究，3：104-107.

王晋平，2002. 论《乐园》的叙述话语模式 [J]. 武汉大学学报（社会科学版），5：85-88.

王娘娘，2010. 托妮·莫里森《宠儿》《爵士乐》《天堂》三部曲中的身份建构 [M]. 厦门：厦门大学出版社.

王守仁，1994. 走出过去的阴影——读托妮·莫里森的《心爱的人》[J]. 外国文学评论，1：37-42.

王守仁，1995. 爱的乐章——读托妮·莫里森的《爵士乐》[J]. 当代外国文学，3：94-98.

王守仁，吴新云，2000. 白人文化冲击之下的黑人心灵——评托妮·莫里森的小说《最蓝的眼睛》[J]. 河南师范大学学报（哲学社会科学版），3：124-129.

王守仁，吴新云，2001. 美国黑人的双重自我——论托妮·莫里森的小说《柏油娃》[J]. 南京大学学报（哲学·人文科学·社会科学），6：53-60.

王守仁,吴新云,2004a.对爱进行新的思考——评莫里森的小说《爱》[J].当代外国文学,2:43-52.

王守仁,吴新云,2004b.性别·种族·文化[M].北京:北京大学出版社.

王玉,2006.再现缺失重塑历史——解读《娇女》:一部特殊的后现代文本[J].外国语言文学,2:122-125.

王玉括,2004.爱的魅力与困惑——托妮·莫里森的新作《爱》[J].外国文学动态,4:14-15.

王玉括,2005.莫里森研究[M].北京:人民文学出版社.

王玉括,2006a.莫里森的文化立场阐释[J].当代外国文学,2:107-112.

王玉括,2006b.身体政治与《宠儿》再现[J].四川外语学院学报,5:53-56.

王玉括,2007.在新历史主义视角下重构《宠儿》[J].外国文学研究,1:140-145.

王玉括,2015.种族:想说忘记不容易——评《埃弗雷特访谈录》[J].外国文学动态研究,2:49-55.

王玉括,2017.爱与种族——评莫里森书写人性镜像之《爱》[J].山东外语教学,10:60-66.

翁乐虹,2002.以音乐作为叙述策略——解读莫里森的小说《爵士乐》[J].外国文学评论,2:52-62.

吴新云,2008.压抑的符码权力的文本——美国黑人妇女刻板形象分析[J].妇女研究论丛,12:61-70.

吴新云,2013a.今见功名胜古人——当代美国黑人女作家创作述评(上)

[J]. 外国文学动态研究, 5: 4-6.

吴新云, 2013b. 今见功名胜古人——当代美国黑人女作家创作述评（下）[J]. 外国文学动态研究, 6: 5-6.

伍蠡甫, 胡经之, 1985. 西方文艺理论名著选读 [C]. 北京：北京大学出版社.

修树新, 2015. 托妮·莫里森小说的文学伦理学批评 [M]. 长春：东北师范大学出版社.

徐颖果, 2006. 女性哥特式：美国的女权主义文类 [J]. 外国文学, 5: 48-53.

雪琴, 林晓勇, 2008. 《宠儿》弑婴中的母爱剖析 [J]. 成都大学学报（教育科学版）, 2: 105-106.

亚里士多德, 1996. 诗学 [M]. 陈中梅, 译. 北京：商务印书馆.

杨辛, 甘霖, 1996. 美学原理新编 [M]. 北京：北京大学出版社.

张法, 1997. 中国文化与悲剧意识 [M]. 北京：中国人民大学出版社.

张甫全, 刘夫然, 2008. 挣扎在人性伦理与奴隶制的炼狱中——论《宠儿》中赛丝的杀子悲剧 [J]. 外国文学研究, 8: 106-109.

张怀承, 1993. 中国的家庭与伦理 [M]. 北京：中国人民大学出版社.

张彦梅, 胡笑瑛, 2011. 《爵士乐》的爵士乐式叙事特征 [J]. 安庆师范大学学报（社会科学版）, 2: 14-17.

张云军, 2003. 英国文学中的哥特式因素与哥特式小说 [J]. 长春工业大学学报（社会科学版）, 3: 64-68.

张中载, 2000. 西方古典文论选读 [M]. 北京：外语教学与研究出版社.

章汝雯,2000. 托妮·莫里森《宠儿》中自由与母爱的主题 [J]. 外国文学,3：92-98.

章汝雯,2005. 托妮·莫里森《所罗门之歌》中的女权话语和女权主义话语 [J]. 外国文学, 5：85-90.

章汝雯,2006. 托妮·莫里森研究 [M]. 北京：外语教学与研究出版社.

赵凯,1989. 人类与悲剧意识 [M]. 上海：学林出版社.

赵莉华,2011. 空间政治：托妮·莫里森小说研究 [M]. 成都：四川大学出版社.

中国美国史研究会,江西美国史研究中心,1993. 奴役与自由：美国的悖论——美国历史学家组织主席演讲集 [C]. 贵阳：贵州人民出版社.

朱光潜,2000. 悲剧心理学 [M]. 合肥：安徽教育出版社.

朱光潜,2009. 悲剧心理学——各种悲剧快感理论的批判研究 [M]. 张隆溪,译. 南京：江苏文艺出版社.

朱荣杰,2004. 伤痛与弥合：托妮·莫里森小说母爱主题的文化研究 [M]. 开封：河南大学出版社.

朱小琳,2005. 乌托邦理想与《乐园》的哀思 [J]. 北京第二外国语学院学报,4：90-94.

朱小琳,2010. 回归与超越：托妮·莫里森小说的喻指性研究 [M]. 北京：中国社会科学出版社.

ADELL S, 2002. Toni Morrison[M].Thomson: The Gale Group.

ANGELO B, 1994. The pain of being black: an interview with Toni Morrison.

Conversation[M]. Ed. Danille Taylor-Guthire. Jackson: University Press of Mississippi.

ARISTOTLE, 1970. Poetics[M]. Ann Arbor: The University of Michigan Press.

BALDWIN J, 1969. The fire next time[M]. New York: Dell Publishing Co., Inc.

BELL B W, 1987. The Afro-American novel and its traditions[M]. Amherst: The University of Massachusetts Press.

BENNETT L Jr., 1975. The shaping of black America[M]. Chicago: Johnson Publishing Company, Inc.

BLOOM H, 1990. Modern critical views: Toni Morrison[M]. New York: Chelsea House Publishers.

BONE R, 1966. The Negro novel in American[M]. New Haven: Yale University Press.

BOUSON J B, 2000. Quiet as It's Kept: shame, trauma, and race in the novels of Toni Morrison[M]. New York: State University of New York Press.

BRUNS G, 1999. Tragic thoughts at the end of philosophy[M]. Evanston: Northwestern University Press.

BUDICK E M, 1998. Blacks and Jews in literary conversation[M]. Cambridge: Cambridge University Press.

DAVID R. Toni Morrison explained: a reader's road map to the novels[M]. New York: Random House.

DRAKAKIS J, CONN N, 1998. Liebler. Tragedy[M]. New York: Addison

Wesley Longman Lim.

DUBOIS W E B, 1994. The soul of Black Folk[M]. New York: Dover Publication Inc.

DUVALL J N, 2000. The identifying fictions of Toni Morrison: modernist authenticity and postmodern blackness[M]. New York: Library of Congress Cataloging-in-Publication Data.

EICHELBERGER J, 1999. Prophets of recognition[M]. Baton Rouge: Louisiana State University Press.

ELSLEY J, 1994. Quilt culture: tracing the pattern[M]. Columbia and London: University of Missouri Press.

FONER E, 1988. A short history of reconstruction, 1863-1877[M]. New York: Perennial Library Harper & Row.

FROMM E, 1956. The art of loving[M]. Ed. Ruth Nanda Anshen. New York: Harper and Row.

FULTZ L P, 2000. Toni Morrison: playing with difference[M]. New York: Library of Congress Cataloging-in-Publication Data.

FURMAN J, 1996. Toni Morrison's fiction[M]. Columbia: University of South Carolina Press.

GATES H L Jr., APPIAH K A, 1993. Toni Morrison: critical perspectives past and present [M].New York: Amistad Press.

GILBERT M, STANTON G, MALEY W, 1997. Postcolonial criticism[M]. New York: Addison Wesley Longman Limited.

GLICKSBERG C I, 1963. Introduction. The tragic vision in twentieth-century literature [M]. Carbondale: Southern Illinois University Press.

GRANT M K. The tragic vision of Joyce Carol Oates[M]. Durham: Duke University Press, 1978.

GREWAL G, 1998. Circles of sorrow, lines of struggle: the novels of Toni Morrison[M]. Baton Rouge: Louisiana State University Press.

JONES B W, 1985. An interview with Toni Morrison[M]// The world of Toni Morrison explorations in literary criticism. Ed. Bessie W. Jones, and Andrey L. Vinson. Iowa: Kendall/Hunt Publishing Company.

KRIEGER M, 1973. The tragic vision: the confrontation of extremity[M]. London: The Johns Hopkins University Press Ltd.

MANDEL O, 1961. A definition of tragedy[M]. New York: New York University Press.

MCDOEWLL D E, 1990. The self and the other: reading Toni Morrison's Sula and the Black Female Text[M]. Ed. Harold Bloom. New York: Chelsea House Publishers.

MCKAY N Y, 1988. Critical essays on Toni Morrison[M]. New York: Library of Congress Cataloging-in-Publication Data.

MIDDLETON D L, 2000. Toni Morrison's fiction: contemporary criticism[M]. New York: Garland Publishing, Inc.

MOORE H T, 1963. The tragic vision in twentieth-century literature[M]. Carbondale: Southern Illinois University Press.

MORELAND R C, 1997. He wants to put his story to hers: putting Twain's next to hers in Morrison's Beloved[M]//Morrison: Critical and theoretical approaches. Ed. Nancy J. Peterson. Baltimore: The Johns Hopkins University Press.

MORI A, 1999. Toni Morrison and womanist discourse[M]. New York: Peter Lang Publishing, Inc.

MORRISON T, 1972. The bluest eye[M]. New York: Washington Square Press.

MORRISON T, 1984. Rootedness: the ancestor as foundation[C]//Black women writers (1950-1980). Eds. by Mari Evans. New york: Doubleday.

MORRISON T, 1987. Beloved[M]. New York:Knopf.

MORRISON T, 1989. Unspeakable things unspoken: the Afro-American presence in American literature[J]. Michigan quarterly review, 28:1-34, 201.

MORRISON T, 1992. Jazz[M]. New York: Plume.

MORRISON T, 1992. Playing in the dark: whiteness and the literary imagination [M]. Cambridge: Harvard University Press.

MORRISON T, 1997. Song of Solomon[M]. New York: Knopf.

MORRISON T, 1997. Sula[M]. New York: Knopf.

MORRISON T, 1997. Tar baby[M]. New York: Knopf.

MORRISON T, 1999. Paradise[M]. London: Vintage.

MORRISON T, 2003. Love[M]. Toronto: Vintage Canada.

MYERS H A, 1956. Tragedy: a view of life[M]. New York: Cornell University

Press.

NIETZSCHE F, 1999. The birth of tragedy and other wittings[M].Cambridge: Cambridge University Press.

O'REILLY A, 2004. Toni Morrison and motherhood: a politics of the heart[M]. New York: State University of New York Press.

PAGE P, 1995. Dangerous freedom: fusion and fragmentation in Toni Morrison's novel[M]. Jackson: University Press of Mississippi.

PALMER R H, 1992. Tragedy and tragic theory[M]. Westport: Greenwood Press.

PEACH L, 2000. Toni Morrison[M]. New York: Library of Congress Cataloging-in-Publication Data.

PETERSON N J, 1997. Toni Morrison: critical and theoretical approaches [M]. Baltimore: The Johns Hopkins University Press.

RIGNEY B H, 1991. The voice of Toni Morrison[M]. Ohio: Ohio State University Press.

SAMUELS W D, HUDSON-WEEMS C, 1990. Toni Morrison[M].Boston: Twayne Publishers.

SCHREIBER E J, 2001. Subversive voice: eroticizing the other in William Faulkner and Toni Morrison[M]. Knoxville: The University of Tennessee Press.

SCHPPELL E, 1998. Interview with Toni Morrison [M]/G., Plimpton.

Women writers at work: the Paris review interviews[M]. New York: Modern

Library.

SILK M S, 1998. Tragedy and the tragic: Greek theatre and beyond[M]. New York: Oxford University Press Inc.

TAXIDOU O, 2004. Tragedy, modernity and mourning[M]. Edinburgh: Edinburgh University Press.

TAYLOR-GUTHRIE D, 1994. Conversations with Toni Morrison[M]. Jackson: University Press of Mississippi.

WENDY H, MARTIN J, 1994. A world of difference: an inter-cultural study of Toni Morrison's novels[M]. Westport: Greenwood Press.

WILENTZ Gay, 2000. Civilization underneath: African heritage as cultural discourse in Toni Morrison's Song of Solomon[M]//Ed. Middleton, David L. Toni Morrison's fiction: contemporary criticism. New York and London: Garland Publishing, Inc.

WISKER G, 1999. Disremembered and unaccounted for: reading Toni Morrison's Beloved and Alice Walker's The Temple of My Familiar. Black women's writing[M]. Ed. Gina Wisker. New York: St. Martin's Press.

WRIGHT R, 2000. Blueprint for negro writing[M]//American literary criticism, 1773-2000. Ed. by Hazel Arnett Ervin. New York: Twayne Publishers.